Rue de la Cloche

Elle s'appelait Julie
que Léon, traducteur fa
Dans un accès de déses
sur lequel il devait tra
encore lu. Peu après, dar
découvre le cadavre d'u
page du manuscrit. D'ab est
relâché. A peine est-il r chez lui qu'une explosion secoue l'unique immeuble qui compose sa rue…

Les ennuis ne font que commencer pour Léon, qui voudrait bien goûter son chagrin d'amour en paix. Mais le manuscrit disparu intéresse beaucoup de monde : le directeur de collection qui devait le publier, bien sûr – l'ineffable Papiénon aux mœurs inavouables –, et le vieux Robertini, ancien collabo, et le jeune d'Ivraie, nazillon, tous deux dirigeants d'un mystérieux institut, et encore Caumont le banquier et Ferrat la barbouze, Coupry, le grand patron d'une entreprise de communication qui vend aussi des armes… Mais que contient donc *Death Job* pour que tous ces gens se mobilisent, persuadés que Léon détient le manuscrit et veut les faire chanter ? Que contient-il pour qu'on enlève Juliette ?

C'est ce que voudrait savoir Émile Krachevski, ex-supergendarme, paranoïaque collectionneur de secrets d'État, qui propose ses services à Léon. S'agit-il d'informations sur le conflit entre requins de l'immobilier pour la « rénovation » de certains quartiers de Paris ? De révélations sur la guerre du Golfe qui vient d'éclater ? Ou simplement de confidences sur certains aspects pittoresques du Dernier des Grands Travaux ? Pour répondre à ces questions, les cadavres s'accumulent, tandis que Léon tente désespérément de retrouver Juliette sans devenir un héros. Mais on ne fait pas toujours ce que l'on veut…

Cela se passe un peu à Bagdad, à Tokyo, ou en Italie du Nord, cela se passe surtout dans le XXe arrondissement, là où les restes du peuple de Paris bougent encore et cela se termine comme dans la vie : plutôt mal.

*Serge Quadruppani, né en 1952, est traducteur de l'anglais et de l'italien, auteur d'essais (*Les Infortunes de la vérité. Mensonges, erreurs et reniements chez les intellectuels français, 1934-1974, *Orban 1981*, Catalogue du prêt-à-penser français depuis 1968, *Balland, 1984), d'enquêtes (*L'Antiterrorisme en France ou la Terreur intégrée, *La Découverte 1989), de romans historiques (*Le Chouan de Saint-Domingue, La Malandrine, *1979-1980, avec B. Gilles aux Presses de la Renaissance). Avec ce qu'il appelle une « trilogie criminelle » parue aux Éditions Métailié (*Y, Rue de la Cloche, La Forcenée*) et* Tir à vue, *dans la Série Noire-Gallimard, il aborde maintenant le domaine du roman noir auquel il a l'intention de consacrer quelques années.*

Serge Quadruppani

Rue de la Cloche

roman

Éditions Métailié

TEXTE INTÉGRAL

EN COUVERTURE :
Ernesto Aparicio – Denis Hoch

ISBN 2-02-020118-6
(ISBN 2-86424-128-5, 1re publication)

1

En ouvrant les yeux, il s'est dit qu'il allait pouvoir vivre sans elle, et il a eu envie de mourir.

Puis la vie a continué.

Une voix d'imbécile heureuse annonçant qu'il était six heures lui apprit qu'avant d'entrer dans un long, immense et raisonné dérèglement de tous les sens, il n'avait pas oublié de régler le radioréveil. Derrière la cloison, son voisin se râclait la gorge et les sinus, et du fond de ses draps, il put suivre les efforts du type pour réunir les composants du premier glaviot de la journée. Quand il expectora et alluma la radio, Léon se leva et éteignit la sienne. À six heures cinq minutes, comme chaque matin, il baissa la tête sous le jet de la douche tout en se lavant les dents. À six heures quinze, il sortit sec et rasé du cagibi de toilette, et, en enfilant les vêtements propres disposés la veille sur la chaise prévue à cet effet, il examina la pièce. Sur le comptoir qui séparait le coin-cuisine du coin-salle à manger, douze boîtes de bière, vides, équidistantes, étaient alignées derrière une bouteille de tequila à moitié pleine. La brosse à vaisselle était posée en parallèle à l'évier luisant et net, le noyau d'avocat dans son verre se trouvait correctement placé au coin sud de la table, les carreaux du sol étaient récurés et les compacts, rangés par ordre alphabétique. Il ne se souvenait de rien, mais il était content de lui.

Il brancha la machine à café, et, dans le coin-bureau, alluma l'ordinateur avant de s'installer devant l'écran. Tout était en place. Après avoir avalé une tasse, il se mettrait au boulot, et à dix heures, quand il s'arrêterait pour prendre un petit déjeuner au Nadaud, il aurait déjà dix à douze feuillets de traduction derrière lui. Puis, de onze à treize heures, il en produirait bien six ou sept, et entre l'après-midi et le soir, peut-être une vingtaine. Avec une moyenne quotidienne de trente-cinq à quarante feuillets de vingt-cinq lignes de soixante signes, il remettrait dans dix jours une moitié de *Death Job* à Papiénon, ce qui le calmerait un peu... *Les Conseils de beauté de Lady Di* pouvaient attendre. Après tout, pour ce bouquin-là, il n'avait qu'un mois de retard.

A ce point du calcul, sa main bien dressée alla d'elle-même chercher le manuscrit dans le tiroir « A traduire », et ne le trouva pas. Puis la machine à café émit des gargouillis, il se tourna et découvrit que, s'il avait bien mis l'eau, il n'avait pas rempli le filtre. Il débrancha la chose environnée de vapeur et revint au bureau. Qu'est-ce qu'il avait foutu de ce putain de manuscrit ? Un instant, il fixa l'écran vide sans le voir puis se tourna vers le coin-lit et d'un coup, il sentit tout ce qu'il avait bu la veille, et qu'il ne reverrait jamais Juliette.

En saisissant la bouteille de tequila, il se souvint de ce qui était arrivé au manuscrit, et ricana. Qui a bu boira. Descends dans mon estomac, oiseau de feu, Quetzacoatl tant attendu, qui vient m'apprendre que le monde est fini et moi avec. Agaves divins qui croissent sous mon crâne, poussez vos feuilles entre occipital et pariétal, dans l'interstice des plaques, tectonique de la conscience, sous le volcan ça pète dans le soi. Quand la tequila est là, t'es qui là, l'identité s'en va. Né en ? où ? Néant où tu n'es jamais né et tu n'as pas à naître.

Quatre heures plus tard, le téléphone le tira de ce sommeil de tombeau que seuls les alambics procurent.

— Bonjour, Léon, comment allez-vous ? fit l'écouteur dans son oreille.

Merde, Papiénon, pensa-t-il.

— Bonjour, Antoine, articula-t-il.

— Dites-moi, pour la traduction de *Death Job*, il y a un petit problème...

— Oh, foutez-moi la paix !

Il raccrocha, réfléchit quelques secondes au gouffre vers lequel il s'avançait, et, dans un sursaut joyeux, s'y jeta : il rappela et tomba sur la secrétaire d'Antoine Papiénon, directeur de collection aux Presses de France.

— Bonjour, Léon, comment allez-vous? lança-t-elle en reconnaissant sa voix. Je vous passe Antoine.

— Pas la peine, coupa-t-il avant de débiter, très vite : dites-lui que son manuscrit, je l'ai foutu par la fenêtre et que l'avance, je me la garde. En dédommagement de toutes les couleuvres que j'ai avalées pour continuer à travailler dans votre putain de jésuitière.

— Comment? Ecoutez, Léon, vous, je ne, ce n'est pas...

— C'est tout. Vous avez compris?

— Non, attendez, je vais vous le passer, je ne peux pas...

— Et puis, dites-lui aussi que je l'ai toujours considéré comme... comme une larve hypocrite.

Il raccrocha, peu satisfait de l'invective finale, tira la prise du téléphone et tendit la main vers la bouteille de tequila à présent presque vide. Des images de moiteur coupable filmées par John Huston lui passèrent sous le crâne. Mais non, il avait surtout envie d'un café au bistrot du coin. Il reposa la bouteille et sortit.

L'agente s'agitait dans sa guérite vitrée. Yvette Fouque dansait d'un pied sur l'autre, soufflait, croisait les bras, les décroisait, accordait une caresse machinale à la crosse de son revolver, soufflait encore. Tout à l'heure, quand le brigadier Marchaudon avait rappelé qu'« en raison des événements internationaux », les plantons devraient impérativement porter leur gilet pare-balles, elle avait signalé que le modèle réglementaire lui écrasait les seins. Aussitôt, le brigadier avait pris un air gourmand et Yvette avait regretté d'avoir parlé. L'esprit de Marchaudon était apprécié dans tous les postes de police du XXe arrondissement. Dans sa réponse, il avait su trouver d'amusantes métaphores fruitières pour dépeindre les exubérances anatomiques de sa collègue, et l'on avait bien ri.

— Une belle bande de cons!

Elle avait beau faire, elle revenait toujours à cet instant d'humiliation où elle avait rougi sous les rires, elle sentait encore la rougeur de son visage, et la colère d'avoir rougi, et la fureur de rougir encore, et la rage qu'elle reportait sur elle-même de n'avoir pas su trouver de réplique cinglante.

— Sale cochon !

Son agressivité inemployée se reportait sur tout ce qu'elle voyait, les chalands revenant du marché, les passants pressés et l'aveugle sur le banc tout proche. Ce dernier, avec l'attirail de son espèce, lunettes noires, canne blanche télescopique et visage serein, l'énervait particulièrement. Le long du trottoir d'en face, devant une agence du Crédit agricole, une petite femme blonde venait de garer sa vieille Golf GTI et quand elle en sortit, un cabas à la main, Yvette la détesta pour sa bouille fripée et réjouie, et pour l'extravagance de son imperméable à cœurs bleus et rouges. Tandis que la femme blonde claquait la portière, l'homme se leva et, à tâtons, saisit la canne appuyée sur le banc à son côté. Il traversa la chaussée, menton levé, en tapotant le sol devant lui, du bout de la canne. Une voiture qui survenait ralentit. Yvette regretta de ne pas voir le non-voyant voltiger et perdre enfin sa mine extatique. Au moment où la femme blonde appuyait sur le bouton commandant l'accès à la banque, elle dut sentir l'aveugle dans son dos, se retourna et s'effaça pour le laisser pénétrer dans le sas d'entrée.

Dès qu'il fut dans la banque l'homme lâcha sa canne pour tirer de sous son pardessus deux excellents produits de la maison Hekler & Koch et cria :

— C'est un hold-up ! Les clients à genoux ! Les employés, debout !

Dans sa main droite, le pistolet-mitrailleur MP 5 K qui effectuait de brefs mouvements de balayage en direction des bureaux et de la salle des coffres, ressemblait moins à une arme, avec son canon court, sa poignée et son long chargeur, que le pistolet P7 SD muni d'un silencieux, qu'il tenait au bout du bras gauche levé en direction de la caméra de surveillance dans un salut antidémocratique. Il y eut un rire nerveux dans l'assistance.

Le P7 émit un bruit sourd et la caméra explosa, répandant des débris dans les cheveux d'une employée qui poussa un petit cri et se mit à claquer des dents. L'homme abaissa le pistolet vers les gens. Derrière le comptoir, une deuxième employée, brune moulée à la louche du bon goût du Sud, s'était immobilisée, un dossier « Interdictions d'émettre » à la main.

— Les clients à genoux, les employés debout, répéta-t-il, d'une voix forte et tranquille.

Il y eut un remue-ménage d'église pendant que chacun s'exécutait sans piper.

— Dépêchons ! Vous... dit-il à un employé blafard en costume anthracite, décrochez le téléphone, et appelez le commissariat en face.

— Mais quoi... écoutez...

— Faites ce que je dis, insista-t-il, sur un ton remarquablement neutre.

L'autre composa le numéro. On n'entendait plus que la respiration oppressée d'un sexagénaire en jean.

— Ça va ? lui demanda le braqueur. Vous n'allez pas me faire un malaise ?

— Non. Ça va, assura le pépé sportif.

— Ce ne sera pas long, rassura le faux aveugle.

— Allô ? Le commissariat ?... Je les ai, dit l'employé, l'air perdu.

— Faites-vous connaître, ordonna le braqueur.

— Quoi ? fit l'employé, l'air perdu.

— Dites votre nom.

— Ici, Hernandez, du Crédit agricole Gambetta...

— Répétez ce que je dis : « Nous sommes attaqués par un homme fortement armé... »

Les lèvres d'Hernandez se mirent à trembler et six minutes plus tard, l'agente Yvette Fouque vit l'aveugle sortir, tenant par le bras la dame aux cheveux blonds, qui serrait contre elle son cabas. Elle ouvrit la portière droite de sa voiture et contourna le capot pour monter du côté conducteur. L'homme attendit qu'elle soit assise pour s'installer à son tour. L'auto démarra.

Quarante secondes n'étaient pas passées que deux douzaines de policiers en civil et en tenue dévalaient le perron du commissariat, pistolet à la main. Une partie d'entre eux se précipitèrent dans deux voitures pie et démarrèrent brutalement en déclenchant la sirène. Les autres se ruèrent vers la banque. Yvette demanda ce qui se passait mais on ne lui répondit pas tout de suite. Tout l'effectif restant du commissariat entourait à présent la guérite et regardait vers le Crédit agricole.

— Eh oui, fit une secrétaire, à cause des rideaux, de l'intérieur, il pouvait nous surveiller mais nous, de l'extérieur, on voyait rien.

— Mais enfin, qu'est-ce qu'il y a ?

Un jeune moustachu qui portait la casquette à bande verte, se décida à expliquer :

— T'as bien remarqué un aveugle qui sortait, non ?

— Oui. Avec une cliente qui le raccompagnait.

— Eh ben, c'était un braqueur, avec son otage.

— Un culot incroyable, ajouta quelqu'un d'autre. Il a fait ça tout seul, en nous téléphonant tout de suite. Il a dit que s'il voyait qui que ce soit sortir du commissariat, il commençait à tuer.

— Il n'ira pas loin, le quartier est bouclé, assura un troisième.

Dans l'établissement, la chaleur avait beaucoup monté. Au milieu du grouillement policier, Hernandez était pressé de raconter :

— C'est un dingue. J'ai déjà été braqué deux fois, dans d'autres agences. Mais celui-là, il m'a flanqué une frousse terrible. Il m'a obligé à compter l'argent à haute voix, au fur et à mesure que je le mettais dans le cabas de la dame qu'il a pris en otage. La pauvre, elle n'en menait pas large. Un dingue dangereux.

— A tout à l'heure, disait au même moment le dingue en question.

La femme blonde hocha du chef et freina. Ils se trouvaient à cinq cents mètres de l'agence, sur un pont qui enjambait la rue des Pyrénées. Il prit le cabas, y glissa ses lunettes noires et descendit. La voiture repartit pour se garer un peu plus loin, rue Stendhal. Pendant que la conductrice retirait son pardessus à cœurs, l'homme prenait, au débouché du pont, un escalier conduisant à la rue des Pyrénées. A mi-chemin, il s'arrêta sur un palier, devant une porte de fer, tira un passe-partout de sa poche et l'ouvrit. C'était un local de service depuis longtemps inutilisé, qui puait l'humidité. Il referma et dans l'obscurité complète, prit une valise bon marché à droite de la porte, en tira un attaché-case, un costume d'alpaga, une cravate prune, un loden vert tyrolien. Il rangea le tout sur la valise posée à plat et entreprit de se changer.

— Le commissaire te demande dans son bureau, dit un flic à Yvette Fouque. Et, montrant du doigt le gilet pare-balles, il ajouta :

« Tu peux retirer ton presse-pastèques. »

Le brame du cerf monta vers les nuages étalés d'un vertigineux coup de pinceau jusqu'aux confins de la plaine. Dans un effort éperdu, l'animal tenta d'arracher ses pattes postérieures à l'emprise de la tourbière. Le barzoï cessa d'aboyer pour mordre le cerf au tendon d'une patte antérieure qui se souleva, secouant le museau arrimé à sa chair. Le chien sentit sur lui le souffle de la bête traquée qui inclinait la tête pour le heurter de ses bois. Alors le chasseur plongea son épieu dans la gorge du cerf et, mêlée aux fumets de terreur de la proie, aux exhalaisons de la vase, une enivrante odeur de sang emplit les narines du barzoï.

— Allez, Starky, j'ai pas toute la journée !

Le chien du tsar et des voïvodes sentit l'impérative pression de la laisse et fit où on le laissait faire, répandant sur le pavé de la rue de la Cloche la morne puanteur des espèces défaites et de leurs souvenirs.

Débouchant de l'escalier, Léon jeta un regard dégoûté au couple formé par le chauve, gérant de la boutique de photocopie, et son cabot à longs poils.

En haut de cette partie de l'avenue Gambetta qui longe le square du même nom, au pied des hauts murs du Père-Lachaise, vous êtes sur une esplanade triangulaire, cernée de chaussées, la place Martin-Nadaud. Si vous tournez le dos au cimetière, vous découvrez au début de la rue Sorbier un côteau planté de hauts robiniers, avec un bout de prairie gazonnée, des rosiers, des massifs de fleurs constamment renouvellés. Le tout est baptisé « square Jacques-Grancher-1843-1907-connu-pour-ses-recherches-sur-la-tuberculose-et-les-maladies-infantiles » et en permanence interdit d'accès par une grille. En haut, derrière le square, une maison grise à deux étages, à laquelle on accède par un escalier rue Orfila, ou par une route pavée rue Villiers-de-l'Isle-Adam. Quand on part de celle-ci, on grimpe une côte bordée à droite par le square et à gauche par un hangar rouillé, puis un terrain vague, où s'appuient les madriers de soutènement de cette maison grise, ultime vestige de la rue de la Cloche. Cette bâtisse possède deux entrées, mais elles portent toutes deux le même numéro : 9. Le côté du bâtiment tourné vers la rue Orfila forme avec un autre hangar, sur dix mètres, la rue Westermann, rare exemple d'espace dont la carte est le territoire : sans plaque ni numéro, elle n'existe que sur les plans de la Ville. Sur l'arrière, un étroit boyau, la rue Voulzy, mène de l'escalier de la rue Orfila à la rue Villiers. Dans l'unique immeuble, les murs sont fendus, les marches pourries...

— Mais la vue ! la vue ! disait Juliette.

— La vue, bof...

Léon ne savait plus exactement où avait eu lieu cette conversation. C'était à un des carrefours de Paris où s'alignent ces restaurants à formule grâce auxquels se promener en ville procure autant d'émotions que feuilleter un magazine à fortes recettes publicitaires. Depuis la gargotte géante arborant une enseigne romaine pour refiler du copeau de viande et des desserts de mousse à raser colorée, jusqu'au débit de boissons bordelaises où la moue fate des loufiats garantit l'excellence du rouquin, en passant par le marchand d'huîtres et de surgelés chez qui la fraîcheur du produit est proclamée par l'existence concentrationnaire de homards ligotés en aquarium, sans oublier un de ces endroits japonais où l'on ne sert presque rien avec tant d'élégance. Une vague idée d'Italie voisinant avec un bout de terroir désinfecté, un chromo maritime et un stérotype zen, c'était donc un quartier comme les autres, ce qui désolait Juliette.

Elle l'avait entraîné dans un restau mexicain : il n'y en aurait partout que dans six mois. Des étourdies en jupette collante marchaient en canard comme au cours de danse et jetaient sur les tables des chips piquantes avec de la purée d'avocat. Ils buvaient une bière très claire et de la tequila.

— Tu as une vue magnifique de chez toi, disait-elle, et puis c'est un des derniers coins authentiques de Paris.

— Ah, me fais pas chier avec l'authenticité... Ma rue, tu la trouves délicieusement pittoresque parce que tu n'y viens que rarement. Si tu y habitais, tu verrais surtout que c'est le chiotte à chiens de tout le quartier. Elle est si merveilleusement à l'écart et hors du monde que les clébards peuvent la beurrer tranquilles... J'aime pas mieux mon XXe authentiquement crasseux que ta Bastille branchée.

— Et qu'est-ce que t'aimes, toi finalement, hein ?

Elle s'énervait en trempant la chips dans une sauce rouge.

« Qu'est-ce que t'aimes, dans la vie ? Je me le demande, hein ? A part lire et aller au cinéma... »

— Tu le sais bien...

— Ne me regarde pas comme ça, je t'ai dit que je venais pas chez toi ce soir. J'en ai pas envie et de toute façon...

— Quoi ? Explique-toi, merde !

Elle avait fini son verre puis elle avait ouvert la bouche, et il n'avait à peu près rien écouté de ce qui en était sorti. Encore aujourd'hui, il lui arrivait de céder à cette habitude d'enfance : refermer le livre quand on pressent que la fin sera vraiment trop triste.

Mais quand elle s'était tue, comme elle avait l'air d'attendre une réponse, il avait lancé au hasard :

— L'autre jour, j'ai entendu à la radio une vieille interview de Truffaut qui expliquait que le cinéma, c'est quand même mieux que la réalité. Il donnait l'exemple de l'arrivée en bateau dans un port : c'est bien beau, mais il y a des moments interminables. Tandis qu'au ciné, tu vois le navire à l'entrée de la rade, un plan du quai, un autre de l'échelle de coupée et voilà, tu as débarqué... La vie, c'est pas mal, mais il y a vraiment trop de longueurs. Sauf quand je fais l'amour avec toi. C'est pour ça qu'on ferait mieux d'arrêter de discuter, et d'aller baiser.

Ils avaient arrêté de discuter mais n'étaient pas allés baiser. Il ne l'avait revue que hier, jour où elle était censée lui rendre la traduction qu'il lui avait sous-traitée et que Papiénon réclamait depuis un mois. Elle n'avait traduit que les remerciements de l'auteur et il y avait des contresens, Léon avait soupiré et voulu la prendre dans ses bras, elle s'était dérobée, il s'était énervé.

— Bon, allez, tire-toi.

Elle avait haussé les épaules.

— D'accord. Je reviendrai quand tu seras calmé.

— Pour quoi faire ?

— Pour te rapporter la suite de la traduc, tiens.

— Si c'est ta seule raison de me revoir...

Le manuscrit avait voltigé par la fenêtre et Juliette était partie.

L'entrée de l'immeuble était bloquée par un groupe formé de Jacob, un des voisins du deuxième, de Mme Margot et de deux membres de la bande des Zaïrois qui occupaient un deux-pièces dans l'arrière-cour. Le crâne de Jacob s'ornait d'un nouveau bob jaune canari qui aggravait la forme ovoïde d'une tête pélicanesque. Sous les grands rires éblouissants des Noirs sapés en pingouins de comédie, il expliquait avec des sautes aiguës de la voix comment il aurait réagi, lui, s'il avait été au Crédit agricole pendant le oldupe. Mme Margot, concierge de l'espèce oisillon, marquait son désaccord par de violents mouvements de tête :

— Tais-toi, tais-toi, je ne veux pas y penser, tu aurais pris un mauvais coup... Bonjour, M. Jaquet, dit-elle en apercevant Léon, vous savez, pour la banque ?

— Oui, on m'a dit, en bas, au Nadaud... Dites-moi, hier soir, vous n'avez pas trouvé un manuscrit sur le trottoir ? Une espèce de dossier avec des feuilles tapées à la machine ?

Mme Margot leva vers Léon ses grands yeux clairs :

— Non, vous pensez bien, j'aurais deviné tout de suite que c'était à vous. Et vous, vous n'avez pas vu Jojo, par hasard ?

Comme Léon secouait la tête, elle ajouta :

— Je suis un peu inquiète, je ne l'ai pas aperçu depuis hier soir. J'espère que tous ces événements ne lui ont pas monté à la tête, et qu'il ne s'est pas encore mis dans de sales draps.

— Il n'est pas chez lui ?

— Non. Mais en rentrant, il risque d'avoir une drôle de surprise : il a un squatter !

Mme Margot pouffa et devant l'air interrogateur de Léon, poursuivit :

— Oui, ce matin, quand je suis allée acheter ma baguette, en remontant, j'ai vu que des pieds dépassaient de sous la planche de Jojo.

— Il va revenir. Il doit être à son carrefour.

Jojo était un tout petit clochard roux qui portait fièrement une vieille pèlerine d'agent cycliste des années cinquante et une casquette sur laquelle il avait collé une bande de papier avec l'inscription « Police ». Il s'appliquait à régler la circulation au coin de deux rues où circulaient peu de voitures et où les voisins s'étaient habitués à ses mouvements de sémaphore. Sous les poutres qui soutenaient la maison, du côté du terrain vague, il avait installé un bout de moquette et posé contre le mur, en biais, une plaque de contreplaqué recouverte d'une toile cirée. Là-dessous, sa taille assurait ses aises. Il s'était même étendu à l'extérieur de son abri, où il avait accroché un miroir à un madrier, disposé deux pots de fleurs artificielles et divers objets de récupération. Il logeait là à l'année, donnant parfois un coup de main à Mme Margot pour tirer sur le trottoir d'en face, contre la grille du square, la poubelle à roulettes de la Ville. Quelquefois, quand il prétendait demander ses papiers à un individu louche qui le prenait mal, ou voulait procéder à l'arrestation d'un cafetier pour refus de le servir, ses collègues du commissariat voisin l'emmenaient dans un établissement de repos. Mais ses bonnes manières, les carences budgétaires de l'Assistance publique et le faible intérêt que présentait l'étude de son cas pour une carrière de psychiatre lui assuraient un prompt retour sous sa planche.

Remonté chez lui, Léon alluma l'ordinateur et commença à taper : « Juliette, je revois ton visage de ces après-midi d'été catalan, où après l'amour, nous nous endormions dans l'incroyable barouf de la calle San Pablo. De cette torpeur absolue que je n'ai connue qu'à Barcelone, tu émergeais un peu après moi. J'avais eu le temps de m'émerveiller de la douceur de ton visage, tes yeux s'ouvraient, ton regard se posait sur moi, et je voyais que tu ne savais pas même encore qui tu étais, et, dans cette hésitation où tu te tenais, entre l'angoisse d'être de retour et l'acquiescement souriant à la vie, dans cet état d'avant la conscience et la perception, je t'aimais comme jamais je ne t'ai aimée... Absente à toi-même, tu m'offrais le sentiment de ta présence pure... »

On frappait à la porte.

— M. Jaquet, M. Jaquet !

Léon soupira et alla ouvrir. Mme Margot croisait les bras sur la poitrine, les mains agrippées aux épaules, comme si elle avait voulu protéger des coups du sort sa poitrine creuse.

— M. Jaquet, venez vite. La police est là, Jojo est revenu... il y a un mort chez lui.

Léon éteignit l'ordinateur et choisit une veste plus chaude que celle qu'il portait tout à l'heure, car il avait remarqué que la température extérieure était inférieure aux prévisions météo.

— Le type que nous avions envoyé enquêter, rue de la Cloche, était un collaborateur régulier de l'Institut. Patrizio Lucchini, journaliste italien indépendant installé en France depuis quinze ans. Politiquement, plutôt de l'autre bord, mais très sérieux dans la collecte du renseignement. Le type idéal pour l'enquête qui nous intéressait. Très introduit dans les milieux associatifs, il avait fondé l'Agence pour la communication alternative qui publiait un bulletin tous les dix jours.

D'un geste, le vieil homme qui écoutait derrière son bureau suspendit les explications de son vis-à-vis pour prendre un cigare dans un humidificateur recouvert d'écailles de tortue. Puis, son interlocuteur ayant décliné d'un signe l'invitation à se servir, il se livra à la cérémonie du coupage, léchage, allumage.

— Ah, soupira-t-il après la première bouffée, vous ne savez pas ce que vous perdez... Les Dominicaines les roulent à la main sur leurs cuisses tièdes... Sans doute vous préoccupez-vous de votre santé, de votre ligne, de votre forme... de toutes ces calembredaines dont on nous rebat les oreilles aujourd'hui. Vous avez bien tort, mon petit Xavier. Regardez-moi. J'ai soixante-dix-huit ans, je n'ai jamais fait de sport et pourtant, avec toutes les vicissitudes que j'ai connues, je mange, je bois, et je baise ma masseuse toutes les semaines que Dieu fait...

Xavier d'Ivraie considéra une seconde le grand vieillard couperosé qui lui faisait face et émit un petit rire.

— Je disais donc.. reprit-il sur un ton plus détendu.

— Vous ne dites plus rien, coupa le vieillard en soufflant la fumée vers le plafond, laissez-moi réfléchir.

D'Ivraie se râcla la gorge, rajusta ses lunettes mais garda le silence. Pendant un instant, dans la bibliothèque pénombreuse, où les bruits de l'avenue Henri-Poincaré ne parvenaient que très étouffés par les doubles vitrages, il n'y eut plus que le grincement léger du fauteuil que le vieil homme faisait pivoter, quelques centimètres à droite, puis quelques centimètres à gauche, sur un rythme irrégulier, comme si ces déplacements marquaient chaque étape de sa réflexion.

— Voilà ce que vous allez faire, dit-il enfin en posant son cigare dans un cendrier de lave. Vous allez contacter ce type, là, vous savez, l'ancien du GIGN reconverti dans le privé...

— Krachevski ? Ce dingue qui se prend pour un Indien ?

— Oui. Un dingue très efficace, d'après ce que je sais.

— Mais il est complètement paranoïaque, on ne peut pas le joindre directement, il faut laisser un numéro sur son répondeur et c'est lui qui vous rappelle. Cela peut prendre du temps et nous sommes très pressés...

— Il fera vite s'il est intéressé. Et il le sera. Ecoutez-moi.

Le vieil homme exposa son plan et tandis qu'il parlait, sa joviale cordialité avait entièrement disparu. Son visage semblait se brouiller, ses traits reprendre une dureté ancienne, celle d'un homme habitué à prendre des décisions aux conséquences sans appel pour la vie des autres. Quand il eut terminé, il montra d'un geste circulaire la bibliothèque autour d'eux, avec ses livres que seuls différenciaient, sur la reliure lie-de-vin, les caractères cyrilliques, gothiques ou romains :

— Vous vous rendez bien compte, dit-il, que dans cette affaire, c'est l'avenir de tout cela que nous jouons. Le monde a changé de bases et l'Institut a joué un rôle non négligeable dans ce changement. Mais maintenant, il faut qu'il montre qu'il sert encore à quelque chose. On nous confie pour la première fois une affaire ayant trait à l'édification du nouvel ordre mondial. Nous devons tout recommencer, faire nos preuves, comme en 47.

Il s'était levé et son vis-à-vis l'avait imité.

— Vous me ferez un rapport chaque jour. Mais...

Du bout rouge de son cigare, il montra, sur le revers du costume bon marché de Xavier d'Ivraie, un minuscule insigne, à peine visible entre une rose et une croix de Lorraine :

— Jusqu'à présent je vous ai donné des consignes, mais voici un ordre : virez-moi ça. Ces enfantillages sont moins que jamais de saison, quand nous essayons d'échapper aux stéréotypes qu'on a accolés à l'Institut.

Sans mot dire, Xavier d'Ivraie retira la discrète croix gammée.

— Pour vous consoler, ajouta le vieillard, dites-vous qu'il y a des forces historiques dont la symbolique doit disparaître, quand l'essentiel de leur programme a été repris et réalisé partout, et depuis longtemps.

Un car de police-secours et une voiture du SAMU étaient garés devant chez Jojo. Cinq ou six flics en uniforme fouillaient sans conviction le terrain vague. La casquette à la main, l'œil exorbité, la pèlerine en berne, ses boucles rousses plaquées sur le crâne par une mauvaise sueur, le clodo suivait l'opération d'embarquement dans l'ambulance d'une forme recouverte d'un drap blanc. Quand le véhicule à croix verte eut descendu en marche arrière le raidillon de la Cloche, un homme trapu portant jean, blouson clouté, santiags et pistolet au côté, se tourna vers les voisins regroupés : Jacob qui arborait à présent une casquette de yachtman, Mme Margot, les Zaïrois — il en manquait bien une demi-douzaine à l'appel —, Mme Cesvik la Yougoslave, Janine la rocker du second et Léon Jaquet, le traducteur fatigué.

— Bon, annonça le trapu, je suis l'inspecteur Rion. Mes collègues de la Brigade criminelle vont venir prendre l'enquête en charge, mais je vais recueillir vos premières déclarations. Par qui je commence ? Qui a vu quelque chose ?

— Moi, chef, moi, j'ai tout vu.

Un visage gras et triste était apparu à la portière d'une Simca garée le long du trottoir, devant le terrain vague. Le flic s'en approcha, jeta un coup d'œil à l'intérieur, où s'entassaient en désordre un sac de couchage, des sacs poubelle diversement remplis, de vieux journaux.

— Sortez du véhicule, dit le flic.

L'occupant de la voiture s'exécuta. Il était en robe de chambre crasseuse et pantoufles boueuses.

— Qu'est-ce que vous faisiez là ?

— Ben, chef, c'est chez moi.

— Vous vivez là-dedans ?

— Ben oui, j'habite là, dans la voiture. Mais je la bouge, de temps en temps. C'est pas une épave. Elle marche, chef, je vous jure. Je suis tout en règle... je touche le RMI, vous voulez voir mes papiers ?

— Vous vous appelez comment ?

— Ali Lotto... Je sais, ajouta-t-il en souriant devant le sourcil levé du policier, on dirait pas... C'est parce que je suis kabyle. Vous voulez voir mes papiers ?

— Tout à l'heure. Alors, Ali, tu as tout vu ?

— Oui, tout.

— Alors, qu'est-ce que tu as vu ?

Ali fit la grimace :

— Ben, rien.

Rion s'accouda au toit de la voiture, faisant saillir son biceps sous le cuir et approcha sa tête tout près de celle d'Ali :

— Tu te fous de moi ?

— Non, chef, je vous jure, j'ai rien vu de spécial. Le type, là, celui qui est mort, il est rentré sous la planche de Jojo, je venais juste d'aller acheter à boire chez le Tunisien, il ouvre à neuf heures, et puis, voilà, moi je suis resté chez moi jusqu'à onze, et après, il y a Jojo qui est rentré, et il a trouvé le type. D'abord, il s'est mis en colère, il a voulu le tirer par les pieds, et puis d'un coup, Jojo, il est devenu tout blanc, il a couru chez Mme Margot pour téléphoner et voilà, quoi.

Rion considéra un moment l'expression de sincérité véhémente sur les traits d'Ali.

— Bon, soupira-t-il, tu as d'autres fringues que ça ?

— Bien sûr, chef, j'ai des habits. Là, je m'étais mis à l'aise... Ma voiture, c'est ma maison.

— On avait compris. Habille-toi et va attendre dans le fourgon.

— Mais chef, pourquoi ? Vous m'embarquez ? J'ai rien fait, je le jure.

— Fais ce que je te dis, et prends tes papiers.

Pendant qu'Ali entrait dans sa voiture en se lamentant à mi-voix, l'inspecteur se tourna vers le groupe de voisins qui formait un demi-cercle derrière lui, poussa un soupir excédé et à l'intention des agents en uniforme qui avaient regagné les abords du fourgon lança :

— Vous avez trouvé quelque chose ?

— Non, assura un grand dadais, rien de plus que les merdes de Jojo, et la chemise...

— Quelle chemise ? Ah, oui, j'oubliais...

Rion contourna le groupe de voisins et, gagnant l'avant du fourgon, ouvrit la portière, prit quelque chose sur le siège côté passager et revint vers les habitants de la rue de la Cloche.

— Quelqu'un sait ce que c'est, ça ?

Il montrait une chemise de carton souillée portant une inscription au feutre : « Death Job ».

— Ah ! s'exclama Léon, mon manuscrit.

L'inspecteur s'approcha de lui, les autres s'écartant instinctivement, comme pour les laisser en tête à tête :

— C'est à vous, ça ?

— A moi... si on veut...

— C'est-à-dire ?

— C'est le manuscrit d'un roman que... que je traduis pour les Presses de France...

— Vous êtes traducteur ?

Léon opina du bonnet.

— Et vous pouvez m'expliquer ce que ce manuscrit faisait entre les mains de la victime d'un assassinat ?

La question coup de poing. Sans avoir jamais éprouvé cette sensation, Léon avait souvent cherché des mots pour la rendre : il avait traduit beaucoup de polars.

— Un assassinat ?

Rion fit entendre un claquement de langue agacé :

— Oui, un assassinat. La victime a été étranglée.

Le cercle des voisins poussa une exclamation et il se retourna pour les faire taire de ce regard sec et froid des corps sans chair : corps préfectoral, médical ou policier.

— Alors ? lança-t-il à Léon.

— Bah, dit ce dernier après un instant de silence, ce type a dû trouver le manuscrit par terre. Je l'ai balancé hier soir par la fenêtre... Mais c'est tout ce qui reste ? demanda-t-il en montrant la chemise du doigt.

— Il y avait autre chose ?

— Six cents feuillets de texte anglais...

— La victime avait entre les mains la chemise, vide. Mais dites-moi, c'est une habitude chez vous, ou c'est exceptionnel, de jeter les manuscrits par la fenêtre ?

Léon hésita.

— Alors ? insista l'inspecteur.

Léon se disait qu'il avait tout intérêt à expliquer très précisément ce qui s'était passé, que les ennuis allaient s'accumuler s'il racontait des craques à ce type, qu'il n'avait rien contre lui, qu'il détestait les antiflics primaires... Mais il n'avait pas envie de parler de Juliette.

— Alors, rien, j'ai eu une espèce de crise de rejet, ce bouquin, je pouvais plus le voir en peinture, j'ai balancé le manuscrit, ça m'a soulagé. Voilà.

— Voilà. Bon... Montez dans le fourgon, vous aussi...

— Mais enfin...

— Ne vous excitez pas. J'ai besoin de recueillir votre témoignage calmement, c'est tout...

— Les autres, dit l'inspecteur aux habitants de la Cloche, vous vous présenterez cet après-midi au commissariat de la rue Gambetta. Nous allons simplement relever les identités. Il est l'heure de déjeuner.

A quinze heures, quai de la Rapée, au dix-huitième étage d'un immeuble de verre, on est assis autour d'une longue table. Les messieurs ont la mine de celui qui doit dynamiser sa branche, gérer efficacement des ressources humaines, animer et coordonner une structure de mission chargée du suivi, optimiser le redéploiement d'entreprises au premier plan de leur secteur. On sent bien que celui-ci est autonome de tempérament, très relationnel et très communicant, que celui-là a une ouverture d'esprit, un sens du contact alliés à une forte puissance de travail, que ce troisième, passionné, a un sens aigu de l'organisation et du concret, que ce quatrième a un profil des plus pointus. Les dames sont à l'unisson, avec ce brin de féminité qui est un plus. L'une d'elles se lève et prend la parole :

— Nous sommes réunis pour prendre connaissance des résultats de l'audit de sécurité sur nos locaux accessibles au public, destiné à prévenir premièrement le développement de nouvelles formes de criminalité, deuxièmement les nouveaux risques générés par la guerre du Golfe. Même si ce rappel vous semble inutile, permettez-moi, en tant que présidente de séance, d'insister sur la confidentialité de nos travaux. Leurs conclusions seront strictement réservées aux directions générales. Y a-t-il des remarques préliminaires ?

Après un bref silence, la présidente annonça :

— Puisqu'il n'y a pas de questions, nous allons tout de suite écouter le rapport de notre consultant.

Elle appuya sur un bouton.

— M. Krachevski, annonça-t-elle tandis que la porte s'ouvrait sur un homme portant costume d'alpaga, cravate prune et loden vert tyrolien.

Vers vingt-deux heures, quand, au sortir du quai des Orfèvres, Léon traversa le quai Saint-Michel, il s'étonna du calme qui régnait au Quartier latin. Le séjour au commissariat de Gambetta avait été bref. Pendant qu'Ali était placé dans une cage grillagée en attendant son tour, Léon avait été conduit dans une grande salle où plusieurs bureaux cohabitaient. Rion lui avait expliqué que les autres inspecteurs étaient mobilisés par un braquage puis, d'un signe, l'avait invité à s'asseoir près d'une table. L'inspecteur s'était installé devant sa machine à écrire portative, avait glissé une feuille sous le rouleau puis sorti d'un tiroir un sandwich qui n'était pas aux rillettes, expliqua-t-il, son nom lui valait déjà bien assez de plaisanteries, d'autant qu'il était originaire du Mans.

Le sandwich et l'autobiographie de Rion étaient à peine terminés que deux hommes en blouson mode et cravate ficelle se présentèrent. Ils saluèrent poliment Léon et, après un conciliabule à voix basse avec leur collègue, embarquèrent le témoin.

Ce dernier, en remontant un boulevard Saint-Michel presque désert, avait bien du mal à remettre dans l'ordre la suite de ses souvenirs. Il y avait eu une succession confuse d'attentes, d'interrogatoires sur son identité, son travail, ses liens éventuels avec le défunt. Il avait expliqué plusieurs fois ce que c'était que *Death Job* : un roman américain dont la sortie simultanée dans plusieurs pays européens était théoriquement prévue pour la fin février. Pour finir, on l'avait laissé seul avec un certain Ferrat, qui arborait un nœud papillon et des manières courtoises.

— Pour l'instant, lui avait-il annoncé en lui serrant la main, vous êtes entendu à titre de témoin, mais on peut très bien vous placer en garde-à-vue si vous n'êtes pas coopératif. Je ne sais pas si vous vous rendez compte, mais vous êtes dans une drôle de situation. D'après Joël Dautour, le clochard qui l'a trouvé, Lucchini était couché sur le ventre, la chemise du manuscrit serrée dans ses bras. Vous êtes sûr que vous ne le connaissiez pas ?

Léon soupira :

— J'ai déjà dit non, au moins douze fois.

— Pas la moindre idée de la raison pour laquelle il avait pris la chemise en question ?

— Pas la moindre.

— Vous n'avez pas pu le croiser dans le milieu de l'édition ?

— Sa tête ne me dit rien.

— Oh, les photos de l'Identité ne sont pas fameuses... Dites-moi, *Death Job*, ça veut dire « boulot de mort », ou « boulot de la mort », c'est bien ça ?

Léon hocha la tête.

— Et de quoi parle ce livre ?

Léon se crispa et sentit que sa crispation était visible.

— Eh bien, pour tout dire, j'avais à peine traduit les remerciements.

— Comment ça ? Vous m'avez bien dit que la sortie était prévue pour la fin février ? Vous mettez combien de temps, habituellement, pour traduire un manuscrit de cette taille ?

— Trois mois... Mais comme j'ai dit à vos collègues, j'étais en crise... je n'avais presque rien fait, j'avais une autre traduction en cours, *Les Conseils de beauté de Lady Di* et j'ai craqué quand je me suis aperçu que je n'y arriverais pas.

Léon s'obstinait à ne pas mentionner l'existence de Juliette. Lui envoyer les flics n'était pas le meilleur moyen de renouer.

— Vous l'avez lu, quand même, ce manuscrit ?

— Je ne l'ai ouvert que pour prendre le feuillet que j'ai traduit, et que j'ai encore chez moi d'ailleurs.

— Comment ? Vous ne lisez pas un livre avant de le traduire ?

— Aussi bizarre que cela paraisse, quand c'est pressé, non. Je le lis au fur et à mesure que je le traduis.

— Comment est-il, ce manuscrit ? Tapé à la machine ?

— Par une imprimante Mac, dans un caractère banal.

— Si nous retrouvions d'autres pages du manuscrit, vous pourriez les identifier ?

— C'est pas sûr.

Ferrat s'était absenté une demi-heure puis était revenu en annonçant :

— Je ne vous crois pas. Votre crise est confirmée par M. Antoine Papiénon mais vous avez bonne réputation auprès des éditeurs. L'un de ceux à qui je viens de téléphoner m'a résumé l'impression générale, ajouta-t-il en baissant les yeux sur un papier : « M. Jaquet sait établir cette relation intime avec l'œuvre qui est indispensable à une bonne traduction. » Tout le monde exclut que vous ayez pu vous abstenir de lire un manuscrit que vous deviez traduire.

— Si vous croyez que les éditeurs savent comment les traducteurs travaillent...

— Pourquoi mentez-vous sur ce détail insignifiant ? Et si vous mentez sur ce point, pourquoi diriez-vous la vérité pour le reste ?

Léon sentait bien qu'il se mettait dans une position difficile. Mais, parce que son film préféré était *Peter Ibbetson*, où à la fin, le héros traverse les murs de son cachot pour rejoindre l'aimée dans le monde des rêves, il s'obstina :

— Je ne vous mens pas.

Alors, il fallut tout recommencer. Redire son emploi du temps. Oui, il s'était recouché vers six heures et demie, il avait été réveillé par Papiénon. En effet, il confirmait avoir beaucoup bu la veille, et recommencé le lendemain. Oui, quand il buvait, il lui arrivait, comme à tout le monde, d'avoir des trous noirs.

— Vous vous rendez compte, avait demandé Ferrat, que le seul élément qui empêche de vous considérer comme suspect principal, c'est la déclaration de M. Ali Lotto ? S'il faut en croire ce témoin plutôt... fragile, Lucchini s'est glissé sous la planche vers neuf heures. On se demande bien ce qu'il allait foutre là... mais c'est une autre histoire... Lucchini n'est plus ressorti, jusqu'à la découverte de son corps à dix heures trente. Mais comment expliquer que, d'après les premières constatations du médecin légiste, la victime ait été étranglée entre huit heures trente et neuf heures trente ? Nous avons enlevé la planche et fouillé les lieux, rien.

Tout d'un coup, Léon en eut assez :

— Peut-être qu'il était déjà blessé à mort quand il est entré sous la planche. Vous savez, comme ce joueur de foot de Marseille qui a marqué un but d'anthologie alors qu'il se trouvait, à la suite d'un coup reçu, dans un état d'inconscience complète. Ou alors, il y a un souterrain sous la moquette de Jojo. Après tout, la rue de la Cloche a été construite à l'emplacement de deux sources, dont l'une lui a donné son nom, et il y a le tunnel du chemin de fer circulaire qui passe dessous... Ou bien encore, Ali ment pour couvrir l'assassin, qui est une assassine. Car Mme Margot a trucidé Lucchini parce qu'il tentait de la violer... C'est un mystère de chambre close, que vous me proposez là. Mais contrairement à l'auteur, le traducteur n'a pas à se préoccuper de la vraisemblance de l'intrigue. J'en ai marre de discuter avec vous. Je n'ai pas beaucoup de connaissances juridiques, mais je ne crois pas que je sois tenu par la loi de vous répéter pour la dixième fois mon témoignage. Ou vous me laissez partir, ou vous me placez en garde-à-vue.

Il s'était levé. Ferrat le toisa des pieds à la tête pendant un moment, sans mot dire. Puis il se baissa vers sa serviette, y prit une grande enveloppe matelassée portant la mention « Laboratoire central de la police nationale ».

— Je voudrais vous faire voir quelque chose, dit-il en l'ouvrant.

Léon examina l'objet que le policier lui mettait sous le nez. Une corde terminée par une boule enveloppée de cuir.

— Normalement, expliqua le flic, il y a une boule aux deux extrémités. Ce sont des bolleadoras argentines, avec ça les gauchos capturent veaux, vaches et taureaux sans leur briser les pattes. La seconde boule a disparu, on ne l'a pas retrouvée dans la rue de la Cloche. C'est avec ça que Lucchini a été étranglé.

Léon agrippa le dossier de son siège.

— Pourquoi me montrez-vous ça ?

Ferrat le dévisagea une seconde puis remit la chose dans l'enveloppe et soupira :

— Bon. Tant pis pour vous.

Et, se levant, il alla ouvrir la porte :

— Puisque vous y tenez, allez-vous-en...

Aussi simple que ça.

Léon avait échoué dans un tabac, en face du cinéma Galande qui jouait à vingt-deux heures trente *Rocky Horror Picture Show*. Irait-il voir pour la septième ou huitième fois chanter le travelo vampire ? L'habituelle queue de fanatiques punkoïdes était singulièrement réduite.

Avant de se décider, Léon avait un coup de fil à donner. Désireux de gagner du temps, il respecta scrupuleusement l'ordre des opérations : d'abord, commander un café au garçon à tête de cocker dépressif et ensuite seulement, demander la ligne à la femme tronc du guichet cigarettes-Loto. De vieilles odeurs traînaient dans la cabine et le combiné était moite. Juliette avait encore changé son message. Elle rapait :

— Les keums et les meufas, vous l'avez dans l'baba, c'est sûr que j'suis pas là, mon répondeur vous l'dira : parlez après le bip (bis)

Léon raccrocha sans avoir ouvert la bouche.

— Qu'est-ce qui se passe ? demanda-t-il en réglant le garçon. Il y a un match ce soir, ou quoi ? Les rues sont vides...

L'autre lui lança un regard sombre, haussa les épaules et lui tourna le dos.

Léon regagna le boulevard Saint-Michel. A présent, la circulation était bloquée par une petite foule qui barrait la chaussée. En approchant de la bouche du métro, il s'aperçut qu'il s'agissait d'un car de CRS et d'une centaine d'étudiants précédés d'une banderole : « Non à la guerre ».

— Le métro est fermé ? demanda-t-il à une jeune fille blonde.

— Non. Mais il est bloqué direction Clignancourt... Il y a des manifs partout, ajouta-t-elle sur un ton excité.

— Vous protestez contre quelle guerre ? s'enquit poliment Léon.

— Comment, quelle guerre ? Vous savez quel jour on est ? Le 16 janvier ! Les Alliés ont attaqué l'Irak ce matin ! Vous ne le saviez pas ? Oh, mon Dieu ! Les gens ne savent pas ! s'exclama-t-elle et elle éclata en sanglots.

Léon s'éloigna pour marcher longtemps dans des rues vides, où la seule trace de vie était la palpitation bleutée des écrans derrière les vitres.

Vers une heure du matin, quand il fut de retour au pied de son immeuble, il s'étonna d'y retrouver Jacob en conversation avec Mmes Margot et Cesvik. Le Juif tunisien avait adopté pour le soir un bonnet de laine tricoté, et sa mine était féroce.

— Ah ! monsieur Léon ! Vous êtes revenu ? dit-il. Le destin est noir pour nous !

— Qu'est-ce qu'il y a, encore ?

Léon renifla. Il venait de remarquer l'odeur de brûlé et les traces de suie dans l'escalier.

— C'est chez Janine, dit Mme Margot. Son téléviseur a implosé. Heureusement, elle était aux toilettes. Son appartement est complètement détruit.

— C'est le destin ! s'exclama Jacob. Deux malheurs comme ça dans la journée, ça ne devrait pas arriver, c'est contraire aux mathématiques. La loi des probabilités est absolument contre. Ça prouve bien que le destin existe ! Qu'il y a quelque chose au-dessus de nous !

— Et Janine ? s'enquit Léon.

— Elle est allée dormir chez son frère, à Aubervilliers, dit Mme Margot. Elle reviendra demain. Je vous jure, quand j'ai entendu cette explosion, à minuit pile, j'ai cru que c'était la fin !

Une main sur le cœur, elle paraissait plus menue que jamais.

— Heureusement, ajouta Jacob, en roulant des yeux terribles, les pompiers sont venus très vite, sinon, on était bons, tout l'immeuble grillait ! C'était la fin de la rue de la Cloche !

— Bien, dit Léon, bon, maintenant, je vais me coucher.

Chez lui, il s'abstint d'allumer et s'assit au bord du lit. Dans la pénombre de la pièce éclairée seulement par le réverbère d'en face, il ne bougea plus pendant cinq minutes, l'œil fixé sur le répondeur et le chiffre lumineux lui indiquant que deux messages avaient été enregistrés. S'il y avait quelque chose au-dessus de nous, si la loi des probabilités existait, ou bien Dieu, ou n'importe quoi donnant un sens à l'entropie universelle, il devait y avoir un appel de Juliette. Léon appuya sur la touche.

Voix suave de Papiénon : « Cher ami, je sais que vous traversez des moments difficiles et que nous vous avons beaucoup demandé. Je n'ai pas pris votre éclat au pied de la lettre. Recontactez-nous rapidement pour que nous établissions de nouvelles bases à notre collaboration. »

Voix cassée de Janine : « Salut, Léon. Y'a un coursier qui a apporté un paquet pour toi. Il a dit que c'était urgent, que tu devais l'avoir avant minuit. Il l'a laissé devant ta porte mais je l'ai monté chez moi, appelle-moi dès que tu rentres. »

Il se leva, alluma son ordinateur mais avant même que le menu apparaisse sur l'écran, il se rendit compte qu'il avait oublié de sauvegarder sa lettre à Juliette. Il fouilla sa mémoire. Les mots se dérobaient.

Léon s'étendit tout habillé sur son lit, et resta ainsi, les mains croisées sous la tête, les yeux ouverts, une bonne partie de la nuit. Il se sentait irrémédiablement déplacé.

En effet, comment s'identifier à un personnage qui, au lieu de réfléchir à l'énigme posée par le meurtre survenu à deux pas de chez lui, au lieu de réfuter sérieusement les raisons qu'il avait de se soupçonner lui-même, au lieu de s'inquiéter du rapport entre une implosion et un paquet, ne se préoccupait que de l'exactitude d'une sensation à jamais dissoute dans la pénombre confuse d'une chambre barcelonaise ?

Léon se releva, fouilla la boîte à pharmacie, en tira une floppée de flacons et un livre dont le Parlement avait interdit la réédition. Il l'ouvrit à une page cornée, et tout en lisant, dévissa les flacons, compta les dizaines de cachets, les avala par poignées, avec de grandes gorgées d'eau.

Il se recoucha. En plus, songea-t-il, il n'avait pas réfléchi un instant à la guerre, à ses conséquences sur les rapports Nord-Sud et le cours du pétrole. Vraiment, rien à faire dans cette histoire, conclut-il avant de fermer résolument les yeux.

2

A dix heures trente, ce dix-sept janvier, les rayons du soleil frappaient à l'horizontale la tour du quai de la Rapée. Au dix-neuvième étage, un quinquagénaire était assis à son bureau, son profil d'une douceur replète incliné sur le carnet à spirales où son Mont-Blanc laissait des signes noirs. Prise de plein fouet dans la lumière, la peau glabre de son crâne penché luisait. Front plissé, sourcil froncé, il s'appliquait, un bout de langue rose pointant par instant au bord des lèvres son obscénité puérile.

L'interphone l'interpella :

— Monsieur Caumont ?

— Oui, fit le chauve en reposant son stylo de prestige.

— Monsieur Krachevski est là.

— Faites entrer.

Caumont se leva pour aller accueillir son visiteur qui entrait, en tenue de jogging.

— Vous êtes toujours agréablement ponctuel, lui dit-il. Prenez place, je vous prie.

D'un geste, il l'invita à s'asseoir et retourna s'installer dans son fauteuil. Il fit disparaître vivement le carnet à spirales dans un tiroir et, levant les yeux, remarqua le regard d'Emile K. posé sur le panorama, au-delà des baies.

— Eh oui, dit Caumont, des fenêtres de mon bureau, on vérifie d'un seul regard la singulière capacité de l'homme à exprimer par des formes géométriques les qualités de son temps : bêtise sans prétention des années cinquante pour les bâtiments du port d'Austerlitz, arrogance audacieuse des années 70 pour les tours du XIIIe, bêtise, arrogance, et prétention sans audace des années 80 pour le ministère des Finances.

Emile K. sourit.

— Vous pouvez vous vanter, poursuivit Caumont, d'avoir fait votre petit effet, hier, en concluant votre exposé par le récit de votre hold-up... Et quand vous avez ouvert l'attaché-case pour nous restituer le butin, j'ai bien cru que certains de mes collègues allaient nous faire un caca nerveux. Après votre départ, je me suis fait drôlement souffler dans les bronches. On ne comprenait pas pourquoi je vous avais choisi pour cette mission d'audit. La commission était sacrément partagée. Au début, une petite moitié d'entre nous étaient carrément partisans de dénoncer le contrat et de confier votre cas à la justice. D'autres objectaient que, pour tout le reste, vous aviez fait un excellent travail en recensant les faiblesses de nos dispositifs de sécurité, et que si on choisissait la solution du rejet, nous devrions renoncer à utiliser votre rapport, ce qui serait bien dommage. Mais tout le monde, y compris moi, a considéré que ce vrai-faux braquage, c'était de la folie pure...

Emile K. s'agita sur son siège, mais Caumont leva la main :

— Je sais, vous avez pris toutes les précautions pour ne faire courir aucun danger aux autres.

Il baissa les yeux vers un feuillet posé sur le bureau :

— Vous avez fait constater que votre pistolet ne contenait qu'une balle par un huissier qui vous a accompagné jusqu'à un banc, où vous avez été ensuite constamment sous le regard d'une policière avant de passer à l'acte. Vous avez déchargé tout de suite l'unique balle contre une caméra. Vous avez fait compter exprès à haute voix votre butin pour nous en remettre l'intégralité. La pseudo-otage était une employée à vous. Voilà les points de l'argumentaire que j'ai relevés. Vous en ajouteriez d'autres, si vous aviez à vous défendre ?

Emile K. secoua la tête et parla pour la première fois depuis son entrée dans la pièce :

— Je n'ai pas à me défendre, dit-il froidement.

Caumont poursuivit sans relever la remarque :

— Tout cela montre que vous maîtrisiez les risques. Mlle d'Arno, qui présidait la séance, l'a fait observer. Elle nous a également fait mesurer l'effet désastreux qu'aurait l'affaire si elle s'ébruitait. Nous avons imaginé ce que diraient les journaux si on apprenait qu'une commission où étaient représentés les plus grands établissements bancaires avait commandité un hold-up. Cela a emporté la décision... Voici donc le reliquat de ce qui vous est dû...

Il tendit une enveloppe à Emile K. qui la prit et se leva.

— Attendez, mon vieux. Ne partez pas si vite. Il y a autre chose...

Le privé se rassit :

— Si vous vous voulez que je vous garantisse que cette affaire restera confidentielle, dit-il de cette voix sans inflexion qui avait terrorisé les clients de la banque, sachez que la conservation des secrets est une de mes spécialités. Mes secrets sont mon assurance-vie.

Caumont secoua la tête :

— Oh, sur ce chapitre, nous vous faisons confiance...

Il sourit :

— Votre démonstration m'a beaucoup impressionné. Pas seulement à cause de son côté spectaculaire...

Il ouvrit un tiroir, en tira un magnétophone grand comme un in-octavo, le posa sur la table et le mit en route. La voix enregistrée de Krachevski s'éleva dans la pièce :

« Si j'ai décidé de mettre l'accent sur certaines faiblesses de vos dispositifs par un moyen si peu ordinaire, c'est parce que je voudrais attirer votre attention sur un danger spécifique, le seul qui ne puisse, à mon avis, être complètement réduit. Nous avons longuement disserté sur le terrorisme... Mais même si l'évolution des matériels le rend redoutable, le terrorisme, on en vient à bout. Il y a plusieurs manières. L'anéantissement est la plus connue : grâce à la combinaison judicieuse de l'informatique et des indicateurs, la parole revient toujours, tôt ou tard, aux équipes d'intervention spécialisées. Il y a aussi la manipulation : pour des motifs qui leur sont propres, les autorités peuvent décider que les terroristes leur sont plus utiles hors de prison. En tout cas, la politique et la technique policière sont en mesure de maîtriser entièrement le phénomène. Les nouvelles formes de délinquance sont peut-être plus préoccupantes. Comme je vous l'ai exposé, il existe aujourd'hui beaucoup de hors-la-loi qui échappent à ce “ milieu ” avec lequel la société légale a établi tant de voies de communication. Mais le voleur dépensant encore son argent de manière stéréotypée, il suffit de placer des informateurs dans quelques lieux de consommation... Non... ni le terrorisme, ni les nouvelles formes de délinquance ne constituent la menace la plus grave. »

La voix d'Emile K. s'éleva d'un coup de deux registres, son débit se fit plus rapide :

« En réalité, il me semble que les gardiens des richesses modernes — ce que vous êtes par excellence — ont tout à craindre de cette expression la plus achevée de la modernité : l'individu polyvalent, maîtrisant des techniques de base comme l'informatique ou le tir instinctif, connaissant bien les réseaux de circulation des valeurs et les structures des pouvoirs, et dépourvu de liens affectifs durables. Un tel individu, qui déciderait de rompre avec toutes les lois sans se laisser piéger par l'idéologie, comme le terroriste, ou par l'argent, comme le délinquant... »

Caumont appuya sur la touche « stop » et reprit la parole :

— En réécoutant l'exorde de votre discours, vous conviendrez, si vous êtes de bonne foi, qu'il laisse percer une certaine exaltation...

Krachevski sourit mais se tint coi.

— Et il ne m'a pas échappé, continua Caumont, que cette version high-tech du loup solitaire pourrait être, un jour ou l'autre, votre autoportrait.

Emile K. rit franchement puis s'arrêta net. Il n'aimait pas son rire, qu'il trouvait trop féminin.

— C'est un choix de carrière, dit-il simplement.

Caumont scruta un instant le visage impassible du privé, avant de reprendre :

— Vous m'intriguez, Krachevski, dit-il enfin. Vous intriguez d'ailleurs beaucoup de monde... Chez les officiels, les doutes sur votre santé mentale sont toujours assortis de remarques très flatteuses quant à vos talents professionnels. Ailleurs, on se demande surtout où vous allez... Dans plusieurs affaires très délicates qui ont mis en jeu de grands équilibres politiques ou financiers, vous auriez eu une attitude déroutante, dont vous n'auriez tiré aucun profit personnel...

— Vous êtes bien renseigné.

— C'est pour ça qu'on m'a embauché. Vous savez bien de quelle manière j'ai servi l'Etat, avant de pantoufler dans le privé... Mais bon, venons-en au fait. Maintenant, je vous parle non en tant que membre de la Commission bancaire mais en qualité de représentant de très gros intérêts économiques, à un niveau national et international. Vous allez être contacté par Xavier d'Ivraie. Vous voyez de qui il s'agit ?

— Je l'ai vu deux ou trois fois, quand il donnait des conférences à la cellule antiterroriste de l'Elysée, en 84. Un spécialiste tout à fait solide, sur les questions de sécurité.

— Il a été à bonne école. Formé à l'Institut sociopolitique par son fondateur, le vieux Robertini, ancien collabo condamné à la Libération puis amnistié. Mais vous savez qui est derrière l'Institut ?

— Bah, aujourd'hui, c'est difficile à dire. Dans les années cinquante, pendant la Guerre froide, l'Institut a eu un rôle important. Il était lié à la CIA et à diverses officines du patronat mais grâce au sérieux de ses analyses et de ses informations, les journalistes et les hommes politiques recouraient beaucoup à lui. Avec la disparition du rideau de fer, il est en pleine crise. Une partie de ses membres voudraient le tenir dans son ancien rôle, en défendant l'hypothèse que tout ce qui se passe à l'Est n'est qu'une illustration de l'habileté des communistes à garder le pouvoir, une nouvelle étape de la conquête du monde par le stalinisme. Une autre tendance, assez proche de la Nouvelle Droite, voudrait recentrer l'Institut sur une espèce de troisième voie européenne, indépendante des Etats-Unis...

— C'est tout ce que vous pouvez m'en dire, de cet institut ?

— C'est tout ce que je sais.

— Apparemment, vous ignorez que Robertini est membre du conseil d'administration d'une banque, la B3I, la Banque d'investissement immobilier et industriel, dans le capital de laquelle de très gros investisseurs japonais viennent de prendre une participation majoritaire. C'est la B3I qui est maintenant le principal bailleur de fonds de l'Institut. C'est au nom de l'Institut que d'Ivraie va vous contacter — à moins que ce ne soit déjà fait — pour vous demander d'enquêter sur le meurtre d'un de leurs collaborateurs, dans le XXᵉ arrondissement, tout près du lieu de vos exploits. Mais derrière l'Institut, n'oubliez pas qu'il y a la B3I...

— Et en quoi cette affaire de meurtre peut-elle intéresser les Japonais ?

— Je ne sais pas si vous avez suivi l'évolution de l'immobilier à Paris. Le bruit court que l'Institut et la B3I auraient eu vent d'un projet de prestige qui serait implanté dans le XXᵉ arrondissement à la fin du siècle. Pour le quartier cela signifierait une plus-value immobilière comparable à celle qu'ont connue les Halles avec le forum ou la Bastille avec l'opéra. L'Institut et la banque ont suffisamment d'amis dans l'Etat et dans l'administration municipale pour se dégotter ce genre de renseignement. Ce qui est sûr, c'est que la B3I a approché plusieurs partenaires éventuels pour une énorme opération immobilière dans l'Est de la capitale. Vous n'ignorez sans doute pas que les Japonais quadrillent la planète pour placer dans la pierre leurs yens surabondants. Mais comme ils craignent des réactions xénophobes, en général, ils préfèrent s'avancer masqués, en association avec des sociétés occidentales paravents. Vous savez sans doute qu'ils ont déjà réussi un beau coup en rachetant les Halles, ils aimeraient recommencer dans le XXᵉ. C'est tout ce que nous savons... Nous ignorons, en particulier, le lien éventuel entre le meurtre de la rue de la Cloche et l'éventuelle opération immobilière.

— Mais vous, c'est qui, vous ?

— Disons, d'autres intérêts, pas forcément convergents avec ceux de M. Robertini et des Japonais. Des intérêts plutôt liés à de gros investisseurs du Moyen-Orient.

— Ma déontologie m'interdit de travailler pour plus d'un client par affaire, dit Emile K. en se levant.

— Oh, il ne s'agit pas de cela ! se récria Caumont. Je voulais seulement que vous sachiez où vous mettez les pieds. Et puis... quand vous serez plus avancé dans cette histoire, poursuivit-il tandis que le privé repoussait son fauteuil, si vous avez besoin de renseignements, d'observations... venez me voir. Je serai toujours ravi de bavarder avec vous.

Krachevski lui tendit la main.

— Cette conversation était tout à fait intéressante, dit-il. J'en ferai mon profit...

Caumont l'accompagna jusqu'à la porte et sur le seuil, Emile K. se retourna :

— J'y pense... la partie de l'enregistrement que vous m'avez fait écouter pourrait être utilisée à mes dépens. Par exemple, si elle tombait entre les mains de ceux qui voudraient me passer la camisole. J'ai effectivement une voix assez exaltée, sur la fin. D'un autre côté, il ne m'a pas échappé non plus que la restitution pure et simple de l'argent que j'ai emprunté au Crédit agricole soulèverait trop de questions. Je sais que vous avez décidé de laisser plutôt jouer l'assurance. Je suis sûr que vous vous abstiendrez de mettre l'enregistrement entre de mauvaises mains. De mon côté, je n'inciterai personne à chercher dans quelle caisse noire ont fini les 600 000 francs que je vous ai rendus.

Caumont éclata de rire.

— Vous êtes vraiment paranoïaque, Krachevski, mais vous me plaisez. Si j'avais eu des gens comme vous, à la Piscine, on aurait fait de grandes choses, au lieu de couler des petits bateaux.

Sur le quai de la Rapée, Emile K. s'approcha d'une Golf GTI sale et cabossée. Il plia soigneusement la contravention glissée sous l'essuie-glace et la mit dans le portefeuille qu'il gardait dans un petit sac de ceinture. Ensuite, il ouvrit le capot, jeta un coup d'œil au moteur, rabattit le capot, se mit à quatre pattes pour passer la tête sous le châssis. Puis il se releva, ouvrit la portière avec une télécommande électronique, se glissa à la place du conducteur et démarra. Tout en roulant vers l'est, il décrocha son téléphone cellulaire et composa un numéro. A l'autre bout du fil, il y eut deux sonneries, puis sa propre voix résonna à ses oreilles :

« Société de sécurité Emile Krachevski. Si vous voulez... »

Il composa le code d'écoute des messages et la voix s'interrompit, pour laisser la place à d'autres :

« Maître Rapert à l'appareil. J'ai un gros client institutionnel pour vous. Une affaire juteuse. A l'étranger. Rappelez-moi. Merci. »

« Ici d'Ivraie. Suite à notre entretien d'hier, vos conditions financières sont acceptées. A vous de jouer. »

« Mademoiselle d'Arno à l'appareil. J'espère que vous n'avez pas oublié notre rendez-vous demain. »

« C'est Anne. Ton otage préféré. N'oublie pas mon petit pourboire, mon canard. »

C'était tout. Il raccrocha, composa un autre numéro, demanda la chambre 12 et parla :

— C'est moi. Ne me laisse plus de messages idiots. J'ai encore besoin de toi. D'accord pour une autre mission ?

— Bien sûr, mon chou.

Il jeta un coup d'œil à sa montre, où de petits cadrans disposés sur le pourtour du grand indiquaient l'heure dans diverses villes du monde.

A Bagdad, il était quinze heures et l'alerte venait de se déclencher une fois de plus. Quand la sirène avait retenti, le réceptionniste du Al Rachid avait mis un point d'honneur à ne pas sursauter.

— The american killers, dit-il au technicien français qui s'était accoudé au comptoir.

Celui-ci hocha la tête d'un air entendu et pour montrer que lui non plus n'avait pas peur des bombes de l'US Air Force, sans prendre garde à la bousculade discrète qui précipitait d'autres clients vers l'ascenseur conduisant aux sous-sols, il sortit son portefeuille et posa des billets sur le comptoir.

— Change ? dit-il.

Le réceptionniste sourit, se lissa la moustache, baissa les yeux sur les devises et prit une mine embarrassée :

— Sorry, dit-il, we take only dollars.

A Tokyo, il était vingt et une heures et un Blanc vêtu d'un élégant costume trois pièces émergea de la sortie nord de la gare de Shimbashi au milieu d'une foule qu'il laissa s'écouler, le temps de remettre le pardessus qu'il avait ôté dans le train. Le temps aussi de repérer, près de la locomotive hors d'usage qui trônait au milieu de la petite place, l'homme qui l'attendait. Comme prévu, il tenait à la main un exemplaire d'un journal français, qui se trouvait être, il le découvrit en s'approchant, un vieux numéro de *La Croix*. Dans quelle bibliothèque ou institut catholique se l'était-il procuré ? La chose lui importait peu. En revanche, il fronça le sourcil en découvrant l'allure générale du personnage qui s'inclinait devant lui. Un gamin engoncé dans son costume, plus habitué aux blousons de cuir ou aux combinaisons noires bardées d'insignes qu'à sa présente tenue de cadre.

— Galar-san ? demanda le jeune homme. I am sorry, ânonna-t-il, I do not speak french but I speak english.

— Je suis M. Galar, et je parle japonais, dit en nippon le Blanc.

— Je suis Udo, dit le jeune homme qui parut soulagé de reprendre sa langue maternelle. Vous avez présenté une requête pour vous entretenir avec le très vénéré Kaoru Ogawa ?

Galar hocha sèchement du chef.

— Nous devons en parler. Si vous voulez bien m'accompagner...

Le visage fermé, Galar le suivit jusqu'à une limousine noire aux vitres fumées. « Au moins, se dit-il, ils ne m'ont pas imposé une de leurs grotesques bagnoles gonflées. J'aurais été obligé de refuser de monter. »

— Nous discuterons plus à l'aise chez Osabé, dit le jeune homme avec un nouveau sourire qui se voulait aimable malgré les manières grossières du Français. Vous connaissez ?

Le Blanc opina du bonnet sans desserrer les dents et ils roulèrent en silence à travers l'ancien quartier coréen. Quand ils furent sur le seuil du bar, d'où ils apercevaient, derrière un long comptoir, les tonneaux de saké, Galar se retourna d'un bloc :

— Vous n'entrez pas avec moi, lança-t-il. Je ne discute pas avec un *chimpira*. Allez le dire à votre oyabun.

Il avait parlé très vite, de peur d'être interrompu par une explosion de violence. Le jeune homme avait blêmi, son regard étincelait, les muscles de ses mâchoires se contractaient spasmodiquement. Il murmura une injure et lui tourna le dos.

Galar entra dans le bar et s'assit à l'une des tables le long du mur. Tandis qu'on posait devant lui des sushis qu'il n'avait pas commandés, il se dit qu'il avait passé la première épreuve.

Il avait délibérément traité de « petite pine » son interlocuteur. C'était le terme qu'employaient les vrais yakusas pour désigner les jeunes voyous amateurs de voitures gonflées. Le gosse ne l'avait pas tué, ce qui montrait qu'il avait reçu des instructions à ce sujet. Et lui, le Français, il leur avait prouvé qu'il ne supporterait pas qu'on lui manque de respect en le faisant recevoir par un minuscule sous-fifre. « Le plus dur reste à faire, conclut-il en avalant un morceau de poisson blanc qu'il se refusa à identifier. Je vais devoir convaincre l'envoyé d'Ogawa-san. Il va falloir qu'à travers lui, je fasse comprendre au chef du deuxième syndicat du crime japonais, au maître d'une fédération de cent treize groupes qui exerce son influence dans le monde entier, qu'il a tout intérêt à intervenir dans une affaire qui vient de s'enliser quelque part dans le XXe arrondissement de Paris. »

A New York, il était six heures. Le détective de l'hôtel Benson, alerté par un coup de téléphone anonyme, découvrait dans une chambre de l'établissement le corps d'un individu d'une cinquantaine d'années, taille et corpulence moyenne, type moyen-oriental, détenteur d'un passeport saoudien au nom de Yasser Chérif, homme d'affaires. Communiquées au FBI, ses empreintes firent apparaître qu'il s'agissait d'une fausse identité. L'homme s'appelait Megrine. Mais le détective de l'hôtel n'en sut jamais rien.

A Paris, il était midi. Pauline Ronier se caressait le jabot et Antoine Papiénon suivait du regard les doigts courtauds qui glissaient sur la soie. Cette péronnelle qui le chapeautait sous prétexte qu'elle avait travaillé dans les usines à *megasellers* américaines et inventé le slogan « Nos thrillers racontent l'actualité de demain », avait ramené des States la manie de se couvrir le plastron de dentelles ou d'énormes nœuds de tissu brillant et mou. Chaque fois qu'il avait une entrevue avec elle, Papiénon était fasciné par la monstruosité de ses goûts vestimentaires.

— Jaquet suicidé ? répéta-t-elle, résumant l'information que venait de lui livrer Papiénon. Vous en êtes sûr ?

— Ce matin, en venant ici, j'ai fait un crochet par chez lui. Je voulais le ramener à la raison, ou tout du moins, reprendre le manuscrit, puisque Coutry insistait tant pour qu'on le récupère. J'ai trouvé l'immeuble en révolution. La concierge m'a appris qu'un inconnu était venu lui demander d'alerter le SAMU parce que Jaquet avait avalé des médicaments. Pendant que la concierge téléphonait, le type a disparu. C'était d'ailleurs plutôt ce type et sa disparition que le suicide de Jaquet qui intriguaient les voisins.

— Il était dépressif ?

— Apparemment, ça n'allait pas fort. Il a eu récemment des ennuis. Il y a eu un crime dans sa rue et la police l'a interrogé. Un inspecteur m'a téléphoné à ce sujet... Je ne vois pas Jaquet en assassin, c'est vraiment pas son genre, conclut Papiénon avec un petit rire.

Et il tira une pipe de la poche de poitrine de sa veste en velours côtelé.

— Je regrette la disparition de votre traducteur, dit Mlle Ronier en jetant un coup d'œil à sa montre sans cesser de caresser ses dentelles, mais nous devons...

— Oh, coupa Papiénon, à l'heure actuelle je ne sais pas s'il est mort ou non, j'essaie de retrouver dans quel établissement hospitalier le SAMU l'a emmené.

Le mouvement des mains sur le jabot s'accéléra.

— Et le manuscrit ? Vous croyez que Jaquet a vraiment pu le jeter ?

— Il en est bien capable.

Mlle Ronier interrompit son geste et, posant les mains à plat sur son bureau scruta le visage de son interlocuteur. Voilà que ça le reprenait. Deux ou trois fois par jour, aux moments les plus inattendus, Papiénon perdait l'air traqué qu'il promenait d'ordinaire aux Presses de France, dans les bureaux bourdonnants d'intrigues, dans les couloirs semés de confraternelles chausse-trapes et jusque dans les placards où finissaient les plans de carrière périmés. La pipe éteinte qu'il suçotait émettait tout à coup un petit bruit flûté et un sourire béat illuminait sa face obèse.

Mlle Ronier haïssait Papiénon. Elle mettait dans cette haine une véhémence qui allait bien au-delà de la saine expression du désir d'écraser un concurrent. Ses sentiments à l'égard du gros barbu remontaient peut-être à ce jour où, devant le comité de lecture au grand complet, il avait dû lui expliquer que Marguerite Yourcenar, qu'elle prétendait contacter dans son île du Maine, était décédée depuis deux ans.

— Alors, le manuscrit est définitivement perdu ? J'ai encore reçu un coup de fil de M. Coutry. Il était hors de lui.

Elle avait prononcé le nom du chef suprême dans l'espoir de voir le sourire s'effacer, mais il s'accentua :

— Oh, il y a peut-être une possibilité de le récupérer, assura Papiénon. J'ai ma petite idée.

— On peut savoir laquelle ? Ne le prenez pas mal, mais vos idées ne sont pas toujours très productives.

Là, c'était un coup direct qui aurait certainement raison de sa bonne humeur. Une allusion à la malheureuse affaire de la collection « Cœur perdu », qu'il avait voulu lancer pour concurrencer sur le terrain du roman rose une multinationale canadienne. L'entreprise s'étant soldée par des pertes à multiples zéros, Papiénon s'était retrouvé pendant un an au cimetière des éléphants : dans le cadre de la restructuration de la boîte, on l'avait chargé d'annoncer à une série de vieux auteurs maison qu'on ne prendrait plus leurs nouveaux manuscrits, la plupart de leurs fidèles lecteurs étant morts et la description de leurs exquis états d'âmes n'intéressant plus personne. C'était seulement parce que Coutry avait des prétentions à l'écriture et que Papiénon lui avait toiletté plusieurs manuscrits, que ce dernier avait pu réintégrer son poste de directeur littéraire. Mais il avait dû accepter la supervision d'une jeune battante fabriquée aux USA.

Un frémissement au coin des lèvres de son subordonné donna quelque espoir à Mlle Ronier. Le visage se crispa, la bouche fut un instant en berne puis la pipe chuinta et le sourire revint, plus épanoui que jamais. « Il doit être maso », conjectura-t-elle mentalement.

— J'ai ma petite idée, répéta Papiénon. Jaquet était un type très solitaire. Mais je connais au moins une personne qui était proche de lui. Elle saura sans doute s'il a vraiment détruit le manuscrit.

Il glissa sa pipe dans sa poche de poitrine. Ronier jeta un nouveau coup d'œil à sa montre et se leva.

— Bon, excusez-moi, dit-elle avec un faux sourire, j'ai un déjeuner. Donc, on compte sur vous. Nos partenaires américains tiennent beaucoup à ce que nous récupérions l'intégralité du texte original. C'est tout l'avenir de nos relations avec eux qui est en jeu.

Le directeur de la collection « Thrillers de demain » s'était levé à son tour.

— Je vais faire ce que je peux.

— Faites l'impossible, dit Ronier en enfilant un manteau vert pomme, parce que, je ne devrais pas vous le dire, mais nous sommes entre amis, n'est-ce pas : sur cette affaire, c'est aussi votre avenir dans la maison qui se joue.

La directrice du département étranger constata avec plaisir que cette fois, le missile avait touché le but. Le sourire de Papiénon s'effaça.

— Il est midi, dit Emile K en relevant les yeux de sa montre. On se retrouve en 1961.

— A tes ordres, Marlowe. T'auras le grisbi ?

— Bien entendu. Et toi, si tu es en avance, consomme avec modération. Sinon, la prochaine fois, ce sera le salon de thé.

— Garde tes propositions dégueulasses pour tes poufiasses de la haute.

Il raccrocha, émit un claquement de langue agacé. Quelque chose n'allait pas. Pourquoi donnait-il son rendez-vous à la taverne d'Henri IV, coupe du meilleur pot 1961, où il était presque sûr de croiser de vieilles connaissances de la PJ ou de la magistrature ? Ne risquait-il pas d'y rencontrer un ancien de la section antiterroriste reconverti dans la surveillance des pédophiles et pressé d'évoquer le passé ? A cette idée, il sentit les muscles de son dos se contracter et tendit la main vers le sac à dos posé sur le siège d'à côté. A tâtons, il trouva le walkman.

Quand, au fond d'une rue d'Ivry parallèle à la Seine, il s'arrêta devant un portail portant un panneau « Loïc Aïssou, Mécanique Général, Spécialiste des Déesses », la voix de l'androïde Laurie Anderson se glissait dans son oreille, sur des flaques de sons irisés comme du carburant répandu.

Elle lui chantait en anglais d'Amérique :

C'est un homme qui vit une vie de danger.

Partout où il va, il reste... un étranger.

Drôle d'étranger. Ça vous dérange si je fume ? Et il disait :

Chacun, chacun pour soi
Chacun, chacun pour soi
Tous ceux qui sont d'accord disent aye.

— Aye, dit-il au jeune homme en salopette qui venait d'écarter les battants.

— Qu'est-ce t'as ? demanda ce dernier quand il eut coupé le moteur, tu t'es fait mal ?

— Oui, dit Emile K. en ouvrant la portière. Range-la, ajouta-t-il en montrant la voiture du pouce.

Il prit le sac à dos, se l'accrocha à une épaule et tendit le walkman :

— Tiens, cadeau.

— Ah, thank you. Et ça ? demanda-t-il en montrant le téléphone cellulaire posé sur le siège. Tu l'emportes pas ?

— Ça, pas touche. Cette ligne, il ne faut plus l'utiliser pour l'instant.

Le jeune homme secoua la tête :

— Oh, man, t'es vraiment ranopa.

— On me l'a déjà dit aujourd'hui. Je te dois quelque chose ?

— Non. Où tu vas ? interrogea-t-il comme Emile K. lui tournait le dos. Tu rentres à Paris ? Tu veux pas que je t'emmène à la gare ?

— Non, je n'ai pas fait mon jogging aujourd'hui.

Emile K. se mit à courir. C'était une étrange sensation, sans les écouteurs dans les oreilles.

Une heure plus tard, en entrant dans la taverne Henri IV, son regard se posa immédiatement sur Anne. Elle ne passait pas inaperçue. Son imper à cœurs bleus et rouges était posé sur le comptoir et son visage fripé arborait à présent un teint aussi fleuri que celui du patron, avec lequel elle pérorait :

— Royaliste, mon œil ! Z'êtes un facho, oui !

— Pas du tout ! Vous n'y comprenez rien ! Le roi, c'est le minimum d'Etat nécessaire, en dessous c'est la liberté pour le peuple, avec la tradition pour seul garde-fou !

Il poussait en avant son ventre, menaçant de renverser son Jarnicoton et celui de sa cliente. Visiblement, il l'avait à la bonne.

— La tradition, c'est un truc de facho, objecta-t-elle avec la mine fermée de l'ivrogne qui se bute.

— Et ça ! s'exclama l'autre en levant son verre, ça ?

Il mira le vin dans la lumière jaune du bistrot, le tourna entre ses doigts bagués, but, fit clapoter le breuvage sous sa langue, avala enfin.

— C'est pas de la tradition, ça ?

— Ah, ça ! concéda-t-elle en levant son verre. Ça !

Elle resta un instant le verre suspendu à mi-chemin de ses lèvres puis eut l'air interloqué, comme si elle s'étonnait de ne rien trouver, et but.

— Ça, répéta-t-elle en posant le verre.

Et elle appuya la tête sur le comptoir comme pour s'endormir. Emile K. remarqua deux juges d'instruction qu'il connaissait. Ils ne perdaient rien du spectacle.

— Anne, dit le privé.

Elle releva la tête et un sourire immonde éclaira son visage.

D'un coup, avec une acuité qu'il n'avait connue jusqu'alors qu'au moment du combat, Emile K. perçut distinctement chaque bruit autour de lui, trois voix claironnantes qui conversaient à une table, un colloque retenu à une autre, un échange murmuré dans un coin, le cliquetis de verres entrechoqués par mégarde, l'appel du garçon « Une assiette périgourdine, une », le tintement d'un couteau heurtant un rebord d'assiette, un rire bref... série de sons qui s'éteignaient au fur et à mesure que les têtes se tournaient vers eux.

La femme blonde au visage fripé sourit, découvrant une dentition lacunaire :

— Ah, voilà mon krakra, annonça-t-elle.

Emile Krachevski, ancien supergendarme, légion d'honneur à titre militaire, conseiller de grandes sociétés et de plusieurs chefs d'Etat étrangers, considéré comme l'un des meilleurs spécialistes mondiaux de la sécurité, jouissait-il de ce sentiment de déréliction qui le gagnait tandis qu'il s'avançait vers les épanchements avinés de sa collaboratrice ?

— C'mon, Thunder, kill him !

— Kill ! kill ! kill !

L'œil gauche de Thunder pendait hors de l'orbite et le droit était aveuglé par le sang du taureau. Il ne pouvait voir le cercle de visages apoplectiques derrière les barrières, mais il entendait le rugissement des parieurs et par-dessus, la voix aiguë du patron du Prospect of Whitby, le pub dont il était le champion et le fétiche.

— Kill ! kill ! kill !

Mêlée à la puanteur farouche de sa proie, une poussière âcre et sanglante lui emplissait les naseaux. Son œil énucléé, sa patte brisée par un coup de sabot, l'éraflure à son flanc, sa mâchoire tétanisée dans l'effort de la morsure, toutes ces douleurs se fondaient en une boule de souffrance insupportable, exaltante. Ses forces rassemblées dans sa gueule, il tenait bon, il tiendrait bon, accroché au museau du taureau jusqu'à ce que la masse énorme tombe sur le flanc, les pattes tricotant la sciure, et ce serait le moment le plus dangereux...

— Thunder ! Au pied ! Laisse ce chat tranquille.

A regret, Thunder détourna le regard du chat hérissé en position d'attaque de l'autre côté de la grille du square, et revint sur la chaussée de la rue de la Cloche. Le bull-dog renifla une déjection puis leva des yeux larmoyants sur trois hommes apparus en haut de l'escalier de la rue Orfila.

Le plus grand, blond et raide sous l'imper mastic, avait le même teint rose vif que les bouchers londoniens qui élevaient voilà cent ans des chiens tueurs de taureaux. Ses compagnons étaient plus bruns de peau : l'un, sportif en pardessus pied de poule, arborait un coûteux bronzage courchevelien, l'autre, dodu en manteau d'alpaga, présentait les concentrations de mélanine dans le derme qu'on associe généralement dans les rapports de police aux individus de type maghrébin.

Remorqué par son maître fleuriste, Thunder quitta la rue de la Cloche tandis que le trio s'arrêtait devant la porte de l'unique immeuble. Les trois hommes levèrent la tête et le basané en manteau d'alpaga fronça le nez.

— Elle mérite bien son nom, cette rue ! Ce bâtiment ne vaut pas un fifrelin.

Comme le blond lui jetait un regard perplexe, il expliqua :

— La cloche, dans le français populaire, cela veut dire le milieu des clochards.

Le blond haussa les épaules et dit avec un accent américain :

— Kagoshi, vous parlez mieux français que moi, et vous connaissez certainement mieux les Français mais en tant que responsable image, je maintiens que cette démarche est stupide.

— Allons, le vin est tiré, il faut le boire. Vuitton, montrez-nous le lieu du crime.

Kagoshi s'était tourné vers le troisième homme. Avec le geste élégant et sobre de ceux qui maîtrisent le protocole des voyages officiels, celui-ci montra la descente pavée.

— Par là.

Le terrain vague était à présent entouré des rubans de plastique blancs et rouges utilisés pour les travaux publics. Les lieux avaient été bouleversés par la fouille policière mais Jojo avait remis de l'ordre chez lui.

— C'est sous cette planche ? s'enquit Kagoshi.

— En effet, répondit Vuitton. Lucchini est entré là-dessous, vivant, il y est resté seul, jusqu'au moment où le clodo qui dort là l'a découvert. La police n'a que le témoignage de l'autre clochard qui dort dans une voiture et qui assure avoir eu la planche sous les yeux de neuf heures à la découverte du corps...

Les trois hommes restèrent un moment à contempler, l'air perplexe, le bout de terrain vague remoquetté de neuf sous les étais, avec la planche de contre-plaqué, le pot contenant une fleur en plastique, un paquet de revues salaces pour homme moderne et le panneau récemment apposé : « PRIVÉ. ATENSION, PIEGE A FEU. »

— Cet endroit ne me plaît pas, dit l'Américain. Allons-nous-en.

— Notre spécialiste image a des vapeurs, observa Vuitton.

— Votre chef de projet m'énerve, M. Kagoshi.

— Ne prenez pas le mors aux dents, John, dit Kagoshi sans se retourner, le regard toujours fixé sur la planche.

— Allons-nous-en, insista le dénommé John.

Kagoshi pivota sur lui-même :

— Il faut que j'aille au rendez-vous avec notre bailleur de

fonds. Mais vous, dit-il aux deux hommes, vous devriez mettre les voisins sur le gril pour leur tirer les vers du nez sur le dénommé Jaquet et son pseudo-suicide. Il y a anguille sous roche. Faites-vous passer pour des journalistes, débrouillez-vous, ce n'est pas la mer à boire...

— Entendu, dit Vuitton.

Le dénommé John grogna. Kagoshi lui tendit la main avec un sourire plein d'urbanité :

— Bon, je vous dis merde...

Le pied de l'Américain partit en avant comme un sabot de mulet, cueillant Kagoshi à l'entrejambe.

— Son of a bitch, gueula John, en enchaînant sur un coup de genou dans le menton. T'es le directeur sur cette opération, mais ça te donne pas le droit de m'insulter.

— C'est une façon de parler ! se récria Vuitton.

Il esquissa un mouvement vers Kagoshi à terre mais une voix dans son dos le figea :

— Bras en l'air ! collez-vous au mur ! jambes écartées !

L'Américain leva les mains et bougea lentement la tête pour voir qui donnait les ordres.

— Ne vous retournez pas ! Vous êtes en état d'arrestation. Vous avez le droit de refuser de répondre et tout ce que vous direz pourra être retenu contre vous.

Vuitton avait esquissé un mouvement pour obéir mais en entendant la dernière phrase, il pivota sur ses talons. Ebahi, il considéra l'espèce de nain roux qui portait une pèlerine usée et une casquette sur laquelle l'étiquette « Police » pendouillait, à moité décollée. Il braquait sur eux un engin tarabiscoté et noir, d'où émergeait un tube rouge.

Vuitton fit un pas vers lui.

— Tu l'auras voulu, dit Jojo et il appuya sur la gâchette.

L'engin fit « zzzz » et le tube rouge clignota.

Vuitton gifla le clodo. Une taloche appuyée et méchante qui l'envoya dinguer contre une Simca garée au bord du trottoir.

— Arrêtez, dit Kagoshi qui se relevait, la bouche saignante.

La portière de la Simca s'ouvrit et Ali en émergea. Il était en robe de chambre mais brandissait une manivelle.

— A l'assassin ! hurla-t-il.

— Ta gueule, dit John en dégainant un Browning.

Le Kabyle voulut pousser un nouveau hurlement, mais celui-ci se résorba en un cri inarticulé.

— Tu vois, ça c'est pas un jouet, ricana l'Américain qui lui avait enfoncé le canon de l'arme dans la bouche.

— Vous êtes fou, gémit Kagoshi, rengainez cette arme.

— Vous préférez qu'il ameute le quartier ? se rebella le responsable image.

Mais il retira le pistolet de la bouche d'Ali qui toussa, cracha et se mit à claquer des dents. Vuitton se pencha vers Jojo et le releva en le tenant par le col.

— Bon, dit-il, qu'est-ce qu'on fait de cette vermine ?

— Allons, mes fils, dit une voix onctueuse, laissez-les tranquilles. Vous ne devriez pas vous attarder ici. Qui vous dit que l'assassin ne rôde pas encore sur les lieux du crime ?

Les yeux se tournèrent dans la direction de la voix et s'écarquillèrent en découvrant à l'entrée de l'immeuble une religieuse dont la tenue repoussait résolument toute tentation de modernisme.

— Ma sœur, dit Vuitton, ne vous mêlez pas de ça. Nous sommes de la police, expliqua-t-il.

Et il donna un grand coup de poing dans le visage de Jojo, dont le nez éclata en rouge.

John agrippa Ali par le poignet droit et lui tordit le bras, le contraignant à se retourner.

— Nous allons embarquer ces messieurs, annonça l'Américain, tandis que dans sa main des menottes remplaçaient le pistolet.

— J'insiste, dit la nonne et un 6,35 apparut dans son poing, menu comme un pistolet-briquet.

— Ne faites pas de bêtises, dit Vuitton en lâchant Jojo pour s'approcher d'elle.

— Toi, tu commences à me casser les couilles, rétorqua la religieuse.

Et, à l'appui de ses dires, elle lui tira dans le pied.

Plusieurs bruits se firent alors entendre. Vuitton hurla en tombant à genoux, Jojo poussa un cri d'horreur, John gueula en encaissant un coup de la manivelle d'Ali dans la cheville, Kagoshi gémit et quelqu'un posa la question qui s'imposait :

— Que se passe-t-il ?

La face hâve de Jacob, surmontée d'une casquette de marin, était apparue dans l'embrasure de la porte. Derrière lui, on apercevait le crâne de piaf de Mme Margot et le visage ébahi de François, l'un des Zaïrois.

Au premier, une fenêtre s'ouvrit et Mme Slesvik se montra, creusant la question :

— Qu'est-ce que c'est qui se passe ?

Kagoshi avait repris un peu de couleurs :

— Allons-nous-en, dit-il. Les carottes sont cuites. A la voiture.

Les trois messieurs coûteusement vêtus coururent en claudiquant vers l'escalier de la rue Orfila tandis que la sœur entamait, sans hâte, la descente vers la rue Villiers-de-l'Isle-Adam et que les habitants de la rue de la Cloche s'interrogeaient, geignaient, se récriaient.

Sous le regard clair et triste d'Henri Fonda, le président du jury ouvre un à un les billets qui portent tous l'inscription « guilty ». Il déplie l'avant-dernier...

— Innocent, dit Léon en post-synchronisation.

Et il ouvrit les paupières.

— Aux yeux du Seigneur, nous le sommes tous, répondit une voix séraphique et le visage correspondant lui sourit avant d'ajouter : « Je suis sœur Marie des Anges ».

Ce qu'entendant, Léon aurait été tout disposé à goûter les joies du paradis sur la bouche édentée de la pâle face sertie d'une érotique cornette, si la voix n'avait grondé dans son conduit auditif comme un express se ruant dans un tunnel.

Sous le choc sonore, il ferma les yeux, assailli de visions paroissiales. Une jeune fille en chemise à l'église. Elle est en chaire, et d'où il est, il voit quelques pièces de sa tendre mécanique, ses bielles cuisses huilées, et jusqu'à la roue dentée du sexe. Elle est en os, et la jouissance la turbine jusqu'à la moëlle, le projecteur se met en marche et à 24 images/seconde, Juliette lui joue prospérité du vice. Visions brouillées d'instruments contondants, de conjonction d'organes, quincaillerie sado-maso, imagerie sein supplie-chienne.

Une nouvelle voix tonitrua :

— Comment allez-vous ?.

Un rond visage jovial se penchait vers lui, au-delà du flacon de goutte à goutte. Le regard de Léon accommoda. Blouse blanche et bout de stéthoscope hors de la poche, pas de doute, c'est un docteur.

— Alors, vous avez voulu nous quitter ? gronda encore la voix.

— Parlez moins fort, je vous prie, marmonna Léon.

— Ah ! Vous trouvez que je parle fort ? s'enquit le médecin, l'air intéressé.

— Moins fort, je vous dis.

Le médecin s'assit au chevet du patient et posa un coude au bord du lit :

— Là, ça va ? interrogea-t-il en baissant le niveau de son organe.

— Mieux. Pourquoi gueuler ?

— Ce n'est pas moi qui gueule. C'est votre sensibilité auditive qui a changé, diagnostica le praticien en prenant le pouls.

Léon ferma les yeux. Qu'est-ce que c'était que ces conneries.

— Vous avez eu de la chance, expliqua l'homme de l'art, que le SAMU vous conduise ici. Je suis le docteur Mecwaert, attaché à la clinique de la Miséricorde. C'est un établissement privé sous contrat de recherche avec l'Etat. Nous conduisons une expérience pilote de secours aux suicidants. Ailleurs, on se serait contenté de vous faire un lavage d'estomac et puis, après un vague entretien avec un psychologue, on vous aurait renvoyé dans vos foyers, en vous laissant à vos problèmes, au revoir et à la prochaine. Ici, dès qu'un suicidant arrive, nous lui faisons un check-up complet. Au besoin, comme dans votre cas, on prolonge son sommeil de quelques heures, le temps d'établir un protocole de réveil et de prise en charge. Nous sommes convaincus que les tendances auto-destructrices...

— Attendez, grogna Léon, vous voulez dire que vous m'avez maintenu endormi... ? Combien de temps ?

— Quelques heures, je vous l'ai dit. Vous êtes entré ici un mercredi, nous sommes jeudi soir.

— Mais de quel droit? Vous m'empêchez de me tuer, et après vous me gardez endormi? Qu'est-ce que c'est que ces salades?

— Attendez, laissez-moi terminer... Nous sommes convaincus que les tendances auto-destructrices sont souvent le fruit de lésions organiques insoupçonnées. Ce que la psychanalyse s'épuise à rechercher n'est bien souvent qu'un ulcère resté indétecté, une douleur si familière qu'on n'y prête plus attention, mais qui fait voir la vie sous des couleurs sombres. Eh bien, dans votre cas, figurez-vous que ces quelques heures de sommeil supplémentaires n'ont pas été inutiles. Nous avons découvert que vous aviez d'impressionnants bouchons de cérumen dans les oreilles!

Léon le regarda avec des yeux ronds puis pouffa, mais l'autre poursuivit :

— Ils sont là depuis votre enfance. Vous avez dû remarquer que la surdité voisine souvent avec des traits caractériels négatifs : pour parler vulgairement, si les sourds sont souvent acariâtres, c'est qu'ils sont tous un peu paranos, ils croient qu'on dit du mal d'eux. L'enfant qui entend mal socialise mal, tout le monde sait cela. Une plus ou moins bonne perception des nuances sonores...

— Moins fort!

— Excusez-moi, mais le sujet me passionne... Quel que soit l'événement à l'origine de votre geste, ce qui compte, c'est qu'il a rencontré chez vous un terrain dépressif. Votre personnalité était structurée sur un déficit de communication entre le monde et vous. Pour résumer : vous avez voulu quitter vos semblables parce que vous les entendiez trop mal pour les comprendre et les aimer...

Léon s'agita :

— Il ne vous est pas venu à l'idée que ces bouchons que vous m'avez retirés sans me demander mon avis, c'était une forme d'autodéfense contre la connerie? Que ce n'était peut-être pas un service à me rendre que de m'obliger à entendre dans votre voix toutes les nuances de la cuistrerie médicale?

— Ah ! fit le médecin ravi, vous voyez ? Vous adoptez déjà une stratégie plus offensive envers le monde. La phase revendicative est indispensable à la guérison... Vous verrez que votre caractère va se trouver profondément modifié... Et vous allez vous découvrir de nouvelles ressources. D'après le dossier, vous êtes traducteur d'anglais ?

— Oui.

— Mais vous le parlez bien, l'anglais ?

— Du vocabulaire, mais un mauvais accent. Et alors ?

— Eh bien, vous allez voir, ça va changer. Et si je dis voir, ce n'est pas tout à fait par hasard... Notre intervention sur votre oreille interne aura des conséquences d'abord dans la sphère ORL, vous serez beaucoup plus sensible aux odeurs, et ensuite, c'est toute l'écologie de vos sens qui sera améliorée, puisque d'après les toutes dernières recherches, la vision est influencée par l'audition et réciproquement. Comme dit le poète, les parfums, les couleurs et les sons se répondent... qu'est-ce que vous faites ?

Léon avait arraché le sparadrap qui maintenait en place l'aiguille du goutte à goutte.

— Vous voyez bien... C'est quoi, ce que vous me refilez dans le bras ?

— Un cocktail de vitamines et d'antalgiques légers, à cause du lavage d'estomac... Attendez... ne le retirez pas comme ça, il faut désinfecter.

Mais Léon était déjà hors du lit, ouvrait un placard, y trouvait ses vêtements suspendus.

— Il y a des religieuses qui travaillent ici ? demanda-t-il en s'habillant.

— En effet, l'établissement est géré par les Sœurs de l'Assomption. Vous avez quelque chose contre ?

— Pas du tout. Il y a donc une sœur Marie des Anges parmi les infirmières ?

— Inconnue au bataillon. Ici, les religieuses ont des noms plus simples. Mais vous ne comptez pas partir comme ça ?

— Si. Je suis guéri, non ? Vous devriez être content. Vous m'avez mis la puce à l'oreille.

Quand, après avoir dûment signé une décharge, Léon se retrouva sur le trottoir du boulevard Alexandre Dumas, où était située la clinique, il regarda les voitures à l'arrêt près du feu, les immeubles vieux et gris, les gens qui sortaient du métro et marmonna : « Qu'est-ce que c'est que ça ? ». Pour se renseigner, il alla acheter *Le Monde* et *Libération*.

En traversant la chaussée pour aller au kiosque, il se rappela le discours du médecin. Tandis qu'il payait le marchand de journaux, il écoutait et reniflait : derrière les bruits de trafic, derrière l'odeur de gaz brûlés, il n'y avait rien. Avec ce paquet de feuilles en main, sur l'esplanade du boulevard, Léon était perplexe : il n'achetait jamais le journal.

Il ouvrit *Le Monde* au hasard. C'était la page du carnet mondain qu'il considéra sans la voir. Puis il se força à lire quelque chose. A la rubrique « Réception », on annonçait :

En raison des événements, la soirée du vendredi 18 janvier 1991 des rallyes Luze-Rurckeim, Guerlain, Plinval, Hennessy, organisée par la comtesse Marco d'Alberti della BRIGA, Mme Bunford, la comtesse Jean Tillette de CLERMONT-TONNERRE, est reportée à une date ultérieure.

Léon changea de journal. Dans sa rubrique « L'arme du jour », *Libération* offrait à ses lecteurs un croquis sur les effets de la *fuel air explosive*, « bombe dix fois plus puissante qu'un projectile classique ». De la lecture de l'article, il résultait que les Etats-Unis se disposaient à envoyer sur les rives de l'Euphrate une vapeur riche en carburant liquide et en oxygène qui formerait un grand nuage d'aérosol, auquel une explosion mettrait le feu. La boule de flammes aspirerait l'oxygène de l'atmosphère environnante et jusque dans les poumons des soldats abrités dans les tranchées, les bunkers et les véhicules. Tout serait détruit sur trois kilomètres carrés et les victimes périraient brûlées à l'intérieur du nuage de feu. Le croquis, clair et détaillé, ne parlait pas de l'effet sur les poumons civils. Un puits de pétrole stylisé, comiquement penché, figurait les pertes.

Léon avait l'occasion d'ouvrir un journal chaque fois qu'il voyait Juliette, grande consommatrice d'actualités. Dans ce cas-là, il lisait tout, annonces, rubrique télé et nécrologie comprises.

Il se souvint que, depuis l'été, à chacune de leurs entrevues, il avait découvert une « arme du jour ». Après qu'ils eurent longtemps marché dans la nuit d'août et fait l'amour dans un hôtel crasseux près de la République, il avait lu un article sur l'œil de faucon de la Navy, l'AN/APS-138, qui permet de suivre dans n'importe quelles conditions atmosphériques 600 cibles aériennes, navales ou terrestres. Au terme d'un épuisant après-midi de discussions sans issue, avait surgi le véhicule de combat à roues/tourelles HOT (VCR/HT) de l'armée irakienne, fierté de la firme française Panhard, « arme rustique et très légère ». Et les visions hallucinées d'une nuit où ils avaient examiné de concert les différentes positions de la sodomie, suivaient de près dans sa mémoire la description des effets des armes chimiques ; le chlorure de cyanogène entrave la respiration des cellules et entraîne le coma par asphyxie, les neurotoxiques provoquent sueurs, congestions pulmonaires, convulsion et coma, les vésicants brûlent les yeux et entravent la respiration, le phosgène et le chlore provoquent des œdèmes du poumon et entraînent la suffocation...

Léon glissa le journal dans une corbeille à papiers. Il était révolté par la situation ridicule où on l'avait mis, suicidé à la manque, pénible cabot de retour sur scène après la grande soirée d'adieux, piteux amant du néant parti regarder le soleil en face, et qui découvre l'horizon occupé par *Les Conseils de beauté de Lady Di.*

Et puis, il était inquiet pour Juliette. Tout à l'heure, pendant que le médecin lui parlait, il avait eu une réminiscence, un souvenir fugace et décisif, et voilà qu'il lui avait de nouveau échappé ! Ne restait que le raisonnement qu'il aurait dû se faire depuis le début. Il avait jeté le manuscrit par la fenêtre, et Juliette était partie aussitôt après. Comment ne pas imaginer qu'elle l'ait ramassé ? Et que ce Lucchini, qui avait la couverture du manuscrit, ait été en contact avec Juliette ?

Peut-être avait-elle essayé de l'appeler ? Comme il se dirigeait vers la cabine téléphonique pour interroger son répondeur, il aperçut une religieuse qui lui faisait signe. « Sœur Marie des Anges », songea-t-il. Un absurde espoir le poussa vers elle.

Quand il fut à sa hauteur, il aperçut, dans l'entrebâillement de la large manche, un petit pistolet qu'elle braquait sur lui. Elle lui sourit et lui montra sur la chaussée une camionnette blanche couverte de tags :

— Avancez, mon fils, ce véhicule nous attend.

3

D'abord, on était simplement frappé que l'élan du corps, le velouté du teint, la véhémence de la chevelure épaisse et noire fussent si bien rehaussés par le luxe discret des tissus, le goût sûr de leur coupe et la sagace hardiesse de leurs échancrures. Puis il fallait convenir que la beauté de Mlle d'Arno passait les bornes du commun, car on croisait son regard, et le sentiment de triomphe qui émanait de ses formes s'engloutissait soudain dans le trouble opalin de ses yeux. (Peut-être Mlle d'Arno était-elle très myope.)

En levant son verre, Emile K. ne cessa pas de la fixer :

— A nos accords ! dit-il.

— Quel mot affreux ! répondit-elle en frôlant de ses lèvres le bord de la coupe.

— Je n'en ai pas d'autre.

Les ongles irisés de Mlle d'Arno se saisirent des minuscules choux que le garçon avait apportés avec le champagne.

— Délicieux, assura-t-elle. Ils sont au houmous. Heureuse alliance des cuisines française et orientale…

Elle leva la tête au plafond, ce qui produisit un superbe effet de cheveux en cascade, et sourit.

— Si Caumont était ici à ma place, observa-t-elle en désignant d'un léger mouvement de la main la vaste salle de restaurant fermée de hautes baies vitrées, il dirait que nous avons là un exemple typique de réussite française. Au sommet de cet Institut du monde arabe, qui est un Titanic culturel, un gouffre financier pour notre pays et un machin dont tous les gouvernements arabes se contrefichent, dans ce lieu censé nous ouvrir aux civilisations millénaires de centaines de millions d'hommes du Maghreb et du Proche-Orient, nous n'avons su qu'installer un temple de la bouffe, d'où l'on peut contempler Notre-Dame ! Tout un symbole de la présence de la France dans le monde !

— Vous ne le remplacez pas mal, Caumont. Vous le connaissez bien ?

— Assez bien, oui. Je connais son passé.

— Et son présent ?

— Je vois que nous entrons dans la première partie de notre colloque. Mais nous devrions peut-être passer la commande ? suggéra-t-elle en montrant le garçon qui attendait.

Quand le serveur fut reparti, elle reprit :

— Dans la Commission bancaire, outre sa mission spécifique sur la sécurité, Caumont représente le Crédit mondial Inc. Cet établissement est la propriété de l'émirat d'Abou Dhabi mais il a son siège aux îles Caïman, de nombreuses succursales en Afrique et d'importantes participations dans des banques américaines. Le Crédit mondial n'a pas très bonne réputation, on le soupçonne d'être impliqué, comme bien d'autres établissements, dans des opérations de blanchiment d'argent de la drogue. Mais comme de nombreux gouvernements occidentaux recourent à ses services pour des opérations *under cover*, les enquêtes, jusqu'à présent n'ont guère été poussées.

— Est-ce que cette banque investit dans l'immobilier ?

— Bien sûr. Elle spécule aussi sur le marché des changes, a des intérêts dans l'agro-alimentaire américain, la construction navale en Corée, le commerce des armes un peu partout... Ils ont placé des pions sur toute la planète, et comme ce sont les as des sociétés écrans, la seule chose qu'on peut dire, c'est que c'est une des premières puissances financières du monde.

— Et la B3I ?

— C'est un établissement de bien moindre importance, mais comme les Japonais l'ont racheté, son capital doublerait dans les semaines à venir que cela ne m'étonnerait pas.

Le sommelier apporta le vin dans son seau à pied et procéda. Emile K. goûta, hocha, le serveur servit. On mangea. Mlle d'Arno émit quelques opinions sur la situation internationale, la qualité du cinéma français, le professionnalisme des Américains. Puis le privé demanda :

— Est-ce que vous avez entendu parler d'un projet immobilier dans le XXe ?

— Oh ! Vous aussi ? On ne parle plus que de cela dans les dîners en ville. Mais ce ne sont que des rumeurs, personne ne sait rien de précis. Il s'agirait de la dernière marotte de notre Président. Son domaine absolument réservé. Pour avoir des informations sûres, il faudrait être dans les secrets de Transversale, la société d'étude qui s'occupe du projet. Mais il serait plus facile d'obtenir un entretien avec le chef du service action de la DGSE qu'avec le plus modeste de leurs employés... Je suis allée une fois à leur siège, à Villennes-sur-Seine. C'est une demeure du XVIIIe, très élégante, achetée avec des fonds spéciaux de la coopération. On vous reçoit dans des bureaux magnifiques, mais vides. Pas un papier qui traîne. Quand on a eu besoin de me montrer un document, il a fallu qu'on descende à la chambre forte, et là, on a dû attendre une demi-heure, un délai de sécurité après la mise en route de l'ouverture... Vous ne mangez pas ? Ce canard aux kumquats est pourtant délicieux...

Comme il ne répondait pas, elle croisa son regard mais ne put en soutenir longtemps la froideur médicale et elle reporta son attention sur son assiette :

— Moi aussi, je n'ai plus faim. Nous pourrions peut-être passer à la deuxième partie de notre entretien ?... Sur la terrasse, nous serons plus à l'aise.

A l'extrémité de la longue plate-forme triangulaire sur laquelle donnaient les portes vitrées du restaurant, ils prirent place dans des fauteuils de jardin. Ils avaient à leurs pieds la Seine, les façades XVIIIe de l'île Saint-Louis, le pont de la Tournelle et l'arrière de la Cité, soit un des plus beaux panoramas parisiens selon les spécialistes.

Quand un garçon eut servi le café sur une table basse, Emile K. posa dans son giron l'attaché-case qu'il avait conservé près de lui pendant le repas, en tira une cassette vidéo, ferma la malette et la reposa à terre. Les yeux baissés sur la cassette, comme s'il la lisait, il commença, d'une voix calme et posée :

— Cette fois, c'est bien au-dessus de la moyenne. Le choix de vos partenaires est excellent. Le jeune homme aux lunettes à montures bleues a un beau corps, un mélange de douceur et de machisme naïf bien adapté au rôle que vous lui avez fait jouer. Même avec un martinet à la main, il n'est pas ridicule. Dans le registre malsain, l'espèce d'Irlandais un peu chauve est assez spectaculaire avec son air de haïr sa propre érection. Quand vous vous êtes mise sur le ventre, il a grincé des dents, c'était un moment d'une intensité assez extraordinaire, comme vous n'en aviez jamais atteint jusque-là. Le troisième homme était peut-être un peu gauche... c'est un Serbe, non ?

Mlle d'Arno hocha la tête. Elle avait soulevé sa tasse mais ne buvait pas, attendant la suite, les yeux mi-clos.

— Je l'ai deviné, reprit Emile K. Quand il a déchiré votre jupe... A ce moment, il a poussé une exclamation que... vous pourriez juger comme insultante ou flatteuse, selon votre état d'esprit... Quant à vous, ajouta-t-il avec un sourire approbateur, il est à peine croyable que vous réussissiez à être à la fois si belle et si ordurière...

Mlle d'Arno sourit et mouilla ses lèvres au bord de la tasse. A cet instant, une lumière surgit, glissant dans son dos, étirant brièvement, sur toute la longueur de la terrasse, sa silhouette penchée en avant sur un siège de plastique. Un bateau-mouche passait sur la Seine, monstrueux cétacé résonnant de boniments informes. Dans le reflet des projecteurs qui éclairaient violemment les berges au-dessous d'eux, Emile K. vit que la banquière tenait toujours sa tasse mais qu'elle avait reposé la soucoupe. Sa main gauche libérée s'était recroquevillée dans son décolleté, contre l'espace de peau que désignent les deux fines flèches des clavicules.

Emile K. attendit que le bateau beuglard eût tourné l'arrière de l'île Saint-Louis, avant de poursuivre :

— Les critiques maintenant. Tenez-vous-en au scénario. Quand vous vous en écartez, on voit trop que vous avez des lectures. La scène avec les barres parallèles, c'est du Klosowski sans la métaphysique. Et votre Serbe est trop simple pour jouer les Sir Stephen. En outre, la technique est encore défaillante. N'oubliez pas de régler les micros directionnels en fonction de la réverbération de la pièce. Il y avait trop d'échos dans cette salle de gymnase. Enfin, vous auriez dû placer les micros-puces plus bas, puisque l'essentiel s'est déroulé sur les tatamis. J'ai dû retravailler la bande son pour récupérer une partie de ce que vous chuchotez... Voilà, c'est tout.

Il plaça le boîtier contenant la cassette sur la table basse, devant Mlle d'Arno. Elle reposa la tasse, caressa la cassette du bout des doigts. Puis, d'un geste brusque, s'en empara et la glissa dans son sac à main.

— On continue ? demanda-t-elle ensuite.

Le privé la dévisagea avant de répondre :

— Vous voulez un autre scénario ?

— Oui.

— En échange de mes commentaires sur son exécution, vous me donnerez d'autres renseignements ?

— Oui.

— Rien de personnel entre nous ?

— Rien de personnel, assura Mlle d'Arno en soutenant son regard.

Lorsque Mlle d'Arno était très pâle, comme en cet instant, les taches de rousseur de son nez se détachaient si nettement sur le reste de la peau, qu'elles paraissaient artificielles, et c'était à la fois attendrissant et gênant comme quand une petite fille joue à se maquiller. Mais hormis cette pâleur, l'échange avait eu lieu sur le ton neutre et pressé d'une procédure routinière.

— Bon, fit K.

Et il exposa le nouveau scénario.

— C'est parfait, dit Mlle d'Arno quand ce fut fini. Je vous remercie, je n'ai plus besoin de vous.

Emile K. se leva, salua et s'en fut. La banquière tourna son visage vers le bord de la terrasse, et son regard alla du derrière Violet-le-duc de Notre-Dame, au phallus de ciment qui figure sainte Geneviève à l'entrée du pont de la Tournelle. Ses yeux admiraient-ils l'un de ces tableaux nocturnes, où le ciel doré descend sur le fleuve, où Paris paraît bâti sur l'eau, batellerie de pierres blondes en partance pour les nuées ? Ou bien son imagination lui fricotait-elle des fresques plus triquantes ? Toujours est-il qu'elle resta longtemps dans la pénombre, les poings serrés contre ses clavicules.

Puis une noce libanaise envahit les lieux et pour s'en aller, Mlle d'Arno dut remonter à contre-courant un fleuve de disco oriental et de parfums étouffants.

Sur un signe qu'il lui adressa, le patron du Karaoke monta le son et le bellâtre roucoula le refrain dans le micro :

Aussi grand que soit mon ressentiment
Et même si je cherchais le plaisir
Tu es et tu resteras la seule femme de ma vie (bis)
Peu importe notre séparation triste et glacée
Tu es mon seul amour
Peu importe que le temps s'écoule
Tu es mon seul amour

Autour de la table basse, les cinq gaillards en costume noir applaudirent avec tant d'enthousiasme que l'un d'eux renversa la bouteille portant son nom. Galar ferma les yeux. « Je ne dois pas m'endormir. Ils commencent vraiment à me les casser, ces Japs, avec leur folklore. Est-ce qu'ils seraient pas en train de me balader, par hasard ? »

Sous ses paupières passaient des images de leur errance nocturne dans les banlieues tokyoïtes, l'immeuble quelconque dans lequel ils étaient entrés pour découvrir un escalier qui plongeait dans des profondeurs au décor de plus en plus raffiné, cascades, lumières, bois précieux jusqu'à ce restaurant somptueux où il avait bu dans des bols de bois laqué d'exquis consommés clairs en compagnie de ces types et de leur copain bellâtre, qu'on lui avait présenté comme un PDG de la haute couture. Les autres, les yakusas qui portaient des prothèses de plastique pour lui dissimuler leur petit doigt coupé, s'étaient mis à bavarder entre eux, le laissant à la merci de ce casse-pieds qui lui avait posé mille questions oiseuses sur lui et son travail de négociateur financier.

— Il chante bien, n'est-ce-pas ? lui demanda Kenji, le type qui était venu le chercher au bar à sushis après qu'il eut renvoyé le *chimpira*.

Galar ouvrit les paupières et scruta le visage échauffé par l'alcool.

— Merveilleusement.

« ... Mais putain de bordel de merde, ajouta-t-il mentalement, quand allez-vous me dire si je peux rencontrer Ogawa ? Vous croyez que je n'ai pas remarqué votre manège, vos coups de fils, vos allées et venues discrètes à la fin du repas, quand j'ai eu fini de vous exposer notre proposition ? »

En vieil habitué des négociations les plus dures et les plus bizarres, il garda ses récriminations pour lui.

Invité par le couturier à le rejoindre, Kenji se levait en faisant des manières, poussé par ses collègues qui riaient bruyamment. Il y eut un bref conciliabule, puis les chanteurs amateurs, les yeux fixés sur un épais cahier, entamèrent un duo :

Le bellâtre. — Serre-moi tendrement dans tes bras, embrasse mes paupières.

Kenji. — Entends-tu la plainte du saxophone ?

Le bellâtre. — Eteins la lumière et restons là ensemble.

Kenji. — Le vent se lève, nous ne pouvons plus nous quitter.

Galar soupira. Il était habitué à ce folklore, il avait déjà vu maintes fois les patrons des boîtes nippones qui avaient conquis le monde, venir jouer les crooners dans ces night-clubs d'habitués où l'on tenait à la disposition du client un répertoire des succès — la musique sur bande et les paroles dans des gros cahiers ou sur un prompteur. Galar regrettait que les affaires ne pussent se traiter avec la simplicité de règle en Afrique noire, où les pots de vin étaient glissés au restaurant, sous la serviette du voisin. Ici, il fallait tenir compte du complexe réseau des clientèles et des susceptibilités, de l'harmonie entre *giri*, obligation et *ninjo*, compassion...

Cette fois, quand la chanson fut terminée, les interprètes eurent droit à une ovation debout.

La suite prit Galar complètement au dépourvu. Rapidement, le PDG posa le micro, s'approcha du négociateur, lui octroya une brève inclinaison du buste, glissa quelques mots à Kenji et leur tourna le dos. A la stupéfaction du Français, les quatre malabars qui avaient jusque-là semblé ignorer le bellâtre, l'entourèrent soudain avec déférence et le groupe gagna rapidement la sortie, toute trace d'hilarité enfuie de leurs traits.

Kenji seul se rassit.

— M. Ogawa, dit-il au négociateur, vous demande de l'excuser d'avoir gardé l'anonymat et de devoir partir si vite. Il est enchanté d'avoir bavardé avec vous.

Galar essaya de rester impassible :

— Le soi-disant couturier, c'était Ogawa ?

Kenji inclina la tête en souriant. Galar hésita, se lança :

— Mais... pour le reste ?

— C'est d'accord. Nous ferons entendre raison à nos compatriotes. Et nous allons envoyer des observateurs sur place. Nous avons une grande expérience de la sous-traitance, comme vous le savez.

Galar leva son verre de whisky Suntory additionné de beaucoup d'eau et trinqua mentalement avec son patron du quai de la Rapée.

Antoine Papiénon leva les yeux et, apercevant le nom de la gare, s'empressa de remettre le livre dans sa serviette. Il descendait à la prochaine. « Jaquet a raison, trancha-t-il. Ces bouquins de la collection Goudron sont horriblement mal traduits. » Dans celui qu'il venait de parcourir, le traducteur n'avait pas pris garde que « *detective* » doit se traduire par « inspecteur », que « *sedan* » n'est pas une marque de voiture, que « *patronage* » signifie clientèle et non patronage, qu'en français, les amants se vouvoient rarement, qu'un bar « *topless* » est un bar à serveuses seins nus et non point un établissement sans enseigne, etc. etc. Il y avait des faux-sens aussi visibles que celui de cette chanson de prisonnier citée sur la première page d'un roman de Norman Mailer, où le détenu d'une prison moderne des Etats-Unis était censé chanter du fond de son « donjon » parce que le traducteur, apparemment, ignorait que « dungeon » signifie surtout cachot. Ces boulettes étaient d'autant plus ennuyeuses que le directeur de la collection Goudron, c'était lui, Papiénon. Le nom de la traductrice ne lui disait rien. Sans doute quelque étudiante désargentée, ou quelque prof du secondaire trop heureuse de se frotter au milieu de l'édition pour oser discuter le prix du feuillet.

Mais était-ce sa faute si, entre les réunions du comité de

lecture, les tête-à-tête impromptus avec Coutry — le PDG aux deux mille idées/seconde —, les débats de stratégie, les intrigues pour les prix, les conversations téléphoniques avec de logorrhéiques auteurs à ménager, les rencontres avec les représentants, les commerciaux, les agents, les attachées de presse, entre le Salon, les déjeuners, les coquetèles, Francfort, il n'avait guère le temps de lire ? Etait-ce sa faute si sa collaboratrice, à qui il demandait de « jeter un rapide coup d'œil » sur les traductions des collections qu'il dirigeait, était elle-même si occupée, qu'elle se déchargeait sur leur secrétaire, laquelle était accablée de tâches au point qu'elle refilait parfois le bébé à une standardiste, certes ravie de cette noble mission, mais un peu distraite par les coups de fil ?

Les portières du wagon du RER s'ouvrirent et Papiénon descendit sur le quai du Vésinet-le-Pecq.

« Un brave type ce Jaquet », décida-t-il en se mettant au volant de sa voiture rangée près de la gare. « Consciencieux, besogneux. Mais sacrément emmerdant. Déjà dû le défendre plusieurs fois contre la mère Ronier qui le trouvait trop cher ou insolent. Cette fois-ci, c'est le bouquet... Si au moins je l'avais lu, *Death Job*... J'aurais une idée des raisons pour lesquelles Coutry tient tant à récupérer le manuscrit. Il m'a dit qu'on le lui réclamait. Mais qui ça, “ on ” ? »

« C'est vrai, j'aurais pu le lire avant de l'acheter. Mais franchement, pour quoi faire ? Quand un agent new-yorkais comme Ostertan vous propose un “ truc saignant sur la finance internationale ”, que l'auteur est un requin archi-connu comme Megrine et que des éditeurs étrangers comme Mondadori ou Insel Verlag ont déjà acheté, c'est sûr qu'on tient un gros coup éditorial, on peut y aller les yeux fermés... Elle va pas m'apprendre mon métier, non, cette connasse de Ronier ? »

Il baissa la vitre, et glissa dans un boîtier de métal la carte ouvrant la porte du garage de sa résidence.

« Heureusement, songea-t-il en entrant dans l'ascenseur qui conduisait à son appartement, Jaquet a ses faiblesses, lui aussi. Il s'imagine que je ne me suis pas aperçu qu'il sous-traite une partie de ses traductions, alors que ses tics à lui, et ceux de sa petite copine, je les reconnais à cent mètres. Lui, il balance des imparfaits du subjonctif dans des moments incongrus. Elle, ce serait le genre à avoir des petites afféteries comme écrire “ la proie de ” au lieu de “ en proie à ”. Faut que je mette la main sur elle. Je suis sûr qu'il a partagé le boulot avec cette fille. Il me semble que je l'ai ici, l'adresse de cette Juliette Palissy. »

Sur le palier, il fit un effort pour refouler provisoirement ses préoccupations et jeta un coup d'œil à sa montre. Neuf heures. La bonne heure. L'aîné de ses enfants devait encore être avec ses camarades de fac, occupé à refaire le monde pour que les étudiants puissent y acheter plus vite leur Golf GTI, la cadette regardait la télé ou fouillait le frigo en quête de sucres et de graisses, le troisième était certainement enfermé dans sa chambre, à écrire des poèmes ou à se branler. Papiénon était bon père mais n'aimait pas qu'ils lui troublassent le cérémonial du retour.

Quand il entra, sa femme au corps jeune et au visage fripé vint au-devant de lui.

Ils s'embrassèrent du bout des lèvres.

— Les enfants ? demanda-t-il.

— Ils ont dîné.

Papiénon se pencha à l'oreille de son épouse.

— Je suis tout mouillé, chuchota-t-il.

Une ombre de lassitude passa sur les traits de la femme, mais elle se ressaisit.

— Oh, le vilain ! dit-elle. Viens par ici, qu'on voit ça.

Papiénon posa sa serviette dans l'entrée et ils gagnèrent la chambre, où ils fermèrent la porte à clé.

Il y avait, près de l'entrée de la salle de bains, une table de massage sur laquelle, après avoir retiré ses chaussures, sa cravate et sa veste, l'homme se hissa pendant que sa femme prenait dans un placard une grosse boîte ornée d'une tête de bébé.

— C'est la Ronier qui a été méchante ? demanda-t-elle en s'approchant.

— Oui, oui, fit Papiénon tandis que son épouse dénouait la ceinture de son pantalon et le déculottait.

— Mais ce n'est pas une raison pour faire pipi ! gronda-t-elle en lui retirant la couche qu'il portait sous son immense caleçon.

Comme tout un chacun, M. Papiénon, directeur littéraire et responsable de plusieurs collections aux Presses de France, avait sa petite déviation bien à lui. Mais comme peu de gens, il avait su en faire un atout dans sa vie professionnelle. Le flegme qui suscitait tant d'envieux chez les grands hystériques de l'édition, la sérénité avec laquelle il avalait les couleuvres en séance du comité, l'équanimité dont il faisait montre avec les agents les plus retors et les auteurs les plus tordus, il les devait à ces couches qui augmentaient à peine l'ampleur de son fondement. Quand on l'engueulait, l'ennuyait, ou l'énervait, quand on lui cassait les pieds ou qu'on lui soulevait le cœur, Papiénon pissait.

Mais pas n'importe comment. Suivant qu'il avait affaire à la simple bêtise bornée d'un comptable, au regard sournois d'un traducteur jurant qu'il respecterait les délais, à l'arrogante imbécillité d'un jeune loup en quête de gros coup, il dosait. Quelques gouttes pour l'un, un filet pour le second, une bonne giclée pour le troisième.

Puis il tirait de sa pipe un petit bruit flûté, et il souriait de son mystérieux sourire.

— Oh, quel gros cochon ! dit Mme Papiénon en découvrant l'étendue des dégâts.

Quand le téléphone sonna, elle reposa la cuvette qu'elle était en train de remplir, et décrocha, non sans avoir auparavant appuyé sur le bouton du haut-parleur. En entendant la voix qui prononçait « Allô ! », Papiénon lui prit le combiné.

— Comment allez-vous ? demanda-t-il avec empressement.

— Dites-moi, lança la voix sans préambule, vous l'avez lu, non, *Death Job ?*

— Si je l'ai lu ? dit Papiénon avec un petit rire jaune. Quelle question...

L'épouse eut une bouffée d'inquiétude en voyant pâlir son mari. Du regard, il quêtait son avis. Vite, elle devait lui conseiller quelque chose...

Elle hocha la tête.

— Si je l'ai lu ? Bien sûr ! lança le gros homme avec indignation.

— Et l'additif qui nous a été envoyé en août ?

— Evidemment, dit le directeur littéraire, à présent sûr de lui.

— Ah ! Et qu'est-ce que vous en pensez ?

— Je... dit Papiénon, en essayant de saisir ce que son épouse articulait silencieusement en lui montrant le combiné du doigt. Il comprit, sourit.

— Pas au téléphone... décréta-t-il, ferme. Je ne peux pas vous en parler au téléphone.

Il chercha une raison, lança au hasard :

— C'est trop délicat, vous comprenez.

Il y eut un silence au bout du fil, puis la voix dit :

— Vous avez raison. Je vous appelle lundi à votre bureau pour fixer un rendez-vous.

— Merde ! dit Papiénon, après avoir raccroché. Qu'est-ce que je vais bien pouvoir lui raconter ? J'en ai pas lu une traître ligne, de son manuscrit !

— L'additif, c'est un paquet qui avait été posté de New York ?

Papiénon fronça les sourcils.

— Oui, c'est ça, il me semble... maintenant que tu me le dis.

— Mais oui, je me souviens, tu l'avais sous le bras, cet été, juste avant qu'on parte, tu m'as dit : « C'est ce cinglé de Megrine qui m'envoie un petit supplément de boulot... » Tu voulais l'emporter à Oléron, et puis, tu l'as oublié. Moi aussi, d'ailleurs, mais je l'ai trouvé en rentrant, et je l'ai rangé... je ne sais pas où... mais je vais le retrouver, je ne l'ai pas jeté, assura-t-elle.

Pendant que sa femme parlait, le visage de Papiénon avait exprimé une série d'émotions, perplexité, espérance, déception, allégresse, soulagement, qu'il libéra d'un seul mot, mollement marmonné, « Manman » en se laissant aller en arrière, un sourire extatique aux lèvres.

Les yeux au plafond, il expira longuement, puis il écarta les jambes en relevant les genoux et sa main prit celle de sa femme :

— Tu me sauves la vie, dit-il.

— Ah, si je n'étais pas là, gronda l'épouse en lui tapotant les fesses. Regarde-moi ça, ajouta-t-elle en passant le gant tiède entre ses cuisses, tu es tout rouge, c'est presque à vif !

— Je t'aime, répondit Papiénon, la proie d'une émotion qui n'avait plus rien à voir avec les soucis professionnels.

— T'es crazy, man ! Manger une pêche sans la peau, c'est comme lécher une pussy lavée, ça manque de goût.

Léon posa dans son assiette la moitié de fruit qui lui restait et considéra avec répugnance l'auteur de la sentence qui se balançait sur une chaise en face de lui, en se curant les dents. Jeune, bronzé et si bien dans sa peau, dans cette enveloppe lisse et saine sous laquelle les muscles glissaient en douceur, biceps et deltoïdes bombant hors du débardeur, abdominaux serrés, visibles entre le bord du tissu et la ceinture cloutée. Tant de vitalité sans vergogne exacerbait la dépression qui s'était de nouveau abattue sur Léon quand il avait dû monter dans la camionnette taguée.

— Si en plus d'être séquestré, je dois supporter votre philosophie, j'aimerais mieux que vous me colliez une balle dans la tête.

Le mouvement de balancement de la chaise s'accéléra, tandis que le jeune homme riait.

— Oh, l'autre ! T'es con, eh, ce gun, dit-il en montrant le calibre (ou flingue) glissé dans sa ceinture, c'est pour te protéger. On te séquestre pas, on te retient en attendant le boss qui veut te parler. Il devrait pas tarder à arriver...

— Et si je me levais et m'en allais, vous ne vous en serviriez peut-être pas, de ce pistolet ?

— Ça va pas la tête ? J'ai pas besoin de ça pour te retenir !

— Mais qu'est-ce qu'il me veut, ton chef ? Qui est-ce, d'abord ?

— Vouïèt inde sii, comme on dit.

Cessant de se balancer, il posa les pieds à terre, se redressa.

— Bon, allez, je suis sûr que t'as besoin d'un break.

— Qu'est-ce que ça veut dire ?

— Suis-moi, dit le jeune basané. Je vais te montrer ta chambre.

Et il lui tourna le dos.

En un éclair, Léon évalua la situation et bondit : telle est la phrase toute faite qu'il tira de cet énorme répertoire de stéréotypes dont dispose tout traducteur de la production livresque américaine moyenne. Mais il lui fallait beaucoup moins que le temps d'un éclair pour se rappeler qu'il avait presque quarante ans, qu'un début de bedaine et une scoliose aggravés par les milliers d'heures passées devant un clavier l'empêchaient de s'envoler jusqu'à la porte de cette espèce de hangar où on l'avait conduit les yeux bandés après l'avoir enlevé en plein Paris. N'ayant jamais eu à faire montre de courage physique, Léon ne savait pas même s'il en était pourvu.

Son gardien ouvrit une porte. La pièce où il l'invita à entrer était aux trois quarts remplie de sacs en plastiques au contenu varié : vieux journaux, débris d'objets en plastique, emballages et papiers divers, boîtes de bière vides, le tout soigneusement trié, rangé par catégories, taille et couleur. Les cartons de lait étaient écrasés et attachés par paquets de dix, les quotidiens séparés des hebdos ; il y avait un sac pour les têtes de poupées et un autre pour les capsules de boissons gazeuses, des colliers de trombone et des bocaux de boutons cassés.

— La chambre de sœur Marie des Anges, ricana le jeune homme. C'est souvent leur truc, aux cloches, d'accumuler. Elle, elle dit que l'ordure, c'est la mémoire humaine. Je l'héberge pour faire plaisir au big chief, mais un de ces jours, je vais balancer toute cette merde.

L'amoncellement ne laissait libre qu'un espace étroit sur un côté d'un divan défoncé, lui-même recouvert d'une grande quantité de couvertures, tapis, « fourrures », nattes, de couleurs et matières diverses. Doucement et fermement, Léon fut poussé vers la couche, au bord de laquelle il s'assit.

— Easy, brother, d'ici une heure, deux maxi, le boss sera là et vous vous expliquerez. Tu verras que c'est pour ton bien.

La porte se referma sans que Léon ait trouvé l'énergie de protester encore. Il s'installa sur le lit, le dos appuyé contre des sacs de vieux programmes télé, et rit d'un petit rire sec, en se disant qu'il n'était qu'un ballot de plus dans ce dépôt d'ordures. Depuis que la religieuse l'avait braqué sur l'esplanade du boulevard Alexandre-Dumas, on n'avait pas cessé de lui répéter que tout ce qu'on faisait, c'était pour son bien.

— Mon fils, j'ai veillé sur toi à la clinique, lui avait-elle expliqué dans la camionnette où elle l'avait fait monter. Mais, avait-elle ajouté en lui menottant les mains dans le dos, ta sortie prématurée nous oblige à prendre des mesures énergiques pour te protéger contre les terribles périls suspendus au-dessus de ta tête.

En fait, à l'apparition de cette arme dans le poing de la bonne sœur, il avait eu un si fort sentiment d'invraisemblance, qu'il n'avait pas eu peur. Seulement envie de connaître la suite.

Dans le fourgon, le jeune homme qui faisait à présent fonction de gardien avait bandé les yeux à Léon, l'avait fait asseoir sur un des deux sièges de l'arrière, à côté de la sœur. Puis le kidnappé avait entendu que le garçon se mettait au volant et ils avaient roulé une bonne demi-heure. Dans les virages, Léon était par moment projeté contre la sœur, et une bouffée d'odeurs corporelles aromatisées à l'alcool le suffoquait. Le véhicule avait marqué un temps d'arrêt, pendant lequel il avait entendu la sœur descendre, il y avait eu un grand bruit de tôle secouée, comme lorsqu'on ouvre un vieux portail métallique, un échange à voix très basse entre la religieuse et le conducteur, puis la camionnette avait encore avancé. Enfin, le moteur avait été coupé et Léon avait été conduit dans une espèce de hangar où enfin, le jeune homme lui avait ôté son bandeau et lui avait demandé tout à trac :

— Qu'est-ce que tu dirais d'un petit brunch pour te remettre de tes émotions ?

— Un peu tard pour le brunch, non ?

— Alors, disons que c'est un five o'clock en retard.

Il lui avait fait des œufs brouillés pendant que Léon examinait la salle rectangulaire. Un mur d'une dizaine de mètres était entièrement couvert de pneus accrochés à des barres. Celui qui lui faisait face était occupé par une bibliothèque, contenant pour moitié une collection de revues de SF des années cinquante augmentée de quelques piles de revues automobiles, et pour l'autre moitié une collection de disques de jazz New Orleans. La largeur du rectangle était formée par un mur nu avec deux portes fermées, et par un autre mur où voisinaient le coin-cuisine — une bouteille de butagaz posée sur un frigo, un carton contenant la vaisselle et un robinet au-dessus d'une bassine — et une porte de fer coulissante, sans doute celle par où ils étaient entrés. Au milieu, un établi était recouvert d'outils et de pièces de moteurs. Çà et là, des sièges de voitures en guise de fauteuil. Dans un coin, une table pliante avec des caisses qui faisaient fonction de chaises. Dans un autre, un bureau couvert de paperasses.

Après les œufs brouillés arrosés de bière en boîte et suivis d'une boîte de thon, et d'une boîte de petits pois, l'hôte avait posé sur la table des fromages de chèvre.

— Home made, avait-il annoncé triomphalement.

Pris d'une fringale soudaine, Léon avait bâfré, jusqu'à la nausée qui l'avait pris en mangeant une pêche chilienne. Il avait tenté de questionner son geôlier, mais celui-ci n'avait répondu que par des plaisanteries, et par l'assurance des excellentes intentions de ceux qui le séquestraient.

Dans la chambre, les yeux mi-clos, Léon flottait. Au loin, il percevait une rumeur de circulation continue, comme sur une voie express ou une autoroute. Plus près, de temps à autre, un grincement de fauteuil, une toux, le chantonnement en sourdine du jeune homme. Il se toucha une oreille. Hormis la sensation qu'on lui parlait toujours un peu trop fort, il percevait désormais un nombre infiniment plus grand de ces sons insignifiants qui composent le bruit de fond de la vie. Cela n'avait rien d'agréable, c'était comme le ronronnement du frigo jusque-là passé inaperçu, et qui, dès l'instant qu'on le remarque, devient vite insupportable. Mais alors que le moteur du réfrigérateur se tait par intermittence, cette bande-son ne s'arrêterait que dans le sommeil... Léon ferma les yeux. Il n'avait pas envie de dormir, il se sentait errer au bord d'un vide, d'une lacune laissée par l'intuition qu'il avait eue à la clinique, et qui lui avait ensuite échappé.

Il sursauta. Un grand bruit métallique emplissait la salle, comme si on avait secoué la porte.

— Police, ouvrez ! cria quelqu'un.

Puis une série de sons confus, grincement du vantail tiré sur son rail, éclats de voix...

Une détonation. Sans écho, sans résonance qui l'aurait prolongée. Un claquement bref, qui avait empli tout le bâtiment.

Quelques secondes plus tard, la porte de la pièce s'ouvrit à la volée et un grand type blond apparut sur le seuil, en position de tir, tenant son revolver à deux mains.

— Léon Jaquet ? lança-t-il.

— Oui.

— Police, dit-il avec l'accent américain. Vous avez des papiers ?

Son regard fouillait l'amoncellement de sacs, tandis que le canon de son arme allait et venait, balayant la pièce.

Le traducteur tendit sa carte d'identité. Le type y jeta un coup d'œil puis se redressa en remettant son arme dans l'étui.

— Ça va. Suivez-moi, vous êtes libre.

Dans un fauteuil, le jeune homme qui avait gardé Léon observait, interloqué, une tache de sang qui s'élargissait sur le côté de son débardeur.

— Vous êtes hard, les mecs ! gémit-il.

— Ah, je vous en prie, mon ami, pas de franglais ! Vous avez la chance de parler une langue fleurie d'expressions imagées, et dans laquelle ce qui se conçoit bien s'énonce clairement, ne la laissez pas tomber en quenouille !

L'auteur de cette intervention, un petit homme en manteau d'alpaga, leur tournait le dos et farfouillait distraitement dans les papiers entassés sur le bureau. Appuyé d'une main sur une canne, un grand gaillard bronzé portant costume, écharpe blanche et gants de peau, braquait une arme sur le blessé, qui avait été délesté de son pistolet.

— Kagoshi, voilà notre Léon ! annonça le blond, triomphant, en posant une main sur l'épaule de l'intéressé.

L'amateur d'alpaga pivota et sourit :

— Ah ! monsieur Jaquet ! Nous sommes là pour vous aider. Nous avons quelques questions à vous poser.

— J'ai mal, gémit le blessé.

— Vous voyez, Vuitton, s'exclama le blond, j'avais raison, ce n'était pas la peine d'emporter d'arme à feu. Cette blessure, ça fait désordre, dans le tableau.

— Oh, ça ? ricana le grand bronzé en désignant du bout de sa canne la tache sur le débardeur du jeune homme. Ça ? c'est rien du tout.

Et il poussa la canne en avant, contre le tissu rougi et la chair souffrante. Le blessé hurla, se contorsionna pour échapper au bâton mais celui-ci le suivit. Le visage crayeux, inondé de sueur, le jeune homme roula les yeux, dodelina de la tête et glissa sur le côté.

— Vous êtes fou ! se récria Léon, tandis que la poigne de l'Américain sur son épaule bloquait le mouvement en avant qu'il esquissait.

Du bout de la canne, Vuitton souleva le menton du blessé. Kagoshi se rapprocha.

— Ne vous mettez pas martel en tête, dit-il, d'une voix apaisante, ce n'est qu'un évanouissement.

Vuitton ramena sa canne à lui mais, dans la position de déséquilibre provisoire où il se trouvait, il cessa de braquer le blessé. Celui-ci ouvrit les yeux et se jeta sur la main qui tenait le revolver. Ils tombèrent.

— C'est pas des flics, Léon ! hurla le jeune homme puis il planta ses belles dents saines dans le poing ganté de son adversaire couché sous lui.

Vuitton cria, lâcha l'arme et de l'autre main administra à son assaillant une manchette sur la blessure. Comme une lame d'acier brusquement détendue, le garçon se redressa et, les yeux exorbités, tira. La balle pénétra dans l'œil haineux de Vuitton, ressortit sur l'arrière du crâne, ricocha sur le sol de ciment et alla crever un pneu au mur.

Le jeune homme chancela, tout le buste rejeté en arrière par le recul du revolver. Puis il pivota vers John et Léon.

— C'est pas des flics, répéta-t-il.

Ses pupilles filaient vers le haut, comme s'il avait voulu apercevoir l'obscurité suspendue sur sa tête. Il fit deux pas vers Léon qui entendit John bouger dans son dos.

— Touche pas ton gun ou je te flingue, lança le jeune homme à l'adresse de l'Américain.

Il pointa l'arme vers le traducteur.

— Prends-le, dit-il, et tire-toi de là.

Et il s'évanouit. Ebahi, Léon regardait le Barracuda 9 mm que venait de glisser entre ses doigts ce gamin couché à ses pieds. Puis la main de l'Américain se referma sur la sienne. Instinctivement, le traducteur glissa un doigt contre la détente.

— Tout cela est bien ennuyeux, dit Kagoshi, les yeux baissés sur le cadavre de Vuitton.

— Vous avez perdu un chef de projet incompétent, dit l'Américain. Mais vous conservez un excellent responsable image. Esprit d'initiative, sang-froid, créativité, vous conviendrez que je suis l'homme de ce poste.

Pendant qu'il parlait, il gardait toujours les doigts serrés sur le poignet de Léon, et passait derrière lui. Il se colla contre son dos. Lui enfonçant un coude dans la poitrine, il pesa de l'autre main sur l'avant-bras, contraignant le traducteur à braquer le revolver sur le jeune homme à terre. Puis Léon sentit que des doigts puissants tiraient sur le bout de son index, l'obligeant à presser la détente. Le torse du garçon eut un sursaut quand la balle entra à la hauteur du cœur et son visage perdit toute expression.

— Voilà, dit John, nous avons rétabli une image correcte. Les seules empreintes sur l'arme sont celles de ce jeune crétin et de M. Jaquet. Nous, nous n'avons tué personne.

— Bravo, vous tenez le bon bout ! s'exclama Kagoshi, maintenant faites-lui lâcher l'arme sans la toucher. Vous, vous n'avez pas de gant.

— Merde, dit Léon.

Et il se glissa vers le sol, échappant à l'étreinte des bras de l'Américain. A genoux, il tira, pesa de tout son poids sur les mains qui serraient toujours son poignet. John bascula en avant sur lui, et ils s'affalèrent sur le corps sanglant du garçon mort. Le traducteur aurait voulu se battre farouchement, mais il ne savait pas.

Une minute plus tard, il était étendu sur le ventre, son bras tordu dans le dos lui faisait horriblement mal et le canon de l'arme de John était appuyé contre son oreille.

— Si tu bouges encore, je te tue, souffla l'Américain. Kagoshi, récupérez ce putain de Barracuda. Prenez-le avec un mouchoir.

— C'est déjà fait, dit la voix de l'amateur d'alpaga. Vous pouvez lâcher M. Jaquet, j'ai la situation en main.

L'Américain lâcha Léon, qui n'osa bouger.

— Vous pouvez vous retourner, dit la voix de Kagoshi, mais restez à terre.

Léon se mit sur le dos. Les deux hommes, debout, avaient chacun une arme à la main et le regardaient d'un air excédé.

— Eh bien, eh bien ! fit Kagoshi, en brandissant dans sa main libre l'arme de Vuitton enveloppée d'un mouchoir. Vous voilà dans de beaux draps ! Nous avons là la preuve que vous avez commis deux meurtres. Vous avez donc tout intérêt à nouer la partie avec nous. Nous levons le camp, et vous venez aussi. Nous n'avons que trop traîné.

— Mais avant, dit John, il faut qu'on se change, lui et moi. Au moindre contrôle, dans cet état...

De fait, la chemise de l'Américain était maculée de sang et Léon en avait jusque sur le visage.

— Vous avez raison, dit Kagoshi. Dépêchons-nous. Il doit bien y avoir des salopettes, dans ce garage.

Salopette. Quand il avait emménagé rue de la Cloche, Juliette l'avait aidé à repeindre, par une suffoquante journée d'août. Lui, en short, torse nu, dégoulinait de sueur. Elle, nue sous une salopette ; chaque fois qu'elle levait le bras, un bout de sein glissait au dehors, la pointe mauve gonflée, irritée par le frottement du drap et il lui semblait éprouver dans sa propre poitrine l'exacerbation des terminaisons nerveuses. Elle n'avait pas voulu faire l'amour tant que le boulot ne serait pas terminé. Quand ce fut fini, le soir venu, elle s'était plaquée contre lui et il avait senti les doigts fins lui pincer le bout de ses seins à lui.

— Qu'est-ce qu'il a ? interrogea John, en montrant Léon qui s'était recroquevillé et pleurait. Il ne va pas nous faire une crise...

— Allons, dit Kagoshi. Levez-vous.

— Non, rétorqua le traducteur.

— Non ? fit l'Américain. Comment non ? Oh, il commence à m'énerver. Il va se lever, se changer et nous suivre, vite, vite.

Et John ponctua d'un petit coup de pied dans les côtes du traducteur.

— Non, s'entêta Léon. Tuez-moi.

— Quoi ?

— Tirez, bordel, hurla Léon. Je veux mourir ! C'est clair, non ?

L'Américain se tourna vers son compagnon.

— Alors, là... murmura John.

— Allons, mon vieux, dit Kagoshi à Léon. Remettez-vous. Je vous assure que si vous ne nous mettez pas des bâtons dans les roues, nous vous relâcherons vite...

— Ta gueule, pédé, flingue-moi, je te dis !

— Chut, fit John, un bruit de voiture...

— Tuez-moi, tuez-moi, tuez-moi, gémit Léon.

— Merde, qu'est-ce qu'on fait ? chuchota très vite l'Américain.

— On s'en va.

— Tuez-moi, tuez-moi, tuez-moi, psalmodiait le traducteur.

— On l'emporte ?

— Dans cet état ?

Roulé en boule sur le sol, Léon entendit grincer le portail qu'on tirait et refermait mais il demeura encore une minute prostré à terre. Puis il se mit sur son séant et jeta un regard prudent autour de lui. Il était seul.

En se relevant, il se posait des questions sur lui-même. Bien sûr, j'en ai rajouté, quand j'ai senti que ça les emmerdait. Mais les larmes, c'était pas du bidon. En tout cas, maintenant, j'ai plus du tout envie de mourir. J'ai à faire.

— Loïc ? appela une voix inconnue de l'autre côté de la porte d'entrée.

Sans bruit, Léon s'approcha du fond de la salle, ouvrit la porte de la pièce contiguë à celle où il avait été enfermé. Sur des claies qui montaient jusqu'au plafond, des fromages de chèvre puaient et séchaient. Au fond, l'air entrait par une fenêtre, à travers un grillage scellé dans le mur. De ce côté-là, pas d'issue.

Une détonation. Léon pivota sur lui-même. On tirait dans la serrure de la porte. Il passa dans l'autre pièce, considéra les sacs. Au fond, il devait bien y avoir une fenêtre... Léon s'enfonça dans la masse. Ramant, poussant, tirant, il se fraya une espèce de tunnel jusqu'au moment où, à genoux sur un carton de vieux best-sellers, des ballots de chute de tergal sur la tête, les côtes travaillées par des paquets de capsules de bière, il put coller son nez contre un grillage semblable à celui de la pièce à fromages. Au-dehors, régnait une obscurité à couper au couteau. Rien à faire. Il était coincé.

Il bougea et un ballot de tissu vint obstruer l'ouverture. Jouant du coude, poussant du dos, il se ménagea une niche presque confortable. En reprenant son souffle, il écouta. A travers l'épaisseur des sacs, il entendit que le vantail métallique coulissait sur son rail. Une frousse folle montait, et bientôt la rumeur de la circulation au-dehors lui parvint, non pas unique mais diffractée par ce qui l'entourait, les papiers absorbant le grondement lointain pour le restituer bien plus loin encore, les bocaux faisant vibrer les bruits vers les aigus, et à l'intérieur des bocaux chaque bouton reprenant les sons et les répercutant en notes basses, les capsules de bière entrechoquant les ondes, se les renvoyant comme des billes en myriades ; deux masses se rencontraient, celle des sons et celle des choses entassées, et il semblait que chaque objet choisît dans le brouhaha qui lui parlait à mi-voix le phénomène acoustique à sa convenance, les bouteilles jetables têtant les pétarades de moteur pour les digérer en infimes grelottements du plastique, les miroirs cassés s'offrant aux coups de corne des autos pour mieux les dévier, le chevrotement des pétrolettes s'étirant sans s'étouffer tout à fait dans les mille-feuilles de savates liées ensemble ; Léon se boucha les oreilles, je deviens fou, se dit-il.

Le bruit s'immisçait encore dans son squelette, égaillé en minuscules décibels, envahisseurs lilliputiens qui se transformaient sans cesse, modifiant leur amplitude et leur intensité en passant d'une fibre osseuse à l'autre, menaçant la paix de ses conduits auditifs interdits à la circulation. Machinalement, Léon se frottait les pavillons, les massait, et le massage devint nerveux, frénétique. Distrait soudain de sa peur, il avait sentit monter en lui le souvenir. L'intuition qui lui échappait depuis qu'il était sorti de la clinique, la puce à l'oreille qu'il avait annoncée au médecin, c'était le souvenir d'un bruit.

Quand il avait jeté le manuscrit par la fenêtre et que Juliette était partie, il y avait eu un long silence d'après-midi, la circulation place Martin-Nadaud était à son plus bas, la maison était calme, et puis le silence avait été rompu par un bruit, un son unique et net auquel il n'avait pas prêté attention, occupé qu'il était à boire la tequila au goulot.

Un claquement sec. Comme celui de deux boules de pierre qui se heurtent.

Comme celui qu'il venait d'entendre, tout près.

4

— Allons, Jaquet, sortez de là. Je sais que ce n'est pas vous qui avez tué Loïc.

La voix ferme et tranquille était toute proche. Léon n'était séparé de cet homme que par la masse des sacs. Cet homme qui, il en était sûr, tenait à la main une cordelette munie de boules. Des bolleadoras comme celles qui avaient étranglé Lucchini.

— Je sais que vous êtes là. Pourquoi vous cachez-vous ? Vous n'avez rien à craindre de moi. C'est moi qui vous ai fait enlever. Pour vous protéger. Votre vie est en danger.

Léon contint un ricanement et essaya avec précautions de repousser un peu le sac de capsules qui s'occupait de ses côtes. Le sac glissa et un autre, contenant des ferrailles, s'attaqua à sa cuisse gauche. Sans paraître avoir remarqué le bruit, l'autre continuait :

— On a essayé de vous tuer à deux reprises, rue de la Cloche. Un paquet qui vous était destiné a explosé chez votre voisine. J'ai retrouvé des débris de détonateur mêlés à ceux du téléviseur qui a soi-disant implosé.

Dans son réduit, Léon eut une brusque suée. Cette nouvelle confirmait le soupçon qu'il avait eu le soir même de l'explosion. Mais pourquoi ce type parlait-il de deux tentatives ? Et de quoi se mêlait-il ?

— Je pense aussi que votre empoisonnement médicamenteux n'était pas un suicide manqué mais une tentative d'assassinat.

Qu'est-ce qu'il raconte ? Mais son erreur prouve sa bonne foi, non ? A moins qu'il ne profère cette énormité justement pour m'en convaincre ? Un peu tordu quand même.

— C'est moi qui ai donné l'alerte. Je suis entré chez vous hier matin et je vous ai trouvé dans un état comateux. J'ai aussi remarqué les traces du passage de quelqu'un d'autre dans votre appartement. Est-ce qu'on vous a fait avaler les cachets de force ? J'ai lu le procès-verbal de vos interrogatoires par la police. Je suis sûr que vous cachez quelque chose. Sortez, il faut qu'on en parle.

Léon se sentait faiblir. Si le type voulait sa peau, pourquoi perdrait-il son temps à le baratiner ? Il allait bouger un bras, quand tous ses muscles se tétanisèrent. De nouveau, il avait entendu le claquement des boules.

— Ecoutez, reprit la voix avec une nuance d'agacement, on n'a pas toute la nuit. Vous allez m'obliger à user de gaz lacrymogène, ce sera très désagréable.

Alors voilà, conclut Léon, j'ai le choix entre l'asphyxie et la strangulation.

Dans une tentative pour soulager la tension d'un mollet, Léon souleva une cuisse et avec elle un sac, dont il tâta le contenu à l'aveuglette. Des tournevis, serre-joints, tringles, pieds de biche. Sa main empoigna au hasard un instrument contondant.

— Je vous ai entendu, dit la voix. Je viens vous chercher. N'essayez pas de vous battre, ce n'est pas votre spécialité. Ecoutez-moi, plutôt.

Un autre claquement de boules. Plus près. Le type s'approchait du tas.

A tâtons, Léon glissa l'extrémité aplatie d'un arrache-clou dans l'intestice entre le mur et le rebord de la grille. De toutes ses forces, il poussa sur le levier, qui ripa et faillit l'éborgner. Une main apparut à sa droite, entre deux ballots de bandanas. De la pointe de son instrument, Léon frappa. Il y eut une exclamation de douleur, la main disparut et le traducteur attaqua de nouveau la grille, dont un côté se détacha d'un coup, libérant assez d'espace pour le laisser passer. Comme il insinuait son buste dans l'ouverture, une main agrippa son pied. La tête à l'air libre et les jambes dans la mélasse de sacs, il gigota, donna un coup de talon et sentit son pied se libérer en abandonnant sa chaussure.

Puis il sentit qu'il tombait et alors seulement, s'aperçut qu'il n'avait aucune idée de la hauteur à laquelle se trouvait la fenêtre. Et si le bâtiment, de ce côté, donnait sur le vide ?

Sa réflexion ne dura pas plus d'une demi-seconde, car la fenêtre n'était qu'un soupirail, à trente centimètres du sol.

Comme Léon se relevait, l'obscurité lui parut moins épaisse et il distingua un vague moutonnement dans la nuit. Il ôta la chaussure qui lui restait et, en chaussettes, avança avec précaution sur l'herbe et les cailloux. Ses yeux accommodaient et après quelques secondes, il distingua ce qu'il avait devant lui. Sur un terrain qui descendait en pente douce, des dizaines de DS alignaient leurs placides museaux de lama. Dans le ciel bas et noir, pas une étoile. Vers l'est, une vague lueur pointait. A gauche, une rumeur montait et bientôt, il découvrit ce qu'un bloc d'immeubles modernes, à cinq cents mètres de là, lui cachait : une lente et lourde coulée de charbon liquide, qui devait être la Seine ou bien la Marne et, sur l'autre rive, un panorama de voie sur berge, lumières froides nimbant des hangars, brouillard jaune et asphalte longeant des reflets d'eau.

Léon avait prêté l'oreille pour savoir s'il était suivi mais aucun bruit ne lui parvenait, sinon de temps à autre, le lointain bourdonnement d'une voiture qui filait le long de la voie express. A pas précautionneux, il progressa entre les douces courbes des capots. A présent, il apercevait une clôture grillagée et au-delà, un terrain vague qui disparaissait brusquement, comme s'il plongeait dans le fleuve.

Sur le toit d'une voiture, quelque chose surgit. Léon se rejeta en arrière puis étouffa un fou rire. Une chèvre le regardait, perchée sur la DS comme sur une crête rocheuse perdue dans le maquis. Elle bêla. Et presque aussitôt, Léon se figea.

Derrière le bâtiment qu'il avait fui, un bruit de voiture. Des appels. Un coup de feu.

D'autres détonations. La chèvre tourna sur elle-même, comme si elle cherchait l'origine du bruit. Les tirs se rapprochaient. Une rafale brève et saccadée. Quelque part derrière Léon, des pare-brise explosèrent.

Il courut, chaque pas lui blessant les pieds. Il attaquait l'escalade du grillage, haut de trois mètres, quand des phares s'allumèrent dans son dos.

— Halte, police !

En haut du grillage souple, Léon balançait sans parvenir à passer. Quand il lançait la jambe en arrière, la clôture suivait le mouvement, amortissant son élan. Quand il essayait de s'appuyer avec les mains pour se hisser par-dessus, le haut du grillage mollissait, le fil de fer collait à son estomac, il n'arrivait plus à s'en dépêtrer.

Un bruit de course. Le faisceau d'une lampe torche l'éblouit.

— Descends ou je te descends ! ordonna une voix.

La lumière cessa de l'aveugler et ses yeux enregistrèrent dans l'obscurité des présences en uniforme.

Il obtempéra.

— Ouf, dit-il en posant le pied à terre, je suis content de vous voir.

Puis il fut plaqué au sol, des coups de poing et de pied l'enveloppèrent de douleur engourdie, des brodequins entrèrent dans ses côtes, il sentit qu'on le piétinait et qu'on lui passait des menottes dans le dos. Une voix qui grondait entre des dents serrées lui dit : « Tu vas souffrir fumier ! »

La pointe d'une chaussure entra en collision avec sa tempe et il s'évanouit.

Caumont resserra la ceinture de sa robe de chambre, glissa dans la manche gauche son Semmerling Vest Pocket et avança à grandes enjambées à travers le hall. Dans son esprit encore lié de rêves, le carillon de la porte résonnant en continu entre les placages de marbre vert faisait passer des images de grandiose basilique et de Pâques encensées.

— Laissez, Julio, dit-il à un Philippin endormi qui apparaissait derrière une porte latérale. Retournez vous coucher, je m'en occupe.

En approchant de la large porte aux teints cuivrés, Caumont leva les yeux vers un écran de télévision placé au-dessus du chambranle et dit : « Ah ben merde ». Puis il décrocha l'interphone et appuya sur le bouton commandant la porte de l'immeuble.

Deux minutes plus tard, les panneaux de l'entrée glissaient, révélant l'intérieur d'un ascenseur, dont Kagoshi émergea en titubant.

— Qu'est-ce qui se passe ? Qu'est-ce que vous venez foutre ici ? demanda Caumont. Vous êtes blessé ?

Il venait d'apercevoir du sang sur le manteau d'alpaga.

— Non, pas moi, pas moi, dit Kagoshi. Mais Vuitton et John sont *ad patres*.

— Quoi ?

— Jaquet a fait passer le goût du pain à Vuitton et John s'est fait brûler la cervelle par un policier.

— Venez dans mon bureau.

Lorsqu'ils furent carrés dans des fauteuils, un verre en main, Kagoshi raconta la mort de Vuitton dans la version mise au point par John.

— Ce Jaquet a de la ressource, observa Caumont. Ensuite ?

— Ensuite, tout est allé de travers. Nous étions encore à l'intérieur quand nous avons entendu arriver une voiture. Nous avons voulu filer à l'anglaise, en emmenant Jaquet, mais il nous a fait une espèce de crise, il voulait qu'on le tue.

Caumont tendit ses lèvres charnues pour émettre un petit sifflement mouillé.

— Génial ! apprécia-t-il. Et vous l'avez cru ?

— Ce n'était pas du flan, je vous assure. Nous sommes partis…

— En le laissant là ?

— Oui…

Caumont se leva brusquement, reposa son verre de cognac et marcha à la fenêtre, tournant le dos à son interlocuteur. Les poings serrés dans les poches de sa robe de chambre, il demanda sèchement :

— Ensuite ?

— Krachevski se garait. Nous nous sommes cachés au milieu de la collection de voitures. Nous avons discuté. John était partisan d'attendre pour voir la suite.

— Bande de cons ! explosa Caumont. Je ne vous avais pas dit qu'il fallait enlever Jaquet à Krachevski avant qu'il revienne ? Et qu'il fallait agir très vite ? Et bien sûr, la police est arrivée alors que vous étiez encore là ?

— Comment le savez-vous ?

— C'est moi qui les avais prévenus, figurez-vous. Vous croyez que c'est sans contrepartie que mes interlocuteurs officiels nous laissent le champ libre ? J'ai dû leur promettre de les tenir au courant de nos découvertes.

— Mais cela n'a ni fond ni rive ! Vous nous avez envoyés dans la gueule du loup !

— Je n'ai prévenu la maréchaussée qu'au moment où vous étiez censés en avoir terminé. Votre spécialiste image devait s'assurer que Jaquet laissait derrière lui des traces de sang et des empreintes. Si vous aviez agi comme prévu, Krachevski aurait été interpellé par les flics et grâce aux indices laissés, on l'aurait inculpé d'enlèvement. Une fois que nous aurions obtenu de Jaquet ce que nous voulions, il aurait pu disparaître, et c'est à Krachevski qu'on aurait demandé où était le corps... Vous avez merdé lamentablement, mon pauvre Kagoshi... Ensuite ? Comment vous êtes-vous débrouillés pour que John se fasse flinguer ?

— Nous allions partir quand la police est arrivée. Krachevski nous a joué un vilain tour. Il a tiré en l'air dans notre dos, ce qui a déclenché le feu des policiers. John a perdu les pédales. Il a riposté et on l'a abattu. Mais je crois bien qu'il a aussi tué un policier...

— C'est le bouquet ! Et vous, comment vous en êtes-vous tiré ?

— Par miracle. J'étais couché sous une voiture. Quand le policier a été blessé, il y a eu un moment d'affolement. J'ai saisi l'occasion par les cheveux... et me voilà.

— Vous voilà...

Caumont s'était rassis et dévisageait pensivement son interlocuteur.

— Bon, fit-il enfin. Disparaissez. Je sais où vous joindre.

— Vous annulez le contrat ? demanda Kagoshi, l'air dolent. Ce n'est pas de ma faute si nous avons fait buisson creux. Vous auriez dû nous prévenir de l'arrivée de la police...

— Ce n'est pas le moment de peser les torts des uns et des autres. Il faut que je réfléchisse. Je vous rappelle dans la journée.

Dès que Kagoshi fut sorti, Caumont décrocha son téléphone.

« Enfin l'été, enfin l'été... »

Les allègres Négresses vertes dansaient sur les bosses de Léon. Il gémit.

— Arrête ça, dit une voix. Et donne un coup de sirène, qu'on se dégage de là.

A la musique succéda un hululement à deux temps et sous l'effet d'une secousse, Léon grogna, ouvrit les yeux. Au-dessus de lui se penchait un visage assorti d'un nœud papillon.

— Ah, dit Ferrat, vous revoilà parmi nous. Il faut que vous excusiez les braves agents qui vous ont tabassé. Un de leurs collègues a été tué et ils croyaient avoir affaire au complice de l'assassin.

Léon s'aperçut qu'il était couché. Comme il essayait de se mettre sur son séant, le véhicule qui les transportait prit un virage et le traducteur heurta le policier. Une douleur féroce vrilla les côtes de Léon, la tête lui tourna et il se rallongea. Il avait eu le temps de s'apercevoir qu'il était étendu sur une civière, dans une ambulance.

— Vous n'avez pas le droit, gémit-il, je vais porter plainte.

La réaction de l'inspecteur le surprit : il s'esclaffa.

— Mais oui, c'est ça ! Excellente idée, portez plainte !

La voiture s'arrêta, klaxonna, Léon se tortilla pour jeter un coup d'œil vers l'avant et aperçut un portail métallique qui s'ouvrait. L'ambulance roula lentement sur des gravillons. Dans le crépuscule du matin, Léon vit défiler des troncs d'arbres.

— C'est quel hosto, ici ? s'enquit-il.

— Ce n'est pas un hôpital, rétorqua Ferrat, mais on va vous soigner, ne craignez rien.

— Quoi ? Qu'est-ce que ça veut dire ?

La voiture s'arrêta, le moteur fut coupé, les portières claquèrent, Léon sentit qu'on le soulevait et s'aperçut que ses jambes étaient sanglées.

— Ne vous inquiétez pas, dit l'inspecteur, on va vous détacher.

Porté par deux gaillards en blouse blanche, le traducteur découvrit successivement un grand garage où étaient stationnés une douzaine de véhicules de tous types, un escalier métallique, des couloirs lambrissés de chêne, des petits salons au mobilier XVIIIe, des corridors décorés de faïences chinoises, puis, une dernière porte ayant été poussée, une infirmerie nickel.

Les athlétiques infirmiers l'aidèrent à se déshabiller. Un médecin de même allure apparut, qui l'invita à s'installer sur un lit haut recouvert de papier, l'ausculta, examina son œil, vérifia ses réflexes, scruta écorchures et hématomes, lui fit bouger bras et jambes.

— Ça va, dit-il finalement.

Et, avec l'aide des infirmiers, il entreprit de couvrir le corps de Léon de tâches désinfectantes de différentes couleurs. Celui-ci se laissait faire, rassuré par les mines compétentes et les rituels médicaux. Mais quand le médecin lui tendit une robe de chambre en lui disant : « Enfilez ça en attendant », le traducteur montra du doigt, sur la blouse blanche du praticien, un écusson où l'on distinguait un navire à voile et une épée, au-dessus de l'inscription « commandos marine ».

— Vous êtes militaire ? s'enquit-il.

L'autre sourit et répondit :

— Que diriez-vous de prendre une douche ? Je crois que vous en avez besoin.

Un quart d'heure plus tard, on l'introduisait dans une salle à manger aux murs pastels, et dont les portes-fenêtres donnaient sur un parc avec pelouse et grands chênes. Ferrat l'y attendait. Il lui montra un buffet où brioches joufflues, croissants craquants, miels et marmelades voisinaient avec des cafetières d'argent et une théière en porcelaine de Saxe :

— Vous prenez un petit déjeuner avec moi ? proposa-t-il. Je crois que nous en avons bien besoin. La nuit a été rude.

Léon s'attabla. Il avait mal partout mais la douche l'avait détendu, il avait faim.

— Vous vous mouchez pas du coude, à la PJ, observa-t-il en beurrant un croissant au beurre.

Par-dessus sa tasse, Ferrat lui jeta un regard ironique.

— Ne jouez pas les naïfs. Vous savez bien que je suis fonctionnaire, mais pas dans la police judiciaire.

— Vous êtes un genre d'espion, c'est ça ? demanda Léon en trempant son croissant.

— Ne forcez pas trop votre talent... soupira Ferrat. Venons-en au fait. Vous dites que vous n'avez pas lu le manuscrit, et personne ne vous croit, mais c'est une ligne de négociation assez bonne, je le reconnais...

— Vous voulez parler de *Death Job* ?

Ferrat émit un claquement de langue agacé et poursuivit :

— Le problème, c'est que nous aimerions connaître certains détails précis que recèleraient le manuscrit et, étrangement, aux Presses, ils n'en ont pas de double. Compte tenu des délais qu'on vous avait donnés, un honnête tâcheron de l'édition comme vous a certainement traduit la plus grande partie du texte, sinon la totalité. Il n'y a rien dans votre ordinateur. Vous avez dû mettre ça sur disquette et le cacher. Combien ?

— Quoi combien ?

Ferrat reposa brutalement sa tasse, se passa une main dans les cheveux, fit craquer ses doigts, se massa les yeux et enfin, d'une voix tendue parla :

— Arrêtez ce petit jeu, c'est énervant. Nous ne demandons qu'à vous aider. Moi aussi, je suis fatigué. Moi aussi, j'ai une nuit blanche derrière moi... Il y a une petite fille qui va se réveiller tout à l'heure, j'ai promis de la conduire à l'école aujourd'hui, et elle n'aime pas arriver en retard. Alors, je vous répète : combien ? Gagnons du temps : je ne suis pas autorisé à aller au-dessus de deux cent mille francs.

Léon s'arrêta de mâcher. Ce type était sérieux. Le traducteur était pris entre le fou rire nerveux qu'il sentait monter — ça faisait combien le feuillet ? — et l'envie de demander où était la sortie. A quoi succéda presque aussitôt l'étrange exaltation qu'il avait déjà ressentie une première fois, avant de lancer le manuscrit par la fenêtre et une seconde, quand il avait envoyé paître Papiénon.

— J'espérais au moins le double, dit-il en pensant : « Mais qu'est-ce que je raconte ? Je suis fou à lier... Dans quel merdier... »

Ferrat parut se détendre.

— Vous poussez le bouchon un peu loin, répliqua-t-il. Vous êtes un amateur doué, c'est indéniable. Pour l'instant, nous n'avons pas encore réussi à comprendre comment vous vous y êtes pris, pour Lucchini, mais la PJ poursuit son travail, et vous ne devriez pas sous-estimer les ressources de la police scientifique...

Léon déglutit avec difficulté et, soudain nauséeux, reposa son croissant entamé. Ce type croyait vraiment qu'il avait tué un homme. C'était complètement... Une autre idée bouscula la première : il avait laissé ses empreintes sur l'arme qui avait tué Loïc, le garçon du garage aux DS.

— Et puis, poursuivait Ferrat, vous avez dû vous apercevoir que nous ne sommes pas les seuls à nous intéresser à vous. D'autres se sont déjà signalés à vous d'une manière un peu... brusque. Si vous n'êtes pas trop exigeant, conclut-il en souriant, nous les calmerons.

— Ecoutez, dit Léon très vite, je plaisantais, je ne comprends rien à ce que vous me racontez. Je n'ai pas lu le manuscrit, je ne l'ai pas traduit, je l'ai jeté par la fenêtre, il a certainement fini à la poubelle. Je n'ai rien à voir avec cette histoire, disons que cette conversation n'a pas eu lieu, d'accord ?

En l'entendant, Ferrat avait blêmi. Sa main droite froissa une serviette en papier, tandis que la gauche pianotait.

— Ne jouez pas à ça, Jaquet, dit-il dans un souffle. Un bon conseil, ne jouez pas à ça. Le coup du candide, ça va bien cinq minutes, mais vous oubliez que si nous étions persuadés que vous n'avez pas de monnaie d'échange, vous seriez foutu. Entre l'affaire Lucchini et les meurtres dans ce garage, nous n'aurions que l'embarras du choix pour trouver des preuves contre vous.

Une peur sournoise s'insinuait dans la tripe à Léon. Mais non, se dit-il, tu oublies que tu veux mourir, ils ne peuvent rien contre toi.

Il haussa les épaules.

— Foutu, je le suis déjà, rétorqua-t-il d'un ton las. Je n'ai plus envie de vivre : la phrase est un peu mélo, mais elle rend bien l'idée. Alors vos menaces...

Ça avait déjà marché une fois, pourquoi pas deux ? Mais Ferrat sourit.

— Vous ne vous imaginez pas que nous avons cru à cette histoire de suicide, quand même ? Quand on veut vraiment mourir, on s'arrange pas pour être découvert à temps... Vous êtes sûr que c'est votre dernier mot, quarante briques ? Et la vie, ça n'a pas de prix, non ?

Il chercha le regard de Léon. Mais celui-ci gardait le silence. Les yeux baissés, le traducteur cherchait désespérément comment convaincre son interlocuteur de le laisser sortir de ce film. Au point où on en était, apparemment, s'il disait à ce type qu'il ne comprenait rien, il allait croire qu'il se foutait de sa gueule.

Ferrat poussa un soupir et jeta un coup d'œil à sa montre.

— Il va falloir que j'y aille. On va vous donner de quoi vous habiller et vous pourrez rentrer chez vous... Je vais transmettre votre contre-proposition et vous aurez notre réponse sous vingt-quatre heures. D'ici là, les autres vous laisseront tranquille, on va y veiller... Mais si en haut lieu, on trouve que quarante briques, c'est trop, ce sera tant pis pour vous. Vous aurez affaire aux autres, et c'est pas avec des liasses de billets qu'ils viendront vous voir... Je vous laisse. Je ne veux pas être en retard. Ma fille a fait une rougeole et... Mais vous n'avez pas d'enfant, vous n'avez pas idée de ce que c'est... Ça représente beaucoup de responsabilités, si on veut faire ça bien... c'est un vrai boulot d'être papa... mais, vraiment, c'est merveilleux... Comment dire... On se sent plus réel... On est comme lesté du bonheur qu'ils nous donnent...

Léon descendit du taxi devant « Byba coiffure afro-antillaise-européenne » et le chauffeur redémarra brutalement, frôlant son pied. Il avait embarqué Léon à une station de Neuilly, où l'ambulance l'avait ramené. A peine avait-il démarré que le chauffeur s'était lancé dans de longues considérations sur Spinoza. D'une manière générale, Léon détestait les chauffeurs de taxi originaux qui l'arrachaient à ses rêveries pour l'entretenir de leurs si pittoresques particularités. En plus, il tombait de sommeil. Il avait fait sentir son mécontentement par la rétention du pourboire.

Il se regarda dans la vitrine de Byba. L'ensemble jean qu'on lui avait refilé serrait un peu ses chairs enflées de travailleur assis. Mais il ne se sentait pas mal là-dedans, et les baskets lui donnaient une démarche souple, malgré la fatigue. Son regard se leva vers la butte où se dressait son immeuble.

Un jardin public interdit au public, une rue sans plaque ni numéro, une autre avec un seul numéro mais répété sur deux portes du même bâtiment. Un jour, par forte pluie, ces incohérences s'effondreraient et, comme le laissaient prévoir les lézardes de la maison et de la digue de ciment au pied de la butte, tout le bâtiment glisserait sur le sol argileux et viendrait se répandre avec ses habitants au pied du Père-Lachaise. Livraison à domicile.

Il monta chez lui par la plus grande pente, du côté de la rue Villiers-de-l'Isle-Adam. Dans le square, cul superbe et sein dominateur, la rousse jardinière de la Ville de Paris le suivit du regard en faisant claquer son sécateur et, comme d'habitude, s'abstint de lui rendre son sourire.

Il était à mi-pente quand deux grands types surgirent de derrière une camionnette. En apercevant leur combinaison noire et moulante, et leurs bonnets de laine sombre, Léon les prit d'abord pour des jeunes gens branchés cultivant le look macho. Mais il changea vite d'idée quand l'un d'eux lui mit une batte de base-ball sous le nez :

— Où tu vas, toi ? Qui t'es, toi ? lui demanda le premier avec un accent yougo.

— Je vais chez moi. Laissez-moi passer.

— C'est quoi ton nom ? interrogea le second en sortant un papier d'une poche de poitrine.

Lui aussi avait un accent yougo, mais différent : l'un devait être serbe et l'autre croate, conclut Léon, étonné de percevoir la différence.

Tout en essayant de les contourner, le traducteur protesta :

— Mais enfin, vous n'avez pas le droit...

Une main heurta brutalement sa poitrine et le second yougo brandit une bombe aérosol noire :

— Si tu bouges, je te gaze, enculé de coco !

Mais presque aussitôt la portière de la camionnette, côté conducteur, s'ouvrit et une voix lança :

— Laissez-le passer, c'est un locataire.

Un homme s'extirpait de la cabine, avec des mouvements bizarres et saccadés. Léon pensa d'abord à un ivrogne puis comme le personnage approchait, il s'aperçut que le côté droit de son corps était déformé, le bras rabougri et recroquevillé, la jambe raccourcie, le pied déjeté, la hanche protubérante, une vraie débâcle du squelette, tandis que le côté gauche paraissait monstrueusement normal et sain. Il portait un costume bleu pétrole impeccable, avec une cravate assortie sur la chemise blanche.

— Excusez-nous, dit-il, nous sommes là pour votre sécurité. Remontez dans le fourgon, lança-t-il sèchement aux Yougos.

Ceux-ci obéirent aussitôt, et par la portière arrière du fourgon brièvement entrouverte, Léon vit d'autres silhouettes en noir, perçut un rire bref, un aboiement et quelques mots dans une langue inconnue.

Il grogna :

— Qu'est-ce que c'est encore que ce bordel ?

Il n'attendit pas la réponse du type et s'avança vers le 9, rue de la Cloche, dont le deuxième étage s'ornait maintenant d'une grande banderole : « REPRENONS NOS VIES — MORT AUX AMENAGEURS ». Il y avait deux agents de police devant la porte d'entrée, walkie-talkie à la main.

Mme Margot, bien menue dans sa vieille robe de chambre, Jojo, bien minable avec sa pèlerine déchirée et son énorme pansement sur le nez, Jacob, bien mis sous sa casquette des dimanches, étaient regroupés contre la grille du square, et dévisageaient la façade de l'immeuble avec l'étonnement douloureux des amitiés trahies.

— Mais enfin, qu'est-ce qui se passe ?

Les trois tournèrent leur regard vers Léon et à leur expression de surprise se mêla une espèce de reproche.

— Des squatters, dit Mme Margot du bout des lèvres en baissant les yeux.

— Ils se sont installés sur votre palier, dans les deux appartements vides que la Ville avait fait murer, expliqua Jacob. Ces types, ajouta-t-il en montrant la camionnette, ont voulu les expulser.

— Mais ils n'ont pas qualité pour le faire, ajouta Jojo. Vous comprenez, eux, ce ne sont pas des vrais policiers. Il y a eu de la bagarre et mes collègues, là, précisa-t-il en montrant les agents, sont intervenus.

— Ah ! monsieur Jaquet, que d'histoires ! s'exclama Mme Margot.

Elle hésita, se lança :

— Et vous êtes remis de votre... accident ?

Elle le regardait par en dessous, ce qui énerva Léon :

— Tout à fait. La prochaine fois, pour varier un peu, je me pendrai.

En voyant l'affolement de la concierge, il s'en voulut, marmonna : « Excusez-moi, je plaisantais », et fonça vers la porte. Au même moment, les deux agents s'en éloignaient. Le regard de Léon les suivit tandis qu'ils marquaient une halte près de la camionnette, pour un bref conciliabule avec l'infirme. Quand les deux flics repartirent, il entra dans le couloir de l'immeuble. En face des boîtes aux lettres, sur toute la longueur du mur cloqué, s'étalait une étoile à la peinture rouge barrée d'une inscription en lettres noires soulignées de jaune : « LA MORT N'EBLOUIT PAS LES YEUX DES PARTISANS ».

Léon soudain se sentit très, très fatigué. En haut des marches, un petit jeune homme à grosses chaussures et houpette tintinesque fit claquer l'un contre l'autre deux bâtons reliés par une chaînette. Le traducteur avait vu ça au cinéma : un nunchaku.

— Qui t'es, toi ? demanda le garçon en lui barrant le passage. T'es quoi, hein ? Je te préviens, les flics et les journaputes sont tricards dans cet immeuble.

Léon soupira plus fort et montra ses clés dans ses mains et sa porte derrière le jeune garçon :

— J'aimerais bien rentrer chez moi, c'est tout.

— Ah, pardon ! dit le Riquet à la Houppe avec un grand sourire désarmant. Vous êtes Jaquet ? Moi c'est Jeannot. Il faut qu'on vous parle.

Le traducteur lui serra la main :

— Pour le moment, vous m'excuserez, mais j'aimerais me reposer, les dernières quarante-huit heures ont été dures.

Sans laisser le temps à Jeannot d'insister, il introduisit sa clé dans la serrure. Mais il avait à peine refermé la porte derrière lui et poussé un soupir de soulagement qu'on sonnait. Il rouvrit à la volée.

— Quoi encore ?

Sa rage se dégonfla d'un coup quand il vit sur le seuil une jeune fille portant blouson de pilote de bombardier US, pantalon de toile US, chaussures de sport US et keffieh palestinien. La jeune fille lui souriait, ses yeux verts pétillaient et Léon fixait sa bouche. Elle avait vraiment une très jolie bouche.

— Quoi encore ? répéta-t-il plus faiblement.

— Il faut qu'on vous parle.

— Oh ! Allez vous faire foutre ! lança-t-il dans un brusque accès de fureur.

Il claqua la porte. Il venait de s'apercevoir que c'était la bouche de Juliette que cette fille avait sur le visage.

Etendu tout habillé sur le lit, Léon essaya de se concentrer sur son besoin de sommeil. Juliette... Oui, bon, plus tard.

Il se leva, sortit. Sur le palier, Jeannot révisait ses cours du Centre national de télé-enseignement et lui accorda à peine un coup d'œil. La police partie, les Zaïrois étaient ressortis et s'étaient installés pour une séance de coiffure. Les uns, assis sur des chaises de cuisine, se faisaient raser la nuque suivant les derniers canons, tandis que les autres, debout, une canette à la main, parlaient haut et fort. Dans leur camionnette, les gros bras tapaient le carton.

Place Martin-Nadeau, Léon entra dans une cabine et composa le numéro de Juliette. Elle avait changé le message. En arrière-fond, Laurie Anderson chantait :

« *O Superman. O Judge. O Mom and Dad. O Mom and Dad. Hi. I'm not home right now. But if you want to leave a message...* »

Et son ex disait : « Je suis momentanément absente, mais j'interroge mon répondeur à distance. Si vous voulez me laisser un message, n'hésitez pas. J'adore le cri du paon. »

En entendant cette dernière phrase, le traducteur sursauta. Quand ils se promenaient à Bagatelles, et que les paons poussaient leur cri aigu et bizarrement articulé, elle ne manquait jamais de lui dire qu'ils appelaient son nom : « Léon ! Léon ! »

Il raccrocha. Elle lui demandait de la contacter, en code. Conclusion : elle se savait surveillée, et en danger. Léon réfléchit quelques secondes puis recomposa le numéro et parla après le signal :

— C'est moi. Rendez-vous où tu sais, du côté de Trieste et de Venise, à dix heures, chaque jour, à partir de demain.

Puis il appela Air France et apprit que le vol 679 pour Venise décollait à dix-huit heures vingt.

Il rentra chez lui, se rallongea, ferma les yeux. Son corps passait en revue les coups reçus lors de l'interpellation. Grâce aux douleurs procurées par les brodequins policiers, il avait une conscience aiguë du miracle de respirer. Il aspirait l'air avec précaution, à petites goulées.

Sous sa fenêtre, les Zaïrois parlaient de plus en plus fort. Dans le brouhaha, Léon, bien incapable de comprendre le moindre mot, se surprit à distinguer des rythmes, des fréquences, des récurences de sons. Etait-il capable à présent de différencier le batetela du bakongo, le zandé du logo, le lingala du souahéli ?

Il fallait dormir. Une longue journée l'attendait.

Léon se releva et prit dans l'armoire à pharmacie les boules Quiès qu'il utilisait parfois pour échapper aux raclements de gorge du voisin. La rumeur de marché à Kinshasa s'éloigna. Il ferma les yeux et poussa un soupir excédé. En allant dans son cagibi de toilette, il avait jeté un coup d'œil sur la pièce et remarqué qu'il avait oublié de nettoyer la machine à café, que les gens du Samu avaient déplacé la table, que des livres gisaient à terre, que le noyau d'avocat était au sec dans son verre. Impossible de dormir au milieu d'un désordre pareil.

Bon, je me donne un quart d'heure pour tout ranger.

Il bondit hors du lit. Vider la cafetière, jeter le marc, balayer, remettre les bouquins dans la bibliothèque... Au fur et à mesure, il découvrait de nouvelles raisons de s'agiter : sur leur étagère, les livres n'étaient plus rangés par ordre alphabétique, les feuillets de la traduction des *Conseils de beauté de Lady Di* étaient mélangés, des vêtements gisaient dans un coin. On avait fouillé. Quoi d'étonnant ?

D'ordinaire, il aimait ces activités où il n'y a rien à penser. C'était le moment où, dans son esprit vacant, repassaient des extraits de ses films préférés. Il tenta une contre-plongée sur l'église que viennent de rénover les frères sculpteurs de *Good morning Babylonia* mais la bande son ne suivait pas.

Il arrivait quelque chose de très bizarre. Au lieu de la musique d'Ennio Morricone, il entendait des syllabes étirées comme sur un disque à la mauvaise vitesse, grelottement de signaux en morse, tressautements des sons d'une bande magnétique défilant à l'envers. Tandis que les images éblouissantes de lumière italienne s'effaçaient de sa tête, le tohu-bohu croissait sans prendre sens.

Léon rangeait.

Au-dehors, on lui réclamait des comptes sur un livre qu'il n'avait pas traduit. Au-dedans, sa tête s'en allait au fil de sons surgis sans s'annoncer.

Donc, il rangeait.

S'il voulait retrouver Juliette du côté de Trieste et de Venise, il devait avoir la tête claire, et pour cela, il lui fallait dormir.

Donc, ranger.

Comme il se relevait après avoir pris sur le sol le dictionnaire *Random House* de langue anglaise, son regard se posa sur le coin-cuisine, sa bouche s'entrouvrit et ses doigts laissèrent échapper trois kilos de significations.

Accoudé à la paillasse, un homme en survêtement l'observait. Ses doigts jouaient avec des bolleadoras qui s'entrechoquaient doucement. Il lui dit quelque chose mais Léon n'entendit rien et agrippa le balai. L'homme s'avança, bloqua sans mal l'élan de l'instrument vers sa tête et ses lèvres bougèrent, formant des sons qui perçaient mal l'épaisseur chouingomeuse des boules Quiès.

— Ecoutez-moi, je suis là pour vous aider, dit-il.

« Ah oui, tout le monde veut m'aider », songea Léon tandis que l'autre lui faisait une clé au cou, l'obligeant à s'asseoir sur le siège du bureau.

Puis l'homme le lâcha. Léon essayait de reprendre son souffle. Penché à son oreille, son visiteur lui murmurait quelque chose en lui montrant les balleadoras.

— Quoi ? fit Léon en retirant ses boules Quiès.

— Voilà ce que j'ai trouvé ici, après votre pseudo-suicide, chuchota l'homme en posant les bolleadoras sur le bureau. Ne dites rien.

Il tira de sa poche-banane deux blocs noirs de la taille d'une boîte d'allumettes, en posa un sur le bureau et un autre dans la cuisine.

— Ça y est, dit-il à Léon qui avait suivi ses gestes d'un regard perplexe, je les ai activés. Ce sont des brouilleurs de micros ultra-soniques. Nous pouvons parler. Je m'appelle Emile Krachevski. Je suis enquêteur privé. C'est moi qui ai tenté de vous convaincre de sortir du tas de sacs, au garage de Loïc.

Il montra un large hématome sur le dos de sa main.

— Si vous aviez su prendre la main qu'on vous tendait, au lieu de la cogner, vous seriez en bien meilleure position. Je comptais vous contacter dès votre sortie de l'hôpital, mais comme elle a eu lieu plus tôt que prévu, Anne, mon assistante, a dû vous mettre au vert en attendant que je puisse vous parler. Je savais que des tueurs avaient tenté de vous liquider à deux reprises...

— Mais non ! fit Léon en haussant les épaules.

— Comment ?

— Les médicaments, je les ai avalés tout seul.

— Ah ? fit l'enquêteur qui réfléchit un instant avant de poursuivre en souriant : alors, en tentant de vous suicider, vous vous êtes sans doute sauvé la vie.

— Qu'est-ce que vous racontez ?

— Eh oui. Je pense que l'assassin de Lucchini s'est introduit chez vous pour vous étrangler vous aussi. Mais quand il a vu que vous lui aviez mâché le boulot, il s'est contenté de se retirer en laissant sur place son instrument de travail...

Emile K. montra les bolleadoras posées sur le bureau.

— Il s'est dit que cette chose vous accuserait du meurtre de Lucchini. Et que les flics concluraient que vous vous étiez suicidé parce que vous vous sentiez dans leur colimateur et que vous étiez sûr d'être confondu tôt ou tard... A moins que je me trompe sur toute la ligne, et que vous soyez vraiment l'assassin de Lucchini. Pourquoi avez-vous tenté de vous suicider ?

Léon s'énerva :

— Non, mais, dites donc, vous êtes qui pour me poser des questions ? Et d'abord, comment êtes-vous entré ici ?

— Avec ça, dit le privé en tirant de sa poche une espèce de

tube. Un parapluie. Quand on l'introduit dans la serrure, des dizaines de petites baguettes métalliques sortent de là et prennent la forme de la clé.

— Mais vous n'avez pas le droit ! se récria Léon.

Emile K. eut un rire bref comme un jappement.

— Non, en effet. Vous devriez quand même...

Une explosion au-dehors tronqua net sa réponse. Dans l'escalier, une voix féminine lança : « Vigiles, fachos, le peuple aura vot' peau ! ».

Ils se mirent à la fenêtre. La fourgonnette des gros bras flambait. L'un des hommes en treillis répandait la mousse d'un extincteur sur le dos fumant d'un collègue. Deux autres essayaient de maîtriser leurs chiens qui bondissaient, tiraient de toutes leurs forces sur la laisse, aboyaient à se briser la voix en découvrant leurs crocs jusqu'à la gencive. De l'appartement voisin de celui de Léon partait un feu nourri de briques, de cailloux et de déchets divers. Le restant des vigiles, pressés par les grands gestes saccadés de l'infirme en costard, se repliaient derrière les voitures en stationnement en faisant le dos rond sous l'averse contondante.

Il y eut une accalmie pendant laquelle les chiens se turent et les assiégeants se regroupèrent, tandis que leur chef parlait dans un walkie-talkie. Léon suivit du regard la distribution de ce qui lui parut être des boîtes de conserve.

— Des grenades lacrymogènes, dit Emile K.

Brusquement, l'un des hommes sortit à découvert et lança la lacrymo vers la fenêtre de l'appartement squatté. Le tir était mal ajusté et le projectile retomba à terre, répandant une fumée blanche.

Presque aussitôt, un cri monta de l'intérieur du square et une douzaine de jeunes gens casqués et masqués surgirent de derrière les troncs des arbres. Quelques-uns maniaient des frondes, couvrant l'avance des autres qui s'agrippaient au grillage pour mieux caillasser. Un des vigiles hurla portant une main à l'épaule, un autre se laissa tomber à terre en se tenant le genou.

Une camionnette pila devant l'immeuble. L'infirme cria des ordres, une portière coulissa et les vigiles se précipitèrent à l'intérieur du véhicule, embarquant leurs blessés. Au moment où il redémarrait, un énorme morceau de béton tomba sur le toit du fourgon, qui s'incurva. Aux fenêtres de leur appartement les squatters lancèrent des cris de victoire et dans le square, leurs camarades répondirent en levant le poing. En les observant, Léon se demandait pourquoi ces ultimes rejetons du rêve révolutionnaire étaient tous de petite taille. Souffraient-ils de nanisme affectif ?

— Ils ont un certain sens stratégique, apprécia Krachevski.

Il se tourna vers Léon :

— Vous avez vraiment l'intention d'aller à Venise cet après-midi ?

— Quoi ?

— Allons, je crois qu'on a intérêt à mettre cartes sur table... On peut s'asseoir peut-être ? demanda-t-il en montrant du geste les sièges que Léon avait alignés dans le coin-cuisine.

Le traducteur haussa les épaules :

— Je ne peux pas vous en empêcher, mais moi, je reste debout.

Krachevski se posa sur le bord du lit :

— Comme vous voulez. Vous ignorez sans doute ce qu'est un micro directionnel, et je n'ai pas le temps de vous l'expliquer, mais je préfère ne pas parler devant les fenêtres. Le meurtre de Lucchini est sans doute lié à un très gros projet immobilier qui concerne le XXe. Votre arrondissement devrait bientôt constituer un nouvel Eldorado des marchands de biens de la capitale. D'après diverses sources, on va y construire vers 1992-93 quelque chose de gigantesque, qui devrait terminer en beauté le deuxième septennat. Quoi, exactement ? On n'en sait rien. Pour l'instant, le secret est bien gardé. Le gouvernement compte beaucoup sur l'effet d'annonce pour impressionner les citoyens à l'approche d'échéances électorales décisives. Il semble que le livre que vous deviez traduire, *Death Job,* traitait, au moins dans un de ses chapitres, de ce projet qui intéresse deux grandes banques, le Crédit mondial, et la B3I. J'ai été embauché par l'Institut sociopolitique, financé par la B3I, pour élucider le meurtre de Lucchini, qui travaillait occasionnellement pour l'Institut.

— Mais en quoi tout cela me concerne-t-il ? Et en quoi cela vous donne-t-il le droit de faire intrusion chez moi ?

— Je vous l'ai dit : *Death Job* contiendrait des révélations là-dessus. Je me suis renseigné sur ce bouquin. Sa sortie mondiale était prévue pour le mois prochain, mais elle a été brusquement annulée. Première bizarrerie. La seconde, c'est que vous étiez le seul traducteur indépendant, en quelque sorte. Le traducteur allemand est fonctionnaire aux Affaires étrangères, l'Italien est un agent secret à la retraite — mais on ne l'est jamais tout à fait dans la profession —, l'Espagnol et le Japonais sont cadres supérieurs dans une banque. Aucun n'est joignable. Quant à l'auteur, Assouad Mègrine, un financier arabe, il a disparu. Son agent new-yorkais m'a assuré qu'il ne connaissait pas le contenu exact du manuscrit, qu'il savait seulement que c'était un ouvrage explosif sur les activités de plusieurs grandes banques internationales, et qu'il l'avait vendu sur la réputation de son auteur, un spécialiste reconnu. L'agent doit en savoir plus qu'il ne dit, mais visiblement, il a peur. C'est d'ailleurs l'aspect le plus frappant de cette affaire : personne ne dit tout ce qu'il sait... Vous par exemple...

Il se tut un instant, comme s'il attendait que Léon parle. Mais celui-ci restait coi. Emile K. reprit :

« Allons, vous ne comprenez pas que c'est votre intérêt de me dire ce qu'il y a dans ce manuscrit ? »

— Je vous ai déjà répondu. J'en sais rien.

— Pourquoi vous taisez-vous ? Vous croyez que ça vous protègera ? Vous ne vous rendez pas compte que pour les autres, la seule garantie de votre silence, c'est votre mort ?

Léon soupira et fit pivoter le siège de son bureau pour s'asseoir face au privé.

— Je ne sais pas qui sont les « autres ». Et même si je suis vraiment en danger, je ne vois pas pourquoi je vous ferais confiance.

Emile K. scruta les traits tirés de son interlocuteur avant de soupirer à son tour :

— Bon. Vous m'obligez à une démarche très inhabituelle. Je vais vous parler de moi... Ce qui m'intéresse dans cette histoire — et les gens de l'Institut de sociopolitique ont réussi à m'appâter avec ça —, c'est qu'il y a certainement là-dessous de très gros secrets. Or, je suis un collectionneur de secrets. J'en ai besoin pour survivre.

Léon lui jeta un regard éberlué puis ricana :

— Vous êtes maître-chanteur professionnel ?

Krachevski sourit.

— Maître-chanteur, oui. Sauf que la rançon que j'exige, c'est seulement ma sécurité personnelle. Je vais remplir la tâche qu'on m'a confiée, à savoir trouver qui a tué Lucchini et pourquoi. Au passage, je découvrirai quel est l'enjeu de l'affrontement entre la B3I et le Crédit mondial, et pourquoi certains services se comportent si bizarrement dans cette affaire. Quand ce sera fini, je disposerai d'un dossier solide sur les dessous de ce meurtre... Mais je me contenterai de le ranger à côté des autres dossiers, dans mes archives.

— Et à quoi ça vous servira ?

— Mon nom ne vous dit peut-être rien, bien qu'on ait parlé de moi à plusieurs reprises dans des journaux...

— Je lis pas beaucoup les journaux...

— Pendant douze ans, j'ai servi dans des unités antiterroristes, et remporté quelques succès spectaculaires. Quand j'ai quitté mon corps, on a donné des raisons psychiatriques à mon départ : on a prétendu que je me prenais pour un Indien. La réalité est que j'étais en désaccord avec mes chefs sur la manière de conduire certaines missions. Ils auraient bien voulu me voir disparaître dans un accident, mais ils savaient que je n'étais pas parti sans biscuit. J'avais des documents qui auraient été automatiquement rendus publics après ma mort... Mais je me suis assez vite rendu compte que les dossiers secrets, ça vieillit mal. Une affaire scandaleuse aujourd'hui ne sera plus qu'un pétard mouillé deux ans plus tard. Regardez l'Irangate : des révélations qui auraient, sur le moment, fait trembler le sommet de l'Etat n'attirent plus que des ennuis bénins à quelques comparses. J'ai des bandes vidéo sur la manière dont ont été conduites les tractations sur les otages français au Liban, en 86-88. Mais maintenant, qui s'intéresse encore à ces vieilles histoires ? Alors, je suis entré dans une spirale inflationniste : je dois renouveller de plus en plus vite mon stock de secrets, si je veux survivre...

Et puis, il y a peut-être une autre raison, ajouta Krachevski avec un petit rire vite réprimé. Avec le temps, je me suis aperçu que j'aime voir la corruption... En haut lieu, on connaît mes goûts. On sait que, d'une manière générale, j'aime voir mais je n'aime pas participer... C'est pourquoi on me fichera la paix. Si vous acceptez de travailler avec moi, votre vie sera garantie à son tour par une bonne douzaine de secrets d'Etat non périmés.

Léon dévisagea l'enquêteur. Il avait l'air sérieux, compétent, déterminé mais dans sa voix le traducteur avait senti par moment une espèce d'excitation trouble.

— Vous êtes complètement cinglé, dit-il. Tirez-vous de chez moi.

Le privé poussa un soupir et se leva :

— Ouananiche, dit-il.

— Quoi ?

— Ouananiche, c'est le nom du saumon d'eau douce en indien montagnais, ça veut dire « petit égaré ». Ça vous va très bien.

Il tendit une carte.

— Quand vous aurez changé d'avis, vous appellerez ce numéro et vous direz seulement ce mot : ouananiche... Autrement, poursuivit-il en se dirigeant vers la porte, vous devriez vous abstenir d'utiliser le téléphone. Moi, je me suis contenté d'un bricolage artisanal en plaçant un micro sur le boîtier de votre palier, et un autre dans la cabine la plus proche. Mais les services utilisent des dispositifs vagabonds qui fonctionnent grâce à des commutateurs numériques placés sur les centraux téléphoniques et reliés à un analyseur vocal qui reconnaît la structure d'une voix. D'où que vous appellerez, votre voix sera reconnue et automatiquement enregistrée.

Il s'arrêta sur le seuil, se retourna vers Léon qui l'avait suivi :

— Vous avez déjà fait un joli faux pas en attirant l'attention sur votre amie Juliette. C'est à elle que vous avez confié le manuscrit et les disquettes de la traduction ?

— Allez-vous-en, dit Léon d'une voix tremblante.

Et il ouvrit grand la porte.

— Entendu, je m'en vais. Mais n'oubliez pas : ouananiche.

A présent, le seul mouvement était celui, lent et lourd, de l'énorme panache de brume qui sortait de sa gueule. Il faisait si froid qu'un instant après qu'il eut marqué l'arrêt, la sueur et la bave avaient gelé sous sa gueule, formant des staclatites. Autour de lui, le grand silence miroitant de la lande de Lünebourg, figée par le gel, n'était peuplé que par le lointain craquement des branches de bouleaux verglacées qui s'effondraient d'un coup sous le poids de la neige. A dix pas derrière l'épagneul de Münster, une masse de fourrure, sanglée de cuir et de fer, bougea. C'était un homme qui, doucement, tirait son poing droit de sous son manteau de peau d'ours. A travers le gant, les serres du gerfaut percèrent la chair de son maître, comme pour lui communiquer son excitation.

Quand le chien entendit le froissement du capuchon que l'homme retirait brusquement de la tête de l'oiseau, il aboya et du buisson de bruyères qu'il fixait, le blanc fuseau d'une hermine jaillit comme un projectile sur la lande. Le temps de deux battements de cœur et l'oiseau cria dans le ciel avant de se laisser tomber vers sa cueillette de chair éperdue. Le chien s'élança. Dans un instant, il reniflerait le sang dégoulinant du poing de son maître...

— Frenzy, au pied !

L'épagneul détourna son regard du square où les pigeons chassés par lui s'étaient réfugiés et revint vers l'institutrice qui le promenait rue de la Cloche. A regret, le chien de Charlemagne et des princes saxons tendit le cou pour que l'enseignante pût accrocher la boucle de la laisse déroulante.

— Tu n'es pas sage ! gémit-elle puis elle se tut, assourdie par le fracas de la voiture de pompier qui attaquait la côte, sirènes en action.

Une minute plus tard, Léon sortit de l'immeuble, un sac de voyage à la main. Il se fraya un chemin parmi les Zaïrois et une demi-douzaine de squatters rigolards qui observaient, les mains dans les poches, les efforts des pompiers pour ensevelir sous la mousse les restes fumants du camion des vigiles. Comme Mme

Margot, Jojo et Jacob accouraient, le traducteur pressa le pas pour fuir leurs commentaires. Et puis il avait aperçu Ali, un peu plus loin, en contrebas. En robe de chambre et bouteille en main, le Kabyle commentait les événements avec une dame qui promenait son chien.

Quand Léon lui sourit, Ali fit la grimace :

— Ah, m'sieur Jaquet ! Vous voilà !

Léon le prit par le bras.

— Viens, Ali, j'ai quelque chose à te demander.

— Ah non, m'sieur Jaquet, dit-il en se dégageant, j'ai pas le temps.

La dame au chien s'éloigna vers le fourgon brûlé et Léon interrogea :

— Comment ça, t'as pas le temps ? T'as un rendez-vous d'affaires ? Je veux juste te demander...

— Non, m'sieur, coupa Ali, je peux pas vous dire mon témoignage. J'ai promis à m'sieur Ferrat de dire pas un mot, surtout à vous, sur le suicide.

— De quoi tu parles ?

L'air plus désolé que jamais, Ali fixa le sol.

— J'peux rien dire.

— Tu me laisses tomber ? demanda Léon, et toute honte bue, il ajouta : Qui c'est qui te file des couvertures et de la bibine, c'est Ferrat, peut-être ?

Ali resserra sa robe de chambre autour de lui :

— Je vais vous les rendre vos couvertures. Et le vin, je vous rembourserai...

— Arrête tes conneries. Dis-moi seulement de quel suicide tu parlais ?

— Oh, merde à la fin, écoute mon frère...

Le Kabyle se rapprocha et souffla à l'oreille de Léon :

— Le type, là, Lucchini, il s'est suicidé.

— Quoi ?

Ali hocha frénétiquement la tête et, en jetant des regards de côté, chuchota très vite :

— Oui, oui. Je l'ai vu rentrer sous la planche et personne ne l'a suivi jusqu'à ce qu'on le trouve mort.

Léon haussa les épaules :

— Je sais bien, mais tu as peut-être eu un moment d'inattention.

— Non, non, fit Ali, l'air exaspéré. Et puis, y'a pas que ça. Tu sais que Lucchini, il a été étranglé avec une corde qui avait deux espèces de grosses boules ?

— Oui, alors ?

— Alors, cette corde, Lucchini, il l'avait déjà autour du cou quand il s'est mis sous la planche. Je m'en suis souvenu quand l'inspecteur, il me l'a montrée. Je te jure, j'ai vu les boules qui lui pendaient dans le dos quand il est passé devant moi, Lucchini. Tu comprends le coup ? Il a eu qu'à s'allonger et tirer pour s'étrangler.

Il s'échauffait, mimant la scène. Il se serrait le kiki, tirait la langue, roulait les yeux. Puis tout à coup, il s'arrêta net, reprit sa mine dolente et, sans crier gare, se précipita vers sa voiture, aussi vite que le lui permettaient ses pantoufles.

— Eh, oh, attends...

Léon esquissa un mouvement puis se contenta de le suivre du regard tandis qu'il ouvrait la portière, se ruait à l'intérieur et refermait en mettant la sécurité.

Le traducteur pivota sur lui-même, hissa son sac sur une épaule et descendit la rue de la Cloche. Comme il tournait à droite, une limousine noire remonta très vite la rue Villiers-de-l'Isle-Adam à contresens et le dépassa. Léon aperçut vaguement des visages asiatiques mais n'y prêta pas attention. Il tourna à gauche dans la rue de la Bidassoa. La limousine noire roulait doucement devant lui.

Mais Léon ne voyait rien. Il songeait à son rendez-vous du côté de Trieste et de Venise.

A dix mètres derrière lui, Anne, qui avait troqué la cornette de sœur Marie des Anges pour un casque intégral, mit les gaz de sa Kawasaki et marmonna dans le micro :

— Ouananiche filoché par des Japs.

— Ne le perds pas de vue, dit dans les écouteurs du casque la voix d'Emile K.

5

Rue de la Bidassoa, Léon finit quand même par remarquer cette longue voiture noire remplie d'Asiatiques, qui roulait au pas à cinquante mètres devant lui. Il s'arrêta devant l'interminable escalier conduisant à la rue d'Anam, et la voiture stoppa. Il repartit et la voiture repartit. En se traitant de parano, il prit la rue Juillet, une venelle qui plongeait le long d'un chantier boueux, et la limousine ne le suivit pas. Lorsqu'il déboucha rue Sorbier, la voiture noire n'était plus là.

Il s'arrêta devant un tilleul et feignit de se plonger dans la lecture du bulletin de santé apposé sur le tronc. La Ville menaçant de couper tous les arbres de la rue, un comité de défense avait pris l'initiative de se livrer à une expertise sur chacun d'eux et d'en communiquer le résultat sous forme d'un écriteau attaché avec des ficelles, comme un petit tablier sur leur bedon d'écorce. Quand Léon eut relu pour la quatrième fois que le tilleul avait soixante-cinq ans, que son tronc portait quelques blessures mais que son état général était bon, l'absence de voiture fantôme et de passant suspect ayant été dûment constatée, il se dirigea vers un café à l'enseigne du « Q. Général ».

La terrasse était occupée par la sortie des classes de théâtre de Niels Arestrup. Des jeunes gens si aborbés par leur propre personnage qu'on se demandait comment ils pourraient jamais en jouer d'autres, cancanaient sur le prof d'impro et le groupe de l'aprèm. Minette à gapette, friqué freluquet à foulard, rigolo à bretelle, amante tragique des rimes et du rimel, Ophélie languide et recalée au bac, Tintin cabotin, poulettes et petits paons formaient un cercle qui tournait à ce point sur lui-même qu'un jour, Léon, resté bouche bée devant tant de grâces assemblées, avait reçu sur le nez un mégot lancé par une vamp qui, à trente centimètres de lui, ne l'avait pas vu.

En se hissant sur le tabouret du comptoir, il remarqua que le patron ne lui rendait pas son sourire. Derrière ses lunettes à fines montures, son regard était au loin.

— Qu'est-ce qu'il a ? demanda le traducteur à la ronde serveuse malienne.

— Il vient de lire ça, dit-elle en montrant le journal.

Léon baissa les yeux sur les deux pages étalées. Un beau dessin stylisé vantait les performances de la belouga, bombe à dispersion élaborée par la firme française Thomtra. Cette arme lance-grenades freinée par un parachute, répartissait d'une manière homogène 151 grenades de 66 mm. Au moment du largage, le pilote pouvait choisir entre un tapis long (10 000 m2) et un tapis court (5000 m2), deux fois plus dense. Divers types de munitions étaient proposés, dont la grenade à retardement et la grenade antichar qui traversait 25 mm d'acier. Il n'y avait rien sur la traversée des chairs.

— Et alors ? dit Léon, le patron, il devrait être content qu'on écrase un massacreur de Kurdes comme Saddam Hussein.

— Qu'est-ce que vous buvez ? demanda la serveuse.

— Oh, monsieur, vous comprenez pas, dit un jeune homme en contemplant sa bière. Nous, nous sommes des Kurdes alévis de Turquie. Nous avons toujours été persécutés par tout le monde. Nous, nous pouvons comprendre.

Et il alla s'asseoir à une table en emportant son verre.

— Ils sont inquiets pour leur village qui est près de la frontière, expliqua la serveuse. Qu'est-ce que vous buvez ?

— Un kir.

— Pour moi aussi, un kir, annonça une jeune fille en se hissant sur le tabouret à côté de Léon.

C'était la squatteuse qui avait essayé de lui parler un peu plus tôt dans la matinée.

— Tiens, observa le traducteur, je ne croyais pas avoir autant de charme... Qu'est-ce que vous me voulez ? Je n'ai pas envie de me mêler de vos histoires. J'ai rien contre vous mais... en fait, je m'en fous... c'est pas mon problème...

— Je sais, votre problème c'est Lucchini, c'est de ça que je veux vous parler.

Léon fixa, ébahi, le minois de la militante.

— Ah très bien ! fut tout ce qu'il trouva à dire.

— On pourrait s'asseoir par là, non ? proposa la squatteuse en montrant un coin de la salle.

Quand ils furent installés, elle se pencha en avant sur la table, en baissant la voix, et en jetant des regards autour d'elle, mimique qui ne manqua pas d'attirer l'attention de la totalité des clients du bar qui prirent des airs gênés.

— Lucchini était un drôle de type, chuchota-t-elle. C'était un vieux gaucho, il fréquentait les squatts, les mal-logés et les groupes anti-fafs. Mais sa croûte, il la gagnait en travaillant dans des trucs réacs comme l'Institut de sociopolitique... Qu'est-ce que tu regardes ?

— Rien, dit Léon qui rougit et, détournant ses yeux des lèvres de la fille, il ajouta : continue.

— C'est Lucchini qui nous avait indiqué les deux apparts vides sur ton palier. Il nous avait convaincus que, stratégiquement, c'était un bon coup. D'après lui, une grosse opération immobilière se préparait sur le XXe et c'était le bon endroit pour la contrecarrer. Il voulait même venir habiter avec nous... Il disait que notre lutte serait le signal de la contre-offensive des pauvres contre leur expulsion de Paris. Il était un peu mégalo, c'est sûr.

— Un peu, dit Léon, lourdement ironique.

— Pas la peine de prendre l'air malin, rétorqua la jeune fille. Les ricaneurs, je connais... Même s'il n'y a pas grand espoir, nous on se bat. C'est toujours mieux que de ricaner en attendant que la ville tout entière soit réservée aux bourges et aux cadres sup. Quand la rue Sorbier sera piétonne, et que le Q. Général sera un resto branché à 400 balles le repas, tu ricaneras encore, dans la banlieue pourrie où t'auras dû t'exiler.

Elle avait parlé de plus en plus fort et toutes les têtes se retournaient.

— Lucchini aussi se battait, poursuivit-elle en baissant la voix. Il avait une manière un peu tordue de se battre et par moments, on s'est demandés de quel bord il était. Mais au fond, il se battait. La preuve, c'est qu'ils l'ont tué.

— Hum, fit Léon en s'efforçant de garder une expression neutre. Tu as une idée de qui a fait ça ?

Elle se rejeta en arrière, haussa les épaules et but la moitié de son kir :

— Evidemment. Ça crève les yeux que le coup vient des promoteurs de l'opération immobilière. Lucchini enquêtait là-dessus. On a essayé de convaincre quelques journaleux pas trop pourris de prendre sa suite, mais ils nous ont envoyés promener. Quand même, il l'emportera pas en paradis, ce fumier de Gaetano…

— C'est qui, Gaetano ?

— Le patron des vigiles, l'infirme. Il fait la guerre aux squatters pour le compte des marchands de biens. C'est un spécialiste des expulsions musclées et des opérations de rénovation sauvage déguisées en incendies. Je suis sûre que c'est lui qui a flingué Lucchini. Peut-être pas lui directement, mais un de ses sbires… Le vieux Lucchi avait dû trouver quelque chose qui le dérangeait… tu ne crois pas ? demanda-t-elle avec dans la voix tant d'intense attente, que Léon bredouilla :

— Si, si… enfin, bon, non, j'en sais rien… Pour accuser les gens, il faut des preuves… Lucchini ne vous a rien raconté sur l'opération, sur les financiers ?

— Il nous avait promis des informations pour bientôt. Il nous a seulement dit qu'il s'agissait du dernier des Grands Travaux. Un projet secret, mais il avait trouvé le moyen d'en savoir plus.

— Il n'a pas laissé des papiers, des notes ?

— Chez lui, sûrement, mais les keufs ont dû perquiser…

— Il devait bien savoir que le terrain était miné. Il a peut-être laissé des doubles, à des amis, des… camarades ?

— A nous, non. Mais tu pourrais demander aux mecs du *Titanic*.

— C'est quoi, *Titanic* ?

— Un canard super. T'as pas vu les bulles dans le métro ?

— Les bulles ?

— Oui, c'est comme des bulles de bédé qu'ils collent sur les affiches de pub, pour leur faire dire : « Les patrons, je les nique, je lis *Titanic* », ou bien : « J'emmerde les flics, je lis *Titanic* ».

— Je vois le genre.

Cette fois, elle s'énerva tout à fait :

— Oh, arrête. Je te croyais sympa, mais excuse-moi, tu réagis comme un vieux con. Tu vois pas que c'est comme ça qu'il faut parler aux gens si on veut se faire comprendre ? La pub, ça te dérange pas, hein ? Les conneries du genre : « Je déclare la paix », dit par un singe pour vendre des fringues, ça, ça te gêne pas, hein ? T'arrêtes de regarder ma bouche ?

— Mais non, bon, écoute, dit Léon derechef rougissant...

Il baissa les yeux sur son verre et écouta ce qui se passait dans son oreille. Toujours les mêmes sons à la mauvaise vitesse. C'est bien de moi, songea-t-il, d'entendre des voix et de ne rien comprendre à ce qu'elles me disent. Depuis son coup de fil à Juliette, il avait eu la sensation d'agir et maintenant il se demandait ce qu'il foutait là, avec son sac de voyage à ses pieds, à écouter cette péronelle rouge. Le silence s'éternisa puis la fille rit doucement en le regardant par en dessous.

Elle croit que je suis sous le charme. C'est rare, les nanas qui savent qu'il ne suffit pas d'être désirable pour être désirée. A vrai dire, je n'en ai connu qu'une...

Il fit un effort pour parler :

— Pour en revenir à ce canard...

La jeune fille se leva.

— Ecoute, dit-elle d'une voix qui avait perdu toute agressivité, cette aprèm, à deux heures, y'a une manif contre la Guerre, à la République. Si tu veux, on peut se retrouver à la sortie, sur la place, au pied de la statue. Je te présenterai des mecs du canard. Maintenant, il faut que j'y aille.

— Premièrement, cette guerre, je suis ni pour ni contre et ensuite, les manifs, c'est pas mon truc...

— Tu seras pas obligé de rester. Allez, ciao.

— Je ne peux pas t'inviter à déjeuner ? On irait ensuite ensemble à ta manif.

Elle lui sourit :

— Une autre fois. Il faut que je prenne mon tour de garde. Gaetano va pas nous lâcher.

— Au fait, comment tu t'appelles ? lança-t-il dans son dos.

Mais elle était déjà partie.

Une fois à Riyad, et deux fois à New York, Kagoshi avait dû la vie à son sommeil léger. Quand un bruit dans sa chambre le réveilla, il eut tout de suite l'esprit clair, en dépit de la quantité de whisky ingurgitée après son départ de chez Caumont. Sa première pensée fut qu'il avait eu tort de faire une entorse à ses principes en ramassant une pute avenue Foch. Normalement, il s'adressait à une agence d'accompagnatrices de VIP dont la directrice lui faisait des prix, et il n'avait jamais eu à s'en plaindre. La fille de cette nuit avait été parfaite, patiente et docile, et, du corps saturé d'alcool de cet oriental prospère dont elle semblait vouloir s'attacher la clientèle, on pouvait dire qu'elle avait tiré le maximum. N'empêche qu'elle était en train de lui faire les poches.

Il ouvrit les yeux, se mit sur son séant en rejetant la couverture. La pute avait disparu et dans la pénombre de sa chambre, il distingua trois silhouettes d'hommes.

Au fond de sa gorge serrée, il chercha un son mais déjà, l'index posé sur ses lèvres souriantes, un visage aux yeux bridés se penchait vers lui. Puis une moufle épaisse se colla contre sa bouche et sans brutalité, une poussée ferme et continue lui rabattit le buste sur le lit. La main droite de Kagoshi se tendit à la recherche du vieil Astra dissimulé sur la table de nuit, dans une boîte de chocolats. Mais l'homme qui avait souri lui avait déjà posé un oreiller à la saignée du coude et à travers le duvet, il appuya son genou, lui bloquant le bras au bord du matelas. Kagoshi sentit que le troisième homme faisait de même. Il voulut se cabrer mais une pression sur ses cuisses l'en empêcha. L'homme qui le bâillonnait s'était assis sur ses jambes. Kagoshi était immobilisé.

La moufle lui pinça le nez, libérant la bouche, et comme il aspirait une goulée d'air avant de crier, une espèce de têton de caoutchouc se plaqua contre sa langue et son palais. Une voix murmura à son oreille :

— Suck.

En même temps on pressait la têtine et un peu de liquide coula. Il toussa, reconnut le goût, regarda ce qu'on lui collait contre la bouche. Un biberon. Un énorme biberon de whisky, un de ces cadeaux de bon goût qu'on trouve dans tant de boutiques à travers le monde. Il ne voyait plus que ça, le flacon transparent et gradué de plaisanteries : « petit coup de fouet », « jolie claque », « double vision », « au lit tout de suite », tenu par une main au doigt coupé.

— Suck, susurrait la voix, suck.

A chaque fois que le mot était prononcé, la pression se relâchait sur son nez. Il suça et on cessa de lui pincer le nez. Il s'arrêta de sucer et de nouveau, la moufle lui pressa les narines, la têtine fut poussée dans sa gorge. Il crut qu'il allait étouffer, eut un horrible hoquet. Aussitôt les mains se retirèrent et on le laissa inspirer un grand coup. Puis, comme il allait poser une question, la têtine revint entre ses lèvres, impérieuse.

— Suck.

Il suça. « Un peu fort de café, songea-t-il, ils veulent me poivrer ou quoi. » Il s'essaya à des hypothèses, mais dès que ses lèvres cessaient un instant de pomper, on lui pinçait le nez, la tétine entière s'enfonçait dans sa bouche, et le seul moyen d'échapper à la sensation d'étouffement, de plus en plus insupportable, était de se concentrer tout entier sur l'exercice de succion. A chaque gorgée avalée, une seule pensée, revenait, hagarde, habillée d'images remontées une à une de la réserve qui faisait sa fierté : « Me veulent saoul comme un Polonais... rond comme une futaille... plein comme un boudin... beurré comme un petit Lu... bourré comme un coing... »

Au deuxième biberon, il se dit qu'ils voulaient le tuer d'overdose alcoolique et l'expression « dégueuler tripes et boyaux » soudain céda devant un son rauque et si beau que des larmes lui coulèrent. La langue de Descartes et du camembert, les hexamots de la civilisation je panse donc je suis, le pré carré des élans mesurés en périodes et des saveurs équilibrées par le bon goût, tout le fuyait, tandis que faisait irruption dans son âme la tragique volupté de la langue inventée par les femmes poètes des tribus du désert. Bientôt, son esprit ne résonna plus que d'imprécations en arabe et il renversa les minuscules verres d'arak sur les toits en terrasse de Beyrouth-Ouest, les étroits verres de raki des gargottes de Taxim, les ballons cossus de cognac français, les gobelets de schnaps couverts de buée berlinoise, les lourds et larges verres à whisky on the rocks tintinnabulant partout, son cerveau à l'agonie dégurgitant d'un coup le souvenir de tous les alcools de sa vie.

Porté par une force écumante, il creusa les reins, grogna, bien prêt de se dégager les bras. Puis ses agresseurs, une seconde surpris, affermirent leur prise.

Au troisième biberon, ils n'étaient plus que deux à s'occuper de lui et quand il entendit couler l'eau dans sa baignoire, il eut une envie atroce de boire une eau de source glacée à fendre l'émail des dents. Mais au fond de son esprit gourd, il comprit ce qui l'attendait, et une terreur informe et molle comme un poulpe l'embrassa.

Le troisième biberon avalé, ils soulevèrent précautionneusement son corps couvert d'une sueur d'angoisse et Kagoshi pensa : « Ils font tout pour éviter des traces de lutte, si j'arrive à me cogner maintenant, ils seront obligés de me lâcher. »

Ensuite, le coma éthylique éteignit cette ultime idée et les trois yakusas le déposèrent dans l'eau tiède.

Tandis que l'un d'eux plaçait une bouteille de whisky vide près de la baignoire, un autre, doucement, lui enfonçait la tête sous la mousse, où elle demeura.

Quand il vit Léon se coucher à moitié sur sa table et faire le geste de tirer quelque chose à deux mains derrière son cou, Pavlos s'approcha :

— Qu'est-ce qui t'arrive ? Ça va pas ?

Le traducteur se redressa sur son siège et sourit, gêné :

— Si, si, ça va... Et toi ? Ça va ? Et Georges ?

— Il est au pays.

— Vous devez être contents, non ? demanda Léon pour dire quelque chose. Si les Américains se mettent à faire la guerre pour obliger les autres à respecter les résolutions de l'ONU, il y a de l'espoir pour Chypre, non ?

— Tu plaisantes, mais c'est triste... soupira Pavlos en s'asseyant à la table de Léon. Tu bois un ouzo ?

Sans attendre la réponse, il fit signe au serveur et pendant que celui-ci apportait deux verres de liqueur opalescente et une assiette d'olives aux graines de coriandre, il commença d'expliquer la géopolitique du bassin oriental de la Méditerranée, et la place de Chypre dans le monde. Léon laissa errer son regard sur le décor pimpant de bois, de briques et de plantes vertes, sur les aquarelles de Kasaphani, le village natal qui donnait son nom au restaurant, sur la grande photo où une vieille dame au profil antique posait un regard de dévotion sur un pope à la barbe fleurie — les parents de Pavlos, de Georges et de la fratrie qui avait droit à la table réservée. Le traducteur attendit sans impatience que Pavlos en vienne au moment où il conterait le débarquement des Turcs, prélude à la partition de l'île, et l'histoire du vieil Arménien qui l'avait prévenu la veille, et qu'il n'avait pas voulu croire — « lui, il avait l'habitude, sa famille avait été massacrée par les Kurdes, il avait le flair » —, et la fuite, et les pièces d'or cachées par sa mère, qu'il retournerait peut-être chercher un jour, dans le jardin de la villa aujourd'hui occupée par quelque famille de sombres paysans anatoliens...

Léon pouvait revenir aux interrogations qui un moment plus tôt, l'avaient couché sur la table : s'étrangler soi-même est déjà difficilement imaginable, mais par derrière, et couché sur le ventre ? Impossible. En admettant qu'Ali ait bien vu les bolleadoras autour du cou de Lucchini, cela signifiait seulement que quelqu'un l'avait suivi sous la planche pour tirer sur la corde. Alors, le journaliste liquidé par des hommes de main des méchants banquiers et des affreux promoteurs ? Cela ressemblait un peu trop aux images d'Epinal qui devaient abonder dans les journaux préférés de cette petite squatteuse...

Ceux qui avaient zigouillé Lucchini étaient-ils les mêmes que ceux qui avaient tenté de le tuer, lui, Léon ? Mais cette tentative avait-elle existé ailleurs que dans le cerveau fêlé d'Emile K. ? Quel rapport y avait-il entre le meurtre et ce manuscrit que Juliette n'avait pas traduit et Léon pas lu ? Et, si on avait vraiment tenté de le tuer, lui, pourquoi l'épargnait-on à présent ? Pourquoi les trois types venus le chercher au garage de Loïc, l'ami d'Emile K., voulaient-ils l'emmener ? Pour l'interroger et le flinguer après ? En tout cas, on aurait pu l'enlever ou le tuer cent fois, depuis qu'il était revenu rue de la Cloche. Mais Ferrat avait dit qu'il calmerait les « autres » en attendant... En attendant quoi ?

J'aurais dû dissiper le malentendu avec Ferrat, regretta-t-il. Mais comment ? J'étais coincé. Je ne pouvais pas avouer que je ne possédais pas le manuscrit et que j'ignorais vraiment son contenu, parce que, d'après ce que disait Ferrat, ma situation aurait été bien pire. Je ne pouvais pas non plus accepter dix briques, puisque je ne possédais pas ce qu'on me demandait. Résultat, Ferrat a cru que je voulais faire monter les prix. La seule manière de m'en sortir est lui donner au plus vite ce qu'il veut, en demandant seulement qu'on me laisse tranquille. Mais pour cela, il faut remettre la main sur le manuscrit ou au moins en apprendre le contenu.

Conclusion, il faut que je voie Juliette. Et si les tueurs attendent que je les mène à Juliette pour entrer en action ? Dans ce cas, on va s'employer à les décevoir... Après tout, j'ai assez traduit de polars pour savoir les vivre... Léon but une gorgée d'ouzo. Ce qu'il n'osait pas vraiment s'avouer, c'est qu'il commençait à avoir vraiment envie d'en savoir plus sur le *Death Job*. Il ricana intérieurement : Ce serait bien la première fois qu'il s'intéresserait autant au contenu d'un livre à traduire.

Pendant ce temps, Pavlos passait du récit de ses jeux d'enfant dans le jardin du voisin cypriote turc, à l'explication du jeu de l'Angleterre qui avait dressé l'une contre l'autre les deux communautés insulaires, appliquant ainsi la vieille recette qui, utilisée partout ailleurs dans l'Empire, avait abouti à la question Tamoul à Ceylan ou à celle du Koweït sur les rives de l'Euphrate. Puis, anglophile déchiré et anglophone parfait, Pavlos déviait sur son ami Lawrence Durell, l'écrivain agent secret de Sa Majesté. Léon prêtait une attention de moins en moins flottante aux paroles surgies de sous la moustache lyrique. Il avait beau connaître ce discours par cœur, à chaque fois, il se laissait prendre par la poésie violente de ces îles où la civilisation ne fleurissait promptement que pour tendre plus vite le cou au glaive du barbare.

Au fond, Léon avait du mal à avaler ces histoires de tueur. Depuis qu'il était revenu chez lui, il n'arrivait pas à se sentir menacé, hormis par Ferrat. Si le gendarme mondial pouvait prouver que rétablir le pouvoir de l'émir du Koweït était une croisade pour le droit et la démocratie, la police scientifique pourrait aussi bien prouver que c'était lui, Léon, qui avait étranglé Lucchini. Et au fond, qu'est-ce qu'il en savait ? Peut-être les commentateurs autorisés et les spécialistes éminents avaient-ils raison. Peut-être qu'il fallait faire la guerre pour avoir la paix et que dans une crise de somnambulisme, il avait assassiné ce type qu'il ne connaissait ni d'Eve ni d'Adam.

Quand il sortit du métro à République, un crachin gris tombait. En haut des marches, au-delà d'un premier barrage de vendeurs de journaux et de distributeurs de tracts, il traversa une petite foule au sein de laquelle les échanges verbaux étaient dominés par le ricanement. C'était la famille des incontrôlés, remarquable par la densité de petits-fils à crête iroquoise et de grands-pères à barbes beatniks. Un peu plus loin, une bande de jeunes gens à grosses chaussures, le bas du visage dissimulé dans leur keffieh, s'était agglutinée contre une barrière mobile qui la séparait du camion de retransmission d'une chaîne de télévision. Léon partit à la recherche de la jeune squatteuse qui lui avait donné rendez-vous pour lui présenter l'équipage du *Titanic*.

Le socle de la statue de la République, large et haut comme un immeuble, était ceinturé de banderoles rouges couvertes de slogans jaunes. Les groupes politiques s'échangeaient leur propagande, des gens se retrouvaient et s'embrassaient, mais une tension était perceptible sur les visages et dans les gestes. Au coin du boulevard du Temple, Léon aperçut des reflets de métal et de plexiglas. Des cars grillagés et plusieurs rangées de gardes mobiles barraient la chaussée.

Les airs héroïques qui déferlaient des haut-parleurs kurdes staliniens bousculaient les slogans mégaphonés des groupuscules, et dans le pathos grandiose des chants de la steppe et des montagnes, les mots d'ordre raisonneurs des pacifistes, des laïcs et des libres penseurs étaient emportés comme des dépouilles aux selles des cavaliers de la Horde d'or. Léon passa devant les paroisses trotskistes où la persistance de l'ouvriérisme se mesure à la longueur des blousons de cuir, il longea les banderolles rouges et noires de la CNT, syndicat de joyeux drilles qui paraissaient bien capables d'empêcher le coup de force de Franco, aperçut la Fédération anarchiste et ses importantes délégations du troisième âge, croisa des bandes d'étudiants accoutrés comme pour un bizutage avec signe de la paix sur la face, masque à gaz ou slogans dramatiques dans le dos, et contourna des créatifs qui diffusaient des affiches susceptibles d'élever le niveau de conscience des personnels de MJC.

Un attroupement plus serré, nimbé du halo des spots et hérissé de micros, signalait la présence des organisateurs. Collier de barbe et regard traqué derrière ses lunettes, un porte-parole, après avoir expliqué que les gens étaient démobilisés par le travestissement de la guerre en jeu vidéo, que le cortège n'était pas autorisé à sortir de la place, et que le président de la République n'avait pas reçu la délégation, concluait que la manifestation était néanmoins un succès. « La véritable guerre, celle qui tue, va réapparaître, ajouta-t-il, et alors, nous serons une foule, une marée... ».

Le traducteur acheva de tourner autour de la statue. Ayant constaté que la place était entièrement bouclée par les forces de l'ordre, il revint vers la bouche de métro. Du côté du camion de la télévision, le rassemblement avait grossi. Croyant y reconnaître quelques-uns des squatters de la rue de la Cloche, Léon s'approcha.

Aux abords de la barrière qui séparait le véhicule des manifestants, la critique des médias allait bon train, et en termes suffisamment vigoureux pour que les journalistes et techniciens télé se soient repliés près du fourgon en un groupe inquiet.

En s'approchant, Léon entendit : « On se les fait ». « Allez, on y va », lança une autre voix. « Non, non », intervint quelqu'un en jetant un regard à Léon et à son sac de voyage, « c'est plein de keufs en civils ». Le traducteur amorça un mouvement de repli mais s'arrêta en apercevant le Riquet à la Houpe qui quelques heures plus tôt gardait son palier. Il tenait une grosse pierre à la main et discutait avec un monsieur bien mis :

— Pourquoi tu m'agresses ? demandait ce dernier. Moi aussi, je suis contre la guerre. Et j'ai un fils de ton âge...

— Qui t'es, toi ? rétorquait le garçon en piétinant sur place et en agitant les bras, dans une espèce d'exercice d'échauffement. Pour quel service tu travailles ?

— Tu me prends pour un flic, c'est ça ?

— Laisse, Jeannot, dit une jeune fille que Léon reconnut pour sa squatteuse à bouche de Juliette.

Elle avait posé une main sur l'épaule de son copain qui se dégagea :

— Alors, quoi, t'es un flic, non ? lança-t-il à l'homme.

— Non, et toi, qu'est-ce que tu fais dans la vie ?

— Moi, j'suis chômdu, qu'est-ce tu crois.

— Moi je suis patron, dit l'interlocuteur de Jeannot avec la mine intense et sérieuse de qui est pénétré du désir de dialogue. Tu as une qualification ? Je peux peut-être te trouver du travail.

— Quoi, quoi, patron ? Du travail ? Non, mais qu'est-ce tu me prends la tête ? Les patrons, je les coupe en deux, moi ! s'énerva Jeannot.

Et il posa son brodequin sur l'escarpin droit de son interlocuteur.

Au même moment, il y eut un grand froissement de tôle, des éclairs de flash, des hurlements et la barrière fut renversée. Quatre ou cinq personnes bondirent vers le fourgon télé, une pierre brisa une des glaces latérales, un blond à bretelles fonça sur un journaliste qui défendait l'entrée arrière du véhicule et une espèce de dadais en duffle-coat, écharpe jaune sur le nez passa devant Léon en répétant : « J'ai été photographié, vite, vite, faut que je me tire. »

Dans le dos de Léon, la voix de la squatteuse lui souffla :

— C'est Max, du *Titanic*.

Le traducteur pivota pour le suivre des yeux mais son regard s'arrêta sur le pseudo-patron amateur de dialogue qui venait de menotter Jeannot dans le dos et essayait de l'entraîner par le col de son blouson.

— Les flics chargent ! cria quelqu'un.

Et presque tout le monde se mit à courir — ceux qui ne couraient pas sortant une matraque de sous leur blouson pour procéder à des interpellations sans prendre le temps de mettre leur brassard. Une grenade lacrymogène éclata. Léon, qui s'était senti jusque-là spectateur, toussa, pleura et décidant qu'il était temps de courir, s'élança. Mais il s'arrêta presque aussitôt, devant Jeannot et son flic.

Frappé par le regard de détresse du gibier et l'air de triomphe du chasseur, il voulut émettre une protestation démocratique. Mais il avait à peine ouvert la bouche que la squatteuse entrait en collision avec le flic, qui tomba à la renverse, sans lâcher sa prise sur le blouson de Jeannot, entraînant les deux jeunes gens dans sa chute, et une mêlée s'ensuivit.

D'où il résulta qu'une minute plus tard, tenant d'une main le garçon plaqué sur le ventre, et de l'autre, tentant de tordre le bras de la fille qui lui donnait des coups de pied, le flic lança à l'adresse de Léon :

— Eh, aide-moi, collègue !

D'où il résulta que, pour la première fois de sa vie d'adulte, le traducteur donna un coup de poing.

A un policier, en plus.

« Un camion de TF1 a été attaqué par des inconnus et une journaliste de la chaîne a été blessée... » Il tendit la main vers la radio et chercha une station de musique classique. Sa femme ayant pris l'Audi pour emmener les gosses au parc Astérix, il ne lui était resté que la vieille 4L dont la radio cacochyme n'était pas le moindre charme. Dans une tentative désespérée pour se persuader qu'il échappait aux clichés du style de vie des cadres supérieurs, il refusait de se débarrasser de la guimbarde au profit de la classique deuxième voiture et son épouse ne manquait jamais de le lui faire payer, en s'arrangeant par exemple pour que, le samedi après-midi, qui était réservé aux courses à l'hypermarché, seul le tacot soit disponible.

En bifurquant sur la bretelle de l'autoroute, il dut tendre le bras pour rattraper le sac de produits ménagers qui, sur le siège avant, menaçait de tomber. Le coffre étant occupé par Art de vivre — une lampe de table à pied laqué noir et abat-jour verre opalin, un panier à linge tressé avec motif africain et un distributeur de papier hygiénique en métal laqué epoxy noir —, et par Ikea — pièces détachées d'un meuble en particules plaqué chêne verni teinté brun noyer —, Mammouth et ses proliférantes richesses avaient pris possession du reste de la voiture.

Suivant sans y penser l'itinéraire familier, il tourna tout de suite à droite, au sortir de la bretelle, pour s'engager sur le pont qui enjambait l'autoroute. Tandis qu'à travers les parasites, lui parvenaient les premières notes d'un concert de Mozart pour piano, son œil enregistra automatiquement qu'au carrefour, de l'autre côté, le feu venait de passer au vert et il accéléra.

Au même instant, une grosse limousine noire le dépassa, se rabattit brutalement devant lui et freina. Hurlant de peur et de colère, il donna un violent coup de volant à droite. Un camion surgit en sens inverse.

Quand sa voiture heurta la glissière de sécurité, le chauffeur de la 4L hurlait toujours. L'arrière se souleva et le camion, poursuivant sur sa lancée, acheva de faire basculer le tacot par-dessus le parapet.

Dans la 4L, pendant que les côtes du conducteur se cassaient contre la ceinture de sécurité, un flacon de ketchup jaillissait d'un sac comme une fusée et le frappait à la nuque, un carton de trente-six œufs frais, puis un paquet de galettes au germe de blé à teneur garanti en fer passaient à travers le pare-brise éclaté, et tandis que la voiture plongeait vers l'autoroute, suivirent en avant-garde du véhicule dans sa chute, une bouteille d'huile d'olive première pression à froid, un gros pot de dessert lacté à la farine de guar et de graine de caroube, lécithine, E 102 et arômes naturels, un rôti de dindonneau à consommer avant le 25, douze mini-cartons de lait chocolaté à 4 % de cacao avec pailles de couleur. Pendant ce temps, six bouteilles de bordeaux Château-Lavison 1986 s'abattaient sur les épaules et le crâne du chauffeur, une bouteille de lait stérilisé UHT explosa contre sa joue, avant qu'elle ne soit transpercée par le tire-bouchon cadeau adjoint à une fiasque de Chianti « Gallo nero » en promotion, une boîte de maïs doux transformée en projectile lui cassa une canine, un gigot congelé lui brisa le poignet droit et quand le capot de la voiture toucha la chaussée, le nez du conducteur s'enfonça dans une miche de pain façon campagne cuite dans un four à bois et détrempée de détergent au citron.

Pour ne pas heurter la voiture tombée du ciel, une R25 se précipita contre une pile du pont mais la Mercedes 500 SL qui suivait ne put l'éviter. Elle poussa devant elle la 4L, dont le capot, un peu plus loin, rattrapa l'arrière de la R25. Les trois véhicules formèrent instantanément un tas de ferraille dans lequel vinrent donner deux autres automobiles qui n'avaient pas réussi à s'arrêter à temps.

Une demi-heure plus tard, un brigadier dressait par téléphone un premier bilan à l'adresse de son supérieur :

— Deux morts, huit blessés graves, dont le type de la 4L, qui est dans un état désespéré... D'après des témoins, on lui a fait une queue de poisson. Mais rien n'est établi... c'est un drôle de zozo... Il... sous son pantalon, il avait des couches de bébé.

— Je m'appelle Marie, dit la squatteuse avec une certaine solennité.

Ils étaient cinq autour d'une table de bistrot, leurs demis-pression déjà à moitié éclusés : Marie, Jeannot, deux de leurs copains, et Léon.

Jeannot dissimulait dans les manches de son blouson les bracelets des menottes sciées au fond d'un couloir d'immeuble de la rue du Faubourg-du-Temple. Dans la quincaillerie où ils s'étaient précipités après avoir planqué Jeannot dans le couloir, Léon avait tenu à payer la scie que la jeune fille s'apprêtait à voler.

Le traducteur avait son content de transgression pour aujourd'hui. Son poignet droit avait enflé et une douleur perçante battait au rythme de son pouls. Après le coup de poing qu'il avait administré au flic, les événements s'étaient enchaînés sans lui. Marie et deux de ses amis opportunément surgis avaient libéré Jeannot et flanqué quelques coups de Doc Martens au représentant de la loi, et tout le monde s'était précipité dans le métro pour ressortir une station plus loin. Léon avait suivi et maintenant que l'excitation retombait, que les jeunes gens renonçaient à se raconter mutuellement leur exploit pour la quatrième fois, le traducteur dut faire un effort pour donner un sens à sa présence parmi eux :

— Bon, Marie, je suis enchanté de te connaître, mais c'est surtout ce type du *Titanic* que j'aimerais voir.

— Oh, fit-elle avec un demi-sourire, maintenant, je pense que je peux te donner l'adresse où ils se réunissent.

Elle griffonna sur son rond à bière et le lui tendit.

— Ils ont une réu lundi à partir de 16 heures.

Léon empocha le carton et se leva en saisissant les poignées de son sac de voyage.

— Je vous laisse, j'ai un avion à prendre.

Sur le seuil du bar, il jeta un coup d'œil à la ronde puis se mit à remonter la rue vers le canal Saint-Martin. Arrivé à la hauteur de celui-ci, il prit à gauche, marchant à grands pas pressés. Puis, d'un coup s'arrêta et se retourna. Au sortir du bistrot, il avait remarqué un grand type rougeaud en pardessus qui semblait attendre, sur le trottoir d'en face. Le type était derrière lui. Léon fit mine d'hésiter, comme s'il avait oublié quelque chose, puis reprit sa marche. Quelques centaines de mètres plus loin, il bifurqua soudain pour descendre les marches de la rue des Vinaigriers et s'arrêta comme pour examiner les volets clos de l'Amicale des garibaldiens de France. Le type descendit les escaliers et passa devant lui sans le regarder.

Léon le laissa s'éloigner et s'en fut prendre le métro à Bonsergent en se traitant de parano. A l'instant où les portières se refermaient, le type bondit dans la voiture où le traducteur s'était assis.

Quand Léon ressortit au métro Chemin-vert, l'autre était toujours derrière lui. Le traducteur prit la rue du Pas-de-la-mule et traversa en diagonale le jardin de la place des Vosges où, sous le regard de parents extravagants chics ou vulgaires nouveaux riches, des enfants BCBG poussaient des cris aigus, s'emmerdaient et pleuraient. Quand il se retrouva sous les arcades, il fit le tour d'un pilier et, revenu face à la place, l'observa longuement. Plus trace du type. Une coïncidence peut-être. Il entra par la petite porte qui, dans un coin sous les arcades, donne sur l'arrière de l'hôtel Sully. Dans la cour pavée sertie de bas-reliefs, un violoniste jouait.

En franchissant la grande porte de l'hôtel, rue Saint-Antoine, Léon se mit à transpirer d'angoisse. Sur le trottoir d'en face, l'homme lui tournait le dos, comme absorbé dans la lecture des affichettes d'un kiosque.

Une voiture s'arrêta le long du trottoir, klaxonna :

— Je vous dépose quelque part ? demanda Emile K. en se penchant à la portière.

Léon s'avança, hors de lui :

— Foutez-moi la paix, merde !

— Ne faites pas l'imbécile, dit rapidement le privé. Le type que vous voyez sans arrêt n'est qu'un leurre, pour vous empêcher de remarquer les autres. J'en ai détecté au moins cinq. Je peux vous aider à leur échapper. Montez.

Léon n'hésita pas longtemps :

— Qu'est-ce que vous espérez ? demanda-t-il en s'installant à la place du passager. Que je vous file à vous le manuscrit ? Je ne l'ai pas, mais vous ne me croyez pas. Tant pis pour vous...

— Vous allez toujours à Venise ? répondit le privé en redémarrant.

— Plus que jamais.

— Ouvrez la boîte à gants.

Léon s'exécuta et un portefeuille lui tomba entre les mains.

— Ouvrez-le.

— Ah, merde ! s'exclama Léon en voyant sa photo dans un passeport au nom d'Edmond Planche, homme de lettres.

— C'est la profession qui vous dérange ? Vous savez, l'homme de lettres, dans l'argot des voleurs du XIXe siècle, c'était le faussaire. Il y a aussi un billet d'avion et une carte Visa à ce même nom... ah, et fouillez un peu la boîte à gants, il y a une enveloppe avec trois cent mille lires.

— C'est quoi, tout ça ? Ce passeport, il est volé ?

Emile Krachevski rit :

— Mais non. Je suis un homme honnête. C'est un vrai-faux. J'ai gardé quelques contacts dans les services techniques de la police. Sur le compte correspondant à la carte, il y a 10 000 francs.

— Mais pourquoi me donnez-vous cet argent ? Que voulez-vous que j'en fasse ?

— Je vais vous aider à échapper à toute filature et à rencontrer votre amie. En échange, vous me tiendrez au courant de ce que vous aurez découvert. Je ne vous demande pas l'exclusivité, je veux seulement savoir de quoi il retourne.

— Vous êtes sacrément obstiné, hein ? Où allons-nous ? demanda Léon en voyant qu'ils s'engageaient sur le quai de Bercy en direction du périphérique.

— A l'aéroport. Vous avez un vol à dix-huit heures vingt, non ?

— Mais ceux qui me suivent... Ils vont m'attendre là-bas.

— J'ai un ami à la police de l'air et des frontières. Vous monterez dans l'avion sans passer par les contrôles. Si vos poursuivants se renseignent, ils verront qu'aucun passager à votre nom n'est parti avec ce vol.

— Mais qu'est-ce qui vous garantit, une fois que je me serai envolé, que je reviendrai vous voir ?

— Je prends le risque.

— Vous ne craignez pas que je m'enfuis au bout du monde ?

— Non, fit Emile K. en lui jetant un coup d'œil ironique.

Puis, sans ralentir, il tourna le volant, coupa la chaussée, tandis qu'en sens inverse des voitures fonçaient vers eux, klaxon bloqué.

— Attention ! Ça va pas, non ? Qu'est-ce que vous fabriquez ? hurla Léon.

Emile K. écrasa l'accélérateur et vira presque tout de suite à droite, dans la rue de Dijon, qui longe les anciens entrepôts du commerce pinardier.

— Je vérifie que nous avons échappé à vos poursuivants, expliqua le privé en ralentissant.

Dans les petites rues de ce coin du XIIe, il fit encore quelques manœuvres risquées, déboîtages soudains, brèves incursions en sens interdit, puis, l'air satisfait, il rejoignit le périphérique à la porte de Charenton.

Quand ils furent en vue de Roissy, Léon demanda encore :

— Pourquoi êtes-vous si sûr que je reviendrai ?

Sans quitter la route des yeux, Emile K. répondit :

— Pour deux raisons, d'inégale importance. La moins décisive est votre personnalité. Vous êtes attaché à la niche de confort que vous vous êtes ménagée et je vous vois mal décider de refaire votre vie à l'autre bout du monde.

— Pas mal vu. Et la raison vraiment décisive ?

— La raison décisive c'est que le monde est de plus en plus petit, surtout pour les gens qui ont les moyens. Or je pense que vous allez mettre la main sur quelque chose qui intéresse beaucoup des gens qui ont de très, très gros moyens.

— Ça veut dire ?

— Ça veut dire que vous serez bien content de revenir me demander la protection que je vous ai offerte, ouananiche !

Une heure plus tard, en dévissant le bouchon du quart de champagne qu'il avait demandé à l'hôtesse pour arroser son plateau-repas, Léon fut pris d'un fou rire nerveux. Il allait devoir faire un sacré détour pour voir Juliette.

Sur l'air de *Ma petite est comme l'eau*, Xavier d'Ivraie chantait : « Ma petite est à Dachau, elle est dans la chaux vive... »

C'était une chanson du bon vieux temps, où, en compagnie de futurs ministres, il remontait le boulevard Saint-Michel, en brandissant le drapeau à croix celtique, prêt à casser du bolcho. A présent, il avait les meilleures relations du monde avec les valets de l'ancien empire du mal. Les ex-gauchos fréquentaient les mêmes colloques que lui et il était en train de défaire un paquet qu'un apparatchik russe amateur de devises occidentales lui avait expédié par la valise diplomatique.

Il ouvrit la première chemise de la pile qui émergeait du papier d'emballage et poussa un sifflement. Sur une douzaine de feuillets s'alignaient des noms, des chiffres, des dates. Tout ce que Robertini aimait.

— C'est le vieux qui va être content.

Il n'y avait là qu'une simple liste comptable, mais elle répertoriait les sommes perçues pour services rendus à l'Union soviétique par des personnalités françaises au-dessus de tout soupçon.

— A présent, ricana-t-il, c'est à nous qu'elles vont rendre des services, et gratuitement. Ah, ça !... c'est la meilleure !... Lui aussi ?

Le nom qu'il venait de voir, celui d'un grand éditorialiste, lui coupait le souffle. Quoi, ce vieux croisé de l'anticommunisme ? Cet infatigable contempteur du totalitarisme ? Ainsi donc, il se servait de sa réputation inoxydable pour inciter les dirigeants français à privilégier leurs rapports avec une tendance du Politburo, qui lui virait des sommes sur un compte en Suisse ?

— Bon, ça je le garde pour moi. Robertini serait capable de le détruire. Si je ne m'abuse, en 45, ce type lui a permis de sortir de l'épuration avec juste une petite dose d'indignité nationale...

A cet instant, le téléphone intérieur sonna et d'Ivraie jeta un coup d'œil inquiet vers les rayonnages de la bibliothèque. Depuis qu'il avait pris ses fonctions comme administrateur général de l'Institut et qu'il s'était familiarisé avec le dédale de ses pièces et l'esprit labyrinthique de son patron, il soupçonnait ce dernier d'avoir peuplé les recoins de l'hôtel particulier de caméras espions.

C'était bien Robertini, et il avait sa voix des mauvais jours.

— Vous pouvez venir, d'Ivraie ?

— Tout de suite.

Le bureau du patron était plongé dans le brouillard qu'il produisait quand il fumait son cigare trop vite. Il avait fait pivoter son fauteuil et paraissait plongé dans la contemplation de la circulation sur le boulevard Poincaré. Xavier d'Ivraie garda le silence en attendant que Robertini veuille bien remarquer sa présence. Pour la centième fois, il réfléchit à l'ascendant que cet homme exerçait sur lui. Ce n'était pas seulement pour l'œuvre accomplie dans la défense de l'Occident et des hiérarchies naturelles qu'il admirait son patron. Ni non plus parce qu'il avait, un jour de l'hiver 43, serré la main du mauvais peintre autrichien que lui, d'Ivraie, considérait comme le plus grand homme d'Etat du XXe siècle.

La vérité était que l'administrateur appartenait à une génération qui n'avait connu du combat que son mime. Comme leurs ennemis-miroirs des groupuscules gauchistes, ses camarades et lui n'avaient jamais risqué la mort que par accident. Etudiants sursitaires pendant la guerre d'Algérie, ils avaient dû, pour casser du fellouze, se contenter de ratonnades sans grandeur ni danger. Et ce n'étaient pas les tabassages, attaques de meetings et guéguerre de Quartier latin qui pouvaient rattraper cette impression de n'être jamais sorti de la cour de récré. Plus tard, il s'était spécialisé dans une nouvelle variété de chasse au bolcho, en devenant un expert ès terrorisme. Mais il était parfaitement conscient qu'en dehors de considérations de carrière, son choix était dû principalement au plaisir de lire les notices techniques sur les armes et les explosifs, et les récits d'intervention des commandos de choc. En mal de fraternité d'armes, il se plaisait à déceler le goût de la chose militaire jusque dans la prose hallucinée de ceux qui défiaient le monopole étatique de la violence.

Ces yeux mouillés de vieillard avaient croisé le regard d'hommes promis à l'avilissement et à la mort, ces oreilles encombrées de ridicules poils blancs avaient entendu les hurlements des torturés, ces mains tavelées et fripées avaient serré des cous : voilà ce que Xavier d'Ivraie songeait en présence de Robertini, et voilà pourquoi il respectait son silence.

— Les Japs ont pris le contrôle de la B3I, dit enfin le patron de l'Institut. Les Américains leur ont vendu leur part.

D'Ivraie s'assit.

— Ça nous pendait au nez, soupira-t-il. Cela prouve que nous avions raison de vouloir réorienter l'activité de l'Institut. Nous allons enfin être tout à fait indépendants des Yankees.

— Ne vous réjouissez pas trop vite, rétorqua Robertini. Vos petits copains ne sont pas près de noyauter l'Institut et d'y faire la loi. La première chose que les Japs ont faite, ça a été d'exiger qu'on se désengage entièrement de la rue de la Cloche. Caumont, le type du Crédit mondial, était au courant de notre intervention et il a négocié directement avec les Nippons. Apparemment, l'affaire est plus énorme encore qu'on l'imaginait.

Le visage de d'Ivraie s'était soudain fermé.

— Ce ne sera pas facile de rattraper le coup du côté de Krachevski, observa-t-il. Une fois que cet animal a flairé un bon secret d'Etat bien puant, il est difficile de l'arrêter...

— Vous lui direz que nous fermons le dossier, et s'il continue pour son compte, ce sera tant pis pour lui... Il y a trop longtemps qu'il emmerde trop de monde...

D'Ivraie se leva :

— Bon... fit-il. Si c'est tout ce que vous aviez à me dire, je vais essayer de le joindre tout de suite...

— C'est tout... sauf, ajouta Robertini en plantant son regard dans celui de l'administrateur, sauf que j'aimerais bien savoir comment Caumont a pu apprendre si vite que nous étions sur le coup et que nous avions embauché Krachevski.

— Moi aussi, j'aimerais bien le savoir, rétorqua d'Ivraie en soutenant son regard. Pour Krachevski, il n'y avait que vous et moi au courant...

Robertini écrasa son cigare et eut soudain l'air très fatigué.

— Bah, fit-il d'une voix changée, sans doute une écoute.

« Le vieux saligaud, pensa d'Ivraie en regagnant son bureau. Il a deviné... Comme si ce n'était pas lui qui m'avait appris qu'il ne fallait jamais mettre tous ses œufs dans le même panier... Il est capable de ressortir l'affaire à la prochaine réunion du conseil d'administration. Si je suis viré, Caumont me retrouvera sûrement un poste correct, mais ça m'emmerderait vraiment. Moi, cet Institut, je le veux. Tant pis pour le vieux. Si je ne peux pas être le Dauphin, je serai l'usurpateur. »

Il s'arrêta au milieu d'un couloir, frappé d'une idée.

« Ça me ferait vraiment mal aux seins de laisser tomber l'affaire de la rue de La Cloche. Krachevski a raison : il y a là-dessous un énorme truc. Si je mets la main dessus, ça donnera un joli regain d'influence à l'Institut... Je suis bien obligé de retirer le dossier au privé, mais, de mon côté, qu'est-ce qui m'empêche d'essayer en douce d'en savoir plus ?... Les Japs, je les emmerde. Quand je saurai de quoi il retourne, j'aurai le moyen d'imposer mes vues. Peut-être même le départ à la retraite du vieux... Apparemment, tout tourne autour de ce manuscrit que personne ne semble avoir lu. Or, je crois bien que j'ai un moyen de connaître son contenu... »

Sur la vitre du car, l'eau formait des deltas, des affluents, des bras secondaires, clapotant en bayous aux coins de la glace quand les gouttes cessaient de la frapper, déferlant en torrents verticaux lorsqu'un coup de vent balançait un paquet de pluie, pissant, coulant, tombant, dégoulinant sans discontinuer. Depuis que Léon avait pris un taxi à l'aéroport, la pluie n'avait pas cessé. Il s'était fait conduire à Mestre, la cité industrielle qui jouxte Venise, où il avait appris qu'un autocar partait pour Trieste à vingt et une heures.

Quand le traducteur était arrivé sur le quai de la gare routière, deux Nord-Africains et un Philippin attendaient devant la portière du Pullman. En voyant Léon, le chauffeur qui bavardait avec des collègues dans une guérite vitrée, s'était levé pour venir appuyer sur un bouton qui avait ouvert la porte dans un chuintement. Le Français était monté, et à sa suite les « extra-communautaires », comme les appelaient les journaux italiens, qui s'étaient répartis dans le véhicule et n'avaient pas tardé à s'endormir, la tête contre la vitre. Cinq minutes plus tard, deux petits vieux cravatés et costumés de noir s'étaient hissés à l'intérieur, et se chuchotaient des phrases entrecoupées de long silence.

Avec dix minutes de retard sur l'horaire, le chauffeur s'installa au volant. A l'instant où les portières se refermaient, un jeune homme en pardessus, l'œil et le cheveu très noirs, sauta dans l'autobus. Après avoir attendu que le chauffeur eût fini une série compliquée de virages, il prit son billet, passa devant Léon sans le regarder et se laissa tomber sur le siège derrière lui.

L'autocar parcourait la ville vide et brouillée de pluie, ses phares puissants comme des projecteurs de cirque éclairant parfois avec brutalité l'intérieur de cafés-pâtisseries où, entre des murailles de boîtes de friandises, des machines à café longues comme des paquebots jetaient de brefs éclats. Le traducteur luttait pour rester éveillé. A un moment, on passa sur un grand pont de fer et Léon crut apercevoir un bout de lagune, avec un navire de haute mer illuminé et un palais à coupole byzantine posé sur l'eau mais il décida qu'il avait dû brièvement s'endormir.

Tout à coup, il croisa dans la vitre le regard du jeune homme en pardessus qui le dévisageait. Celui-ci baissa les yeux et le traducteur frissonna. Presque aussitôt, ils pénétrèrent dans une banlieue industrielle, où de monstrueuses cuves, des tuyauteries brillamment illuminées succédaient à des friches plongées dans une obscurité peuplée. Plusieurs fois, le regard de Léon et du jeune homme se rencontrèrent. Puis ce dernier tira de sa poche un walkman et se glissant les écouteurs dans les oreilles, il ferma les yeux.

Quand le Français descendit à l'arrêt d'une petite ville

dénommée San Pietro degli Tassi, le passager au pardessus semblait toujours plongé dans un profond sommeil. Léon marcha sous la pluie jusqu'à une esplanade octogonale, bombée en son milieu, et dont le sol était recouvert de galets gris et noirs formant des dessins d'animaux chimériques. L'un des côtés de la place était occupé par une église à façade baroque et campanile gothique. A l'exact opposé, les vitrines d'un café brillaient encore sous les cariatides d'un palais décati. Au deuxième étage, une enseigne éteinte portait l'inscription « Pensione Muller ».

La salle était vide. Léon, gelé et trempé, se hissa sur un siège près du comptoir. Dans le présentoir des confiseries, il prit un paquet de Baci et commença de le défaire. Comme si le froissement du papier avait été un signal, au-dehors, la pluie redoubla. Léon prêta l'oreille, et il lui sembla qu'en même temps que l'enveloppe du chocolat, le ciel se déchirait. Il fit grincer son siège, et en écho une porte grinça au fond de la salle.

Une femme en tablier noir le dévisageait d'un air étonné :

— E' chiuso, dit-elle.

Le traducteur lui demanda si elle s'occupait de la pension et s'il y avait une chambre libre. Elle s'approcha, le toisa, jeta un coup d'œil à son sac de voyage puis se dirigea vers la caisse, prit une clé sur un tableau de bois et lui fit signe de la suivre.

Dans la chambre vaste et froide, la taille des meubles donnait à Léon l'impression d'avoir retrouvé les dimensions de la petite enfance. Il se déshabilla rapidement et grelotta longtemps sous la couette.

Il commençait à s'endormir quand une voix s'éleva dans la chambre à côté. Un homme aviné chantait un hymne à la *Malafemma*, la mauvaise femme.

Femmena,
Si ddoce comme 'o zucchero
però sta faccia d'angelo
te serve pe n'gannà
Femmena,
tu si 'a cchiù bella femmena

te voglio bene et t'odio
nun te pozzo scurdà... (1)

Quand la rengaine du prince Antonio de Curtis, dit Totò, fut terminée, la voix reprit au début, un peu plus plaintive. Et cela se poursuivit, interminablement. Toujours plus geignarde, la voix reprenait : « Femmena, si ddoce... », Léon se tournait et se retournait sous la couette, et la chanson reprenait, inlassable cri de haine énamourée. Le traducteur songeait au lendemain. Il appellerait un taxi, se ferait ramener à Venise. Là, il embarquerait sur un paquebot turc pour Istamboul, un grand navire blanc où l'on s'ennuie. A peine débarqué, il irait prendre un café aux Eaux douces d'Europe, il mangerait des fritures sous ce pont, là, dont le nom lui échappait, puis, après avoir dormi dans une maison en bois sur la Corne d'or, il achèterait des papiers dans le quartier kurde et prendrait un autobus pour l'Asie.

Au bout de plusieurs heures, la voix, qui n'était plus qu'un filet, s'éteignit enfin.

Les yeux grands ouverts dans l'obscurité habitée de la masse des meubles, Léon continua de prêter l'oreille. Crépitement des gouttes sur les galets, bouillonnement de flots dans les caniveaux, glouglous de gouttières vomissantes, les bruits de l'eau l'emplirent. Vers cinq heures, les griffons, chimères, licornes et hippogriffes quittèrent le sol de l'esplanade pour envahir son champ de vision.

A sept heures, dans un jour grisâtre et poisseux, Léon descendit au café pour appeler un taxi. Il se fit conduire à Trévise, où il loua une voiture, roula jusqu'à la frontière suisse qu'il passa dans un tortillard de frontaliers, reprit un taxi jusqu'à Genève, puis un TGV pour Paris. A la gare de Genève, il lui

(1) Femme,
tu es douce comme le sucre
Mais ce visage d'ange
Te sert à tromper
Femme,
Tu es la plus belle
Je t'aime et je te hais
Je ne puis t'oublier

avait semblé apercevoir le jeune homme au pardessus du car pour Trieste, mais il ne l'avait plus revu et quand, vers une heure du matin il s'effondra sur un lit d'hôtel miteux près de la République, il était parvenu à ses fins. Il était enfin sûr de n'être pas suivi et allait pouvoir retrouver Juliette.

6

Assis sur le rebord de la fontaine Phalle, Léon se détourna des dégouttantes clowneries de fer pivotant pour ramener son attention vers le coin des rues Brise-Miche et Saint-Merri. Sur la façade du bâtiment d'angle, au-dessus d'une gargote, une plaque de pierre portait l'inscription : « Propriété des assurances de Trieste et de Venise ». Juliette avait remarqué ce détail qui lui avait paru fort pittoresque, à cause d'un reportage qu'elle venait de lire sur « Les charmes nostalgiques de l'ancien port de la Mitteleuropa ». Comme ce côté de la piazza Beaubourg était devenu un de leurs points de rendez-vous les plus fréquents, ils l'avaient baptisé « le côté de Trieste et de Venise ».

Elle portait son étonnante veste de fourrure couleur de cendre pâle. Un noir pantalon galbeur et des bottines perverses caressaient la ligne de ses jambes et le moindre de ses gestes avait sa grâce brusque. Même de loin, on voyait bien que l'expression des mauvais jours n'arrivait pas à brouiller la douceur de ses traits.

Quand il saura qu'en plus, Juliette avait son bonnet rouge et sa mèche dans l'œil, le lecteur devinera sans mal en quel état était Léon.

Pourtant, pendant que son amour approchait, sa tête était peuplée de voix venues de nulle part. Léon pensait au président Schreber, l'un des plus célèbres cas étudiés par Freud, qui était persuadé que des petits hommes pénétraient dans sa tête pour lui souffler des obscénités. Dans le brouhaha lointain, et comme troublé de parasites, qui lui parvenait, il essaya de distinguer ce que racontaient ces voix, mais ne parvint à identifier qu'une suite sans queue ni tête de chiffres et de couleurs. « Putain de merde, se récria-t-il mentalement, avec moi “ ils ” jouent à un genre de bataille navale ! » Le président Schreber était convaincu que Dieu complotait pour le transformer en femme, et lui, Léon, était sûr que des services secrets conspiraient pour obtenir de lui une traduction. Il se passa une main sur le visage, se frotta les oreilles, secoua la tête. C'est pas le moment de devenir dingue, merde !

Pour approcher du point de rendez-vous, Juliette dut s'enfoncer dans la foule qui entourait un comique de rue perché sur un banc et riait des saillies du type avec une régularité de métronome. A l'instant où Léon perdit son aimée de vue, il entendit dans son dos une voix qu'il reconnut tout de suite :

— Ah ! ça y est ! j'ai enfin compris !

Il se retourna pour jeter un regard furibond à Ferrat.

— Qu'est-ce que vous avez compris ?

— Le coup de Trieste et Venise... C'est la plaque, c'est ça ? Un peu tiré par les cheveux ! ricana Ferrat.

A côté de lui, un grand gaillard moustachu examinait Léon avec curiosité.

Le traducteur se détourna pour chercher Juliette du regard. Comme elle émergeait des badauds, à cinq mètres de lui, un groupe de cinq ou six touristes japonais, appareil photo au cou, entoura la jeune femme.

— Vous avez eu tort de vouloir faire grimper les enchères, mon vieux ! dit Ferrat.

— Ah bah, je n'ai rien fait grimper du tout ! répondit Léon distraitement. Vous vous êtes monté le bourrichon tout seul.

Il cherchait Juliette dans le groupe compact des Japonais. Où était-elle passée ?

— Mes chefs n'ont pas apprécié, poursuivait Ferrat.

C'était bizarre... Le groupe de Nippons s'éloignait, et Léon ne voyait toujours pas de Juliette. « Vraiment bizarre », se disait-il en s'apercevant que tous ces Japs avaient la même carrure.

— Oh, lâchez-moi la jambe, je vais les avoir, vos renseignements...

Le traducteur se tut, suffoqué d'angoisse. Il venait d'apercevoir le visage de son amie au milieu des Japonais. Leur regard se croisèrent. Elle parut vouloir lui crier quelque chose, mais un Nippon l'attrapa par le cou et l'embrassa sur la bouche. Puis, une main derrière la nuque de la jeune femme, l'homme lui parla très vite et si loin qu'il se trouvât, Léon fut certain que les traits de Juliette se décomposaient. L'enlaçant comme un amoureux éperdu, le Japonais l'entraînait en la serrant contre son corps massif. Il sembla à Léon que les pieds de son amie touchaient à peine le sol. Tout s'était passé si vite que le groupe s'était déjà éloigné d'une bonne vingtaine de pas quand le traducteur réagit enfin :

— Vite, ils l'enlèvent, cria-t-il à Ferrat, en s'élançant.

Et il s'étala à terre.

— Pas de ça, Lisette, dit le grand gaillard moustachu qui lui avait fait un croc-en-jambe.

Il lui tendit une poigne de Pardieu pour l'aider à se relever et une, deux secondes plus tard, Léon se retrouvait debout, menotté dans le dos.

— Désolé, annonça Ferrat. Nous ne faisons plus affaire.

— Mais merde, se récria Léon, merde, arrêtez-les, ils l'enlèvent !

— Qui ça ? demanda le gros en le dévisageant.

— Vous leur tournez le dos ! s'énerva Léon, vite, merde ! Là, Juliette, ma copine, c'est elle qui a le manuscrit, des types l'enlèvent... Des Japonais, ajouta-t-il d'une voix plus faible.

— Des Japonais, tiens, tiens... Tu vois quelque chose, toi ? demanda Ferrat au moustachu, sans même tourner son regard dans la direction qu'indiquait Léon. Moi, je vois rien.

— Moi non plus, répondit le collègue, visiblement ravi de leur duo.

Placidement, il tordit les bras de Léon qui essayait de se dégager et ajouta :

— A mon avis, c'est une ruse pour essayer de fuir.

— Juliette ! Juliette ! hurla Léon.

Son gardien lui posa une main sur la bouche et il n'émit plus qu'un gémissement désespéré.

Les badauds s'étaient retournés et, sur son banc, le comique, à son tour, gueula :

— Mam'selle Juliette, y'a m'sieur Roméo qui vous demande !

La foule rit.

— J'ai un mandat d'arrestation contre vous, déclara Ferrat à Léon en sortant sa carte barrée de tricolore de manière à calmer les quelques baguenaudeurs qui commençaient à s'inquiéter de la scène. De graves présomptions pèsent contre vous dans deux assassinats. Celui de Lucchini, et celui de Loïc Aïssou, un jeune garagiste.

— Tenez-le-moi, pendant que je passe mon brassard, dit le moustachu à Ferrat. Faut éviter qu'on nous prenne à partie.

Il lâcha la bouche de Léon qui en profita :

— Juliette ! cria-t-il de toutes ses forces. Arrêtez-les !

— Oh, ta gueule, dit Ferrat et, braquant une bombe sur le visage du traducteur, il lui envoya une giclée de gaz.

Instantanément, Léon perdit conscience.

Quand il la reprit, sa tête était appuyée contre la glace d'une voiture. Il avait mal au cœur.

— ... et alors, disait la voix du gaillard moustachu, la petite fille, elle répond : « C'était pas ma bouche, m'sieur, c'était le cul de mon grand-père ! ».

Le braiement retenu, qui équivalait chez Ferrat à un rire, ajouta une migraine à la nausée du traducteur. Tant bien que mal, il releva la tête, qui lui tournait.

— C'était pas du gaz lacrymogène, observa-t-il.

— Tiens, l'autre abruti qui se réveille, laissa tomber le chauffeur moustachu.

Ferrat se retourna sur son siège :

— Ah non. Pas de lacrymo. On voulait pas vous faire mal aux yeux, rétorqua-t-il finement.

Léon voulut bouger mais il s'aperçut qu'il était attaché par les menottes à la poignée de la voiture. L'auto fonçait sur une autoroute.

— Où on va ? On va pas au Palais de justice ?

Le moustachu ricana en lui jetant un coup d'œil dans le rétroviseur.

— Si, si, on va sûrement y aller, répliqua Ferrat. Mais avant, nous vous emmenons dans un de nos centres. Je vais d'ailleurs devoir vous bander les yeux. Vous comprenez, secret défense...

— Qu'est-ce que ça veut dire ? Mais c'est illégal !

— Vous croyez ? répondit distraitement Ferrat en tirant un foulard de la boîte à gants.

Léon essayait de rassembler ses idées.

— Et Juliette ? protesta-t-il. Merde ! Vous voulez ce manuscrit, oui ou merde ? Qu'est-ce que vous foutez ? Je comprends rien !

— Nous parlerons de tout ça tout à l'heure, dit Ferrat en tentant de mettre le bandeau sur les yeux du traducteur qui recula la tête. Allons... laissez-vous faire. Vous voulez encore un coup de gaz ? Vous savez, à la longue, c'est mauvais pour les poumons.

— Oh, laisse tomber, intervint le moustachu de sa voix débonnaire. De toute façon...

— Ta gueule ! coupa Ferrat.

Il fusilla du regard le conducteur et il y eut un bref instant de silence pendant qu'ils doublaient un camion-remorque de viande polonaise. Léon avait compris :

— De toute façon, quoi ? Quand vous m'aurez fait parler, vous allez me flinguer, c'est ça ?

Ferrat haussa les épaules :

— Oh, flinguer... Tout de suite les grands mots !

— Vous allez me tuer ! Et vous allez laisser tuer Juliette ! Assassins !

La voix de Léon était montée de plus en plus haut, hurlant le dernier mot tandis que, de toutes ses forces, au maximum de l'élan que lui permettait sa position entravée, il donnait un coup de tête sur la glace. Une tache rouge explosa dans ses yeux, il entendit : « merde ! le con ! » et le gaz lui brûla les narines.

Il eut du mal à rouvrir les paupières. Elles étaient collées. Par du sang coagulé, découvrit-il, quand il eut achevé l'opération.

— Le con est réveillé, annonça la voix du moustachu.

Léon était couché sur la banquette, de nouveau menotté dans le dos. A travers la glace brisée de sa portière, le traducteur aperçut des feuillages. Sans doute étaient-ils garés au bord d'un bois. Tant bien que mal, il se rassit, constata qu'ils se trouvaient sur une aire d'autoroute déserte, probablement quelque part en forêt de Fontainebleau. Une nausée très violente lui fit perler la sueur au front.

— Eh, il est réveillé, insista le moustachu.

— Une seconde, marmonna Ferrat en masquant d'une main le récepteur d'un téléphone de voiture.

— Oui, ma chérie, dit-il ensuite dans l'appareil, d'une voix niaise. Je te promets qu'à la place, on ira à la cafétéria ensemble, mercredi après-midi. Dors bien, ma doucette. Oui, tu peux faire encore une bise à maman, deux si tu veux... Oui, tu es mon petit bandit à moi... Dors bien, mon petit cœur... Bisous, bisous...

Il fit un bruit mouillé, raccrocha et apostropha Léon d'une voix dure :

— Ça y est ? Vous êtes calmé ? Assez déconné, hein ? On a encore une demi-heure de route. Vous vous tenez tranquille, ou on vous fait très mal. N'importe qui peut avoir envie de mourir, mais souffrir, ça, il n'y a pas grand monde qui en rafolle, même les pires masos, quand ils sont aux mains de spécialistes, au-delà d'un certain seuil, il n'y a plus de perversion qui tienne, ils appellent leur mère...

Penché par-dessus le fauteuil, il plongeait un regard glacé dans les yeux du traducteur :

— Pour nous, poursuivit-il, vous n'êtes qu'un paquet d'organes. Et les organes, c'est tout prêt à souffrir, c'est sans défense, c'est fragile, c'est mou, mou, mou... conclut-il, en ponctuant de trois sèches petites manchettes dans le foie de Léon... Compris ?

Léon haletait de douleur, incapable d'articuler un mot.

— Compris ? insista Ferrat.

Léon ouvrit la bouche, noyé d'effroi. Pas un son ne passa ses lèvres.

— Bon, dit Ferrat en reprenant un ton plus normal. Je vois qu'on s'est compris, hein ?

Léon ne répondit pas. Simplement, quand la voiture redémarra, il vomit dans le cou de Ferrat.

Au moment où le groupe des Japonais se mit en marche, entraînant Juliette dans la direction du boulevard de Sébastopol, devant le grand café Beaubourg, une femme à la chevelure blonde ornée d'une douzaine de nœuds multicolores, rassembla huit sacs de plastiques bourrés de choses diverses, étalés à ses pieds. Elle s'approcha d'un jeune homme édenté, aux longs bras maigres, qui venait de se mettre torse nu et tirait d'une sacoche une bouteille en plastique. Se hissant sur la pointe des pieds pour parvenir à son oreille, elle lui glissa quelques mots. Il la dévisagea puis se tourna vers le groupe nippon qui approchait et hocha la tête.

Ils avançaient, sourire aux lèvres, leurs appareils photos ballottant sur leurs larges torses, s'excusant auprès des autres touristes que leur progression compacte contraignait à s'écarter. Tout à coup, l'édenté poussa un cri et bondit à quelques mètres devant eux. Agitant les bras comme des ailes de moulin à vent, tenant d'une main la bouteille, de l'autre un bâton enflammé, il interpella les passants d'une voix suraiguë :

— Mesdames et messieurs, dégagez, faites place, le spectacle va commencer !

Aussitôt, un mouvement s'amorça dans la foule pour ménager un espace au saltimbanque, et des étudiantes allemandes braquèrent leurs appareils. Le groupe de Japonais ralentit le pas, celui qui tenait Juliette la serra davantage en lui murmurant quelque chose à l'oreille et ils amorcèrent un mouvement tournant.

Mais l'édenté, sans attendre que le cercle des badauds eût fini de se former, portait déjà le goulot de la bouteille à sa bouche. Il gonfla les joues, approcha le bâton enflammé de ses lèvres qu'il tendit comme pour un baiser et une longue langue de feu jaillit, jusqu'aux pieds des Asiatiques. Deux d'entre eux firent un bond en arrière, le bas du pantalon roussi. Ils entrèrent en collision avec leurs compagnons, le groupe compact se défit un instant et tout à coup, une espèce de furie surgit au milieu d'eux.

— Bougres de saligauds ! éructa-t-elle. Vous venez encore nous vendre vos saloperies de magnétoscopes, et vos motos, et vos ordinateurs, et vos répondeurs, et vos appareils photo, et vos bagnoles, tout ça pour couler nos usines ? Et d'abord, pourquoi que vous laissez pas nos produits entrer chez vous, hein ? Qu'est qu'c'est que ces pratiques commerciales déloyales, vous pouvez m'expliquer ? C'est quoi ces manières, de prendre toutes les parts de marché, hein, hein ?

La dame aux sacs tournoyait sur elle-même, faisant voltiger

ses ballots, apostrophant tour à tour chacun des Japonais qui tentaient de se regrouper.

— Vous croyez que c'est sain, ça ? Nous, on achète, on achète, on achète, et vous, vous voulez pas de nos fromages pasqu'y puent, non mais, faites pas les dégoûtés, allez, et votre soja pourri, vous l'avez reniflé, peut-êt' ?

Le visage crispé sur leur sourire, ils essayaient d'échapper aux sacs qui menaçaient leurs têtes et leurs genoux, tandis qu'autour d'eux, on riait beaucoup de cette typique scène de rue, que dix appareils photo mitraillaient déjà. L'un des Japonais essaya de mettre sa main sur l'objectif d'une hollandaise obèse qui se rebella. Un autre frottait sa chaussette roussie en grimaçant. Il y avait du flottement dans la troupe, où l'on échangeait des regards.

— Et les bons du Trésor américain, hein ? morigéna-t-elle, pour le plus grand bonheur d'un groupe de touristes du Minnesota. Pourquoi vous en voulez plus ? Ils puent, eux aussi, peut-être ? Mais alors, c'est toute la planète qui pue ? Et dans ce cas, pourquoi vous voulez l'acheter ?

Les Américains rirent. Le groupe des Japonais se reformait. L'un d'eux, qui avait renoncé à sourire, s'avança vers la clocharde, et voulut l'écarter d'un revers de main. Mais un habitant de Minneapolis l'agrippa par l'épaule :

— Take it easy, buddy.

L'Asiatique pivota bruquement sur ses talons pour voir qui le touchait, laissant à découvert le couple que formaient Juliette et son accompagnateur. Celui-ci reçut en plein visage un des sacs que la clocharde faisait tournoyer.

— Toi, la pisseuse, cria la dame aux sacs, casse-toi.

Sous le choc, la main du Japonais lâcha un instant l'épaule de la jeune fille mais chercha aussitôt, à tâtons, à la rattraper, et lui toucha le visage. Comme une chienne enragée, Juliette mordit.

Puis, elle cracha le bout de doigt en plastique qui complétait l'auriculaire mutilé et se mit à courir. Le yakusa qui se trouvait à l'arrière-garde esquissa un geste pour lui barrer le passage mais un clodo lui appliqua dans le dos le bout d'un tube métallique. Le Japonais poussa un cri et s'effondra dans ses bras.

En débouchant du passage piéton qui longe Beaubourg,

Juliette pila devant le flot des voitures de la rue du Renard. Une Golf GTI s'arrêta à sa hauteur, et Emile K. passa la tête à la portière :

— Montez, Juliette, je suis un ami de Léon.

La jeune fille inclina la tête pour mieux l'examiner, repoussa sa mèche et lui cracha au visage.

— Fais passer à Léon, dit-elle.

Puis elle bondit sur le capot de la Golf, le franchit en deux enjambées, et après avoir slalomé entre des voitures qui avaient accéléré pour attraper le vert et klaxonnaient éperdument, elle disparut dans la rue Saint-Merri.

(Ainsi, au paroxysme de leur conflit avec le monde, l'une réagissait en crachant, et l'autre en vomissant. Ce que, délibérément, elle projetait d'elle, c'était une mousse circonscrite à sa bouche, écume née au point de communication entre elle et le reste. Lui, de manière incontrôlée, se vidait du fond de lui. Ces deux-là n'étaient pas faits pour s'entendre.)

Pour la première fois depuis près de vingt ans, Papiénon ne pouvait pas se mouiller. En effet, en plus du cathéter qui, à chacun de ses bras, plongeait dans la saignée du coude, de la canule qui s'insinuait dans son anus, et du mince tuyau qui se faufilait par son nez jusqu'au fond de sa gorge, on lui avait posé une sonde urinaire. Seuls quelques centimètres carrés de son corps n'étaient pas recouverts de pansements. Cet espace-là, autour de sa bouche, était en train de bouger.

— Avec toi, avec toi seule j'ai été sans défense, dit-il dans un souffle.

— Chut, fit sa femme en se penchant au-dessus du lit, à la rencontre de son regard. N'essaie pas de parler. Garde tes forces pour guérir.

— Pardon, chuchota Papiénon en fermant les yeux.

— Pardon ? murmura son épouse.

Comme s'il avait besoin de reprendre son souffle, le blessé attendit quelques instants pour parler. Les mots sortaient de sa bouche articulés à peine, par saccades jaillies de profondeurs de chairs à vif :

— Mon amertume d'écrivain manqué, mes lâchetés de carriériste littéraire, mes faiblesses de père, mes coups de canif dans le contrat, mes manies infantiles... pardon.

— Ne dis pas de bêtises. Repose-toi. Tu as besoin de repos.

Quelque part dans Papiénon, il y eut un bruit, mélange de toux et de sifflement.

— Qu'as-tu ? Tu as mal ? Tu veux...

— Non, non... je ris, expliqua le blessé. Du repos, je vais en avoir jusqu'à plus soif.

L'épouse fronça le sourcil :

— Qu'est-ce que ça veut dire ? demanda-t-elle. Des idées noires ? J'aime mieux te dire, força-t-elle, que tu ne vas pas rester ici très longtemps, tu as les étagères Ikea à monter, et aux Presses, on t'oublie pas.

Papiénon ne répondit pas et le silence se prolongea pendant dix bonnes minutes. A travers la porte de la chambre, seuls leur parvenaient les bruits de rouc d'un chariot, de brefs éclats de voix, l'agitation rassurante et mesurée du service des urgences.

— Je suis foutu... dit tout à coup Papiénon, si bas que sa femme ne fut pas sûre d'avoir bien entendu.

— Allons, hasarda-t-elle, tu nous a fait une belle peur, mais maintenant, ça va aller. Je te jure. Les médecins ont dit que tu n'avais pas de lésion grave. Dans ton malheur, tu as eu une chance incroyable.

— Mais c'est mieux comme ça, poursuivit le blessé comme s'il n'avait pas entendu. C'est mieux pour toi et les enfants.

L'épouse jeta un coup d'œil à sa montre.

— Mon chéri, qu'est-ce que c'est que ces idées ? Tu me fais de la peine.

— Chut, fit-il, et il lui prit la main, ferma les yeux.

Dix minutes passèrent encore. Puis elle se dégagea doucement. Elle posait la main sur la poignée de la porte quand les paupières de son époux se relevèrent :

— Reste encore un peu avec moi.

— Mon chéri, écoute, tu me brises le cœur ! Je vais revenir cet après-midi, mais il faut absolument que j'aille à la maison, je n'ai trouvé personne pour s'occuper du déjeuner de la petite.

Dans une tentative de sourire lubrique, elle donna à son visage une expression grotesque :

— Tu cherches à me mettre en colère pour que je te gronde ? Mais pour ça, il faudra attendre un peu.

— J'ai quelque chose à te dire avant que tu partes... annonça Papiénon d'une voix soudain presque claire. Retiens-le bien. C'est très, très important, tu comprends ?

L'épouse contint un soupir d'énervement :

— Oui, d'accord. Je t'écoute.

— Approche.

Elle s'avança.

— Approche ton oreille.

Elle fit ce qu'il lui demandait, écouta les quelques mots qu'il chuchotait et dit :

— C'est tout ? Ça ne peut pas attendre ? Quand tu iras mieux, tu pourras téléphoner...

— Chut. Fais ce que je te dis. Va-t-en maintenant.

Elle le regarda, interloqué. Il lui semblait bien que son mari avait très vite refermé les yeux pour contenir une larme. Elle commençait à être vraiment inquiète.

— Ça va pas ? Je vais appeler une infirmière. Qu'elle te donne des calmants.

— Ça va, dit sèchement Papiénon. Va-t-en.

Elle hésita encore un instant, songea que l'heure des soins approchait, que son époux ne serait pas longtemps seul, et se décida à sortir. Tout de même, en refermant la porte, elle se promit de parler aux médecins, dès cet après-midi, du mauvais moral de son époux.

Un homme en blouse blanche qui avait tourné le coin du couloir venait dans sa direction. Elle crut d'abord qu'il s'agissait de l'interne qu'elle avait vu un peu plus tôt, et elle eut un mouvement pour aller au-devant de lui. Mais quand elle aperçut le visage de l'homme — c'était un Asiatique... « Plutôt Japonais que Chinois », trancha-t-elle — elle se dit qu'il s'agissait sans doute d'un infirmier et, lui tournant le dos, partit dans l'autre direction, vers la sortie.

Quand l'Asiatique en blouse blanche eut refermé la porte derrière lui, Papiénon le regarda droit dans les yeux.

— Faites-vite, dit-il.

« Avec le temps, va, tout s'en va... les plus chouett' souvenirs s'attrap' une de ces gueules, à la galerie j'farfouille, dans les rayons de la mooort... »

Le moustachu chuchotait son chant, mêlant à la mélodie mélo ses accents faux. Ferré à l'hameçon de l'âme en sang de Léo, le chagrin de Léon redondait. Juliette enlevée, que valait la vie ?

— Eteins cette putain de radio, dit Ferrat en réintégrant son siège.

Il venait de rincer sa chemise et sa veste dans les toilettes de l'aire d'autoroute et, stoïquement, les avait renfilées. Le moustachu obtempéra. Ferrat jeta un coup d'œil à sa montre puis se tourna vers Léon :

— Vous m'avez fait perdre un temps fou avec vos saletés, dit-il, très calme. Je ne pouvais pas rentrer dans cet état chez moi, mon image de père en aurait pris un sacré coup. Evidemment, vous ne savez pas ce que c'est, de devoir toujours répondre à l'attente d'une enfant, de se sentir coupable si elle vous juge pas à la hauteur. Et il n'y a pas pire juge que les gosses... Pour l'interrogatoire, je vais m'occuper personnellement de vous. Je vais faire en sorte que vous parliez très vite, comptez sur moi. Et après... vous savez comment on nous a surnommés, dans le service ? Les « benbarkeurs »... Ça vous dit quelque chose ?

Les derniers mots furent noyés par le grésillement du téléphone. Ferrat décrocha :

— J'écoute, dit-il, hargneux. Bonjour, général, ajouta-t-il, sans plus trace de hargne. Oui, justement, nous avons un peu de retard... Oui... Ah... Comment ? Ecoutez... Non, non, la communication est bonne, mais je ne comprends pas... Oui, bien sûr, je ne discute pas...

Suivirent quelques secondes de silence, puis, d'une voix neutre, Ferrat dit :

— Bien. Ce sera fait.

Il raccrocha, fixa un instant le combiné, expira un grand coup, releva la tête et fusilla Léon du regard.

— Bon, fit-il, on vous relâche. Votre amie Juliette Palissy a échappé à ses ravisseurs. Elle a disparu. Vous êtes invité à la contacter. Si vous parvenez à la convaincre de nous remettre le manuscrit et si tous les deux, vous savez tenir votre langue, le juge rendra une ordonnance de non-lieu. Au cas contraire... au cas contraire, vous verrez bien. Je suppose que vous devinez où est votre intérêt ?

Sidéré, Léon hocha du chef.

Ferrat se pencha par-dessus le siège, lui retira les menottes et, sur un signe de tête qu'il lui adressa, le moustachu appuya sur un bouton du tableau de bord, déverrouillant les portières.

— Voilà, tirez-vous, dit Ferrat.

— Eh, mais, vous me laissez là ?

La main de Ferrat partit comme un ressort, giflant Léon à la volée.

— Tire-toi, connard, lança-t-il. On m'a ordonné de te relâcher, pas de faire le taxi. Ma fille a besoin de moi. Elle est peut-être en train de faire un mauvais rêve. Plein de vermines de ton espèce. Dégage.

Quand la voiture redémarra, laissant Léon sur l'aire, celui-ci se dit qu'il devrait relever le numéro, puis rit.

A son tour, il alla se débarbouiller dans les toilettes. En se jetant contre la vitre, il s'était coupé au front et à la joue, son visage était maculé de sang. Quand il jugea que le spectacle que lui renvoyait le miroir était passé d' « épouvantable » à « passable », il ressortit. La pluie était froide et il ne lui restait plus qu'à faire du stop dans le sens opposé.

Il remonta le col de sa veste de jean, celle-la même que les collègues de Ferrat lui avaient donnée dans la villa du service, et il traversa en courant les deux voies. Une voiture fila dans son dos en klaxonnant, il se retourna, leva le pouce et une R25 ralentit.

Il courut vers elle et, comme il arrivait à sa hauteur, le chauffeur, une espèce de rugbyman en costume VRP, en émergea :

— Ah non, mon pauvre, dit-il à Léon avec l'accent du Sud, je suis comme vous, vous voyez, comme un con. La panne sèche… je vais chercher un téléphone de secours. Si vous êtes encore là quand la dépanneuse arrive, je vous prends, mais ça sera long…

Et il se mit en marche sous la pluie. Léon s'éloigna de quelques pas de la voiture et leva le pouce. Un poids lourd passa en trombe, l'aspergeant d'eau boueuse jusqu'à la ceinture. Je n'imaginais pas qu'on puisse se sentir aussi misérable, se dit le traducteur en pointant un pouce glacé dans la direction qu'il pensait être celle de Paris. Pendant que d'autres véhicules achevaient de l'inonder, pour tromper son désespoir, il se posa des questions.

Comment tous ces gens, Ferrat et les Asiatiques, avaient-ils pu surgir à son rendez-vous ? Il croyait pourtant avoir parfaitement manœuvré. Une étude sur le FBI qu'il avait traduite expliquait que, dans les affaires importantes, les écoutes ne se limitaient pas à la ligne du suspect mais étaient étendues aux cabines entourant son domicile. C'était donc délibérément qu'il avait téléphoné à l'aéroport pour connaître les horaires des vols pour Venise. Au départ, il comptait seulement se rendre à Roissy, bagage en main, et tenter de déjouer d'éventuelles filatures sur le trajet. Puis il avait saisi l'occasion que lui fournissait Krachevski. Il était bien sûr de ne pas avoir été filé après son détour par l'Italie…. Et qu'est-ce que ces Japs venaient faire ici ? Et où était Juliette ?

Une voiture s'arrêta enfin à quelques mètres devant lui et le chauffeur, passant la tête à la portière, lui cria :

— Vous êtes en panne ?

Léon mit quelques secondes à comprendre que l'autre le prenait pour le conducteur de la voiture garée un peu plus bas.

— Elle est en panne sèche, expliqua-t-il, mais…

L'autre sortait déjà et il se tut, frappé d'une idée.

— Ah la la, dit le bon Samaritain, vous avez du pot de tomber sur moi. J'ai toujours un bidon dans le coffre.

Léon hésita. Tout à coup, il croyait se rappeler, avec une netteté parfaite, que l'espèce de rugbyman avait laissé les clés sur le tableau de bord. Bien sûr, on ne risquait pas de lui piquer sa bagnole, avec le réservoir vide.

Dix minutes plus tard, Léon roulait au volant d'une R25. Il

faisait bon dans la voiture et la radio de bord s'était remise en marche dès qu'il avait mis le contact. Elle diffusait un débat sur la déontologie du métier de journaliste face à la guerre du Golfe. Un photographe interviewé en Arabie Saoudite se plaignait des conditions dans lesquelles on lui faisait exercer son métier. « Je ne suis pas venu ici pour visiter des hôpitaux vides ! » fulminait-il. Léon coupa et ouvrit la boîte à gants, en quête d'indications sur sa victime. Le rugbyman avait effectivement une carte de VRP. Et un papier à en-tête de la préfecture de police de Marseille stipulait qu'il était détenteur d'une autorisation de détention d'une arme de quatrième catégorie. Léon plongea la main plus avant dans la boîte à gants et sentit la crosse d'un petit revolver qui, à l'examen, lui parut ancien. Peut-être une arme de collection. En tout cas, une boîte de balles, enveloppée de papier, était rangée à côté.

Un accident ralentissait la circulation aux abords de Paris et il n'était pas loin de quinze heures quand Léon se gara près de la porte d'Orléans. Il cacha les clés de la voiture sous le tapis de sol, dans l'espoir qu'on ne la volerait pas de nouveau et que son propriétaire, si obligeant, la récupérerait vite. Un instant, il songea même à téléphoner à un commissariat pour qu'on vienne chercher la voiture et puis il se sentit ridicule. N'était-il pas devenu un homme d'action, qui portait dans une poche intérieure de sa veste coupée sport un revolver d'ordonnance suisse Schmidt 1882 tirant des balles à poudre noire, ainsi que le lui avait appris la brochure soigneusement conservée par le VRP ?

Dans une cabine téléphonique, il composa le numéro de Juliette.

Elle avait encore changé le message. Avait-elle procédé à distance ou bien était-ce seulement dû à la qualité alternative de l'enregistrement ? En tout cas, les Berruriers noirs déversaient une bouillie de sons où Léon n'aurait rien distingué s'il n'avait connu les paroles :

Lobotomie papa
Lobotomie maman
J'ai un trou dans la tête
Lobotomie soldat

Lobotomie para
Je ne crains plus la loi
Amputé amputé amputé

« Tous les traducteurs sont des traîtres, articula ensuite la voix de Juliette par-dessus le brouhaha, mais c'est Léon qu'a le pompon, je suis dans un trou noir et pas près d'en sortir. Ne laissez pas de message, s'il vous plaît. »

Elle semblait avoir du mal à articuler, comme si elle était saoule. Ou droguée. Léon raccrocha. Déchirement, froid, vide, quel terme choisir pour traduire ce qu'il ressentait ? Il lui manquait le support d'un texte écrit par un autre.

Léon plongea la main dans une poche et en retira le carton à bière où Marie la squatteuse lui avait inscrit l'adresse du *Titanic.* C'était près de Barbès, dans une ruelle dont nous tairons le nom. Le traducteur jeta un coup d'œil à sa montre et constata qu'il était presque l'heure de la réunion. Pourquoi ne pas commencer par là ? Puis il partit en courant, dans un démarrage foudroyant qui stupéfia une dame qui s'approchait de la cabine, sa pièce à la main. Une idée l'avait frappé : le téléphone de Juliette était certainement sur écoute, et on avait dû repérer son appel.

Dans le métro, à Mouton-Duvernet, une bande de jeunes sourds-muets aux teints variés déferla sur sa voiture pour se lancer aussitôt dans des gesticulations joyeuses accompagnées de grognements. Ils descendirent à Saint-Germain, toujours aussi agités. A Saint-Michel, ce fut une famille nombreuse, en particulier, ses plus jeunes membres, qui retinrent l'attention de Léon. « Pourquoi les gosses ont-ils une bouche qui ferme mal ? » s'interrogea-t-il gravement. Effondré sur un siège du quai Etienne-Marcel, un clochard sortit son sexe et, sans lever la tête, le menton toujours sur la poitrine, pissa dru, droit devant lui. A Strasbourg-Saint-Denis, une équipe de vigiles du métro en tenue Terminator s'occupaient d'un présumé voleur à la tire, qui commençait à saigner. A la gare de l'Est, un pauvre moderne monta dans la voiture et débita un discours dont les points forts étaient son refus du vol et son désir d'une petite pièce ou d'un ticket restaurant. Il était passablement aviné et mangeait ses mots mais chacun connaissait la tirade et savait en combler les lacunes. Il n'eut pas un sou. Ainsi passa le trajet.

L'équipage du *Titanic* se réunissait dans un ancien atelier de mécanique, dont le sol encore souillé de cambouis devait flatter les instincts prolétariens des rédacteurs. En entrant, Léon fut frappé par la densité de la fumée, la quantité de canettes de bière et la beauté des filles. La trentaine de personnes réunies autour d'une longue table était plongée dans une agitation frénétique. La moitié des présents parlaient en même temps, certains, debout, essayant de faire rasseoir les autres, ceux-ci réclamant un peu de calme, ceux-là tenant des colloques privés que quelques-uns s'efforçaient à grands cris d'interrompre au nom du fait qu'on ne s'entendait plus. Personne ne prêtant attention à lui, Léon s'assit en retrait. Il mit un certain temps à comprendre que la discussion portait sur la différence entre gastronomie et gastrosophie, la première étant, à ce qu'il comprit, d'essence bourgeoise, tandis que la seconde était réputée subversive. Puis on dériva sur la guerre du Golfe, les uns assurant que la victoire militaire des Etats-Unis se paierait de milliers de morts occidentaux et d'une grave crise économique et sociale, les autres ricanant que ce conflit n'était qu'une opération de poudre aux yeux concertée entre Saddam et Bush, et qu'il fallait parler d'autre chose. Tout à coup, une des rares personnes qui n'avaient rien dit jusque-là, se leva. Léon reconnut le dadais en duffle-coat aperçu à la manif, ce Max qui avait peur des photographes.

Max se mit à crier ses doutes sur l'alphabétisation de ses camarades, et choisit une série d'adjectifs blessants pour qualifier ce qu'il venait d'entendre. Il parlait avec tant de virulence que Léon craignit un instant d'être pris dans un pugilat général, mais l'assemblée paraissait écouter d'un air distrait, comme si elle était habituée à ces sorties. Puis un barbu au sourire méphistophélique monta sur la table pour lire un éloge du docteur Petiot en alexandrins et une espèce de clergyman qui faisait office de président décréta une pause.

Une jolie blonde au cul en trompette se dirigea vers la porte mais, en apercevant Léon, elle vint s'enquérir d'un air soupçonneux des raisons de sa présence.

— Laisse, intervint Max, je crois que c'est pour moi. Vous êtes Jaquet ? demanda-t-il au traducteur.

Comme celui-ci opinait du chef, il lui offrit une Kronenbourg tiède et ils se retirèrent dans un coin.

— Tu veux des renseignements sur Lucky Luke, attaqua-t-il. Oui, Lucchini, précisa-t-il devant l'air interloqué du traducteur. C'est comme ça qu'on le surnommait, ça lui allait bien d'ailleurs, un vrai cow-boy solitaire. Il nous filait gratuitement des informations que d'autres le payaient pour chercher. Par exemple, il nous avait signalé la présence d'un agent de la DST à SOS-Racisme, un avocat marron qui avait livré à ce service des informations sur son client, un marxiste libanais emprisonné en France...

— Il vous avait parlé d'un projet secret pour le XXe, qui devait être le dernier des grands travaux du septennat ?

— T'es bien renseigné, on dirait, dit Max. Il y a deux banques sur le coup, la B3I et le Crédit mondial. La B3I a racheté plein d'immeubles sur les rues Sorbier et Bidassoa, le Crédit mondial a fait la même chose un peu plus haut, vers la rue des Pyrénées. Alors, ta rue de la Cloche, elle est pour ainsi dire à la frontière entre deux territoires : d'un côté t'as la B3I qui payait Lucchini par l'intermédiaire de l'Institut sociopolitique. La B3I est aux mains de groupes japonais et arabes, plutôt anti-américains. De l'autre, t'as le Crédit mondial, un énorme établissement lié aux Etats-Unis et aux pétromonarchies. De là à conclure que Lucky Luke est mort dans un conflit frontalier...

— Il n'y a qu'un pas que vous franchirez dans votre prochain numéro ?

Max prit des mains de Léon la canette de bière qu'il n'avait pas touchée et la vida à moitié.

— Pour ça, dit-il en la lui rendant, il nous faudrait quelques informations supplémentaires. Et je vais aller les chercher. Si le cœur t'en dit, tu peux m'accompagner.

— Où ça ?

— Dans un endroit que les flics n'ont pas dû perquisitionner. Les archives secrètes de Lucchini, fouille-merde professionnel depuis vingt ans.

Léon allait poser une question mais Max se tourna vers la porte. La blondinette venait de rentrer.

— Alors ? lui lança-t-il.

— J'ai fait le tour du quartier, répondit-elle. Rien vu de spécial.

— Pas de sous-marin ?

Elle secoua la tête.

— On essaie toujours de repérer si nos réunions sont surveillées, expliqua Max à Léon. Les sous-marins...

— Je sais, dit le traducteur, ce sont des camionnettes équipées pour la surveillance.

— Pas de drôles de types qui faisaient pisser leurs chiens, pas de photographes ? demanda le chevelu méphistophélique en s'approchant, une canette dans chaque main.

— Y'avait rien du tout, dit la fille, à moins, ajouta-t-elle sur le ton de la plaisanterie, qu'on ait la police japonaise aux trousses.

Sensation de froid sous la peau de Léon.

— Pourquoi dis-tu ça ? demanda-t-il.

— Oh, c'est pour déconner. Y'avait quatre Japs chez Ali, le bistrot au coin de la rue. Des touristes qui discutaient autour d'un guide de Paris.

— Tu n'as pas remarqué une grosse bagnole noire, par hasard ?

— Si, garée un peu plus loin, dit la jeune fille. Y'a un problème ? demanda-t-elle en voyant la tête à Léon.

Il nia d'un signe de tête et tira Max à part.

— Il faut que je m'en aille. Ces Japs, c'est pour moi.

— C'est quoi cette embrouille ?

— Je ne peux pas vous expliquer, ce serait trop long et de toute façon, je n'y comprends pas grand-chose, mais je suis sûr que ces types me filent. Je ne sais pas comment ils ont fait pour me retrouver si vite... Peut-être savaient-ils que je viendrais ici. Il faut que je m'en aille sans qu'ils me voient.

— Attends, on va partir ensemble. La réu finira sans moi. Vu le niveau des débats, je perds pas grand-chose... Suis-moi.

Au fond de l'atelier, d'étroites fenêtres aux vitres cassées couraient en haut du mur, presque à fleur de plafond. Max montra une vieille échelle en bois posée sur le sol de ciment.

— On va inaugurer l'issue de secours, annonça-t-il.

Il se baissa, saisit les deux montants de l'échelle, la souleva, vacilla dangereusement.

— Putain, c'est lourd, aide-moi.

Les conversations autour de la table s'étaient interrompues et toute l'assemblée suivait leurs efforts, le sourire aux lèvres. Mais ils n'avaient pas fini de franchir les fenêtres et de sauter au-dehors que la conversation revenait au problème de l'heure : pouvait-on traiter le directeur de *Libération* d'enculé, ou bien était-ce une insulte machiste ?

Les fenêtres donnaient dans une courette sur laquelle s'ouvrait une seule fenêtre à laquelle Max frappa.

— On peut passer par chez vous, madame Rosa ? cria-t-il contre la vitre.

Mme Rosa était une concierge respectueuse des normes, puisqu'elle était portugaise et que sa loge sentait la morue, mais jusqu'à un certain point seulement. En effet, elle sourit gentiment, ouvrit la fenêtre et les laissa passer par son home.

— J'ai les clés de la bagnole d'un copain, dit Max lorsqu'ils se retrouvèrent rue de la Goutte-d'or. Tu peux conduire ?

Léon hocha la tête en fouillant du regard la foule qui se pressait à l'entrée des magasins, grottes de tissus multicolores et dorés. Pas de Japonais dans cette foule d'Afrique du Nord. Ils montèrent dans une R5 hors d'âge.

Une demi-heure plus tard, ils étaient au pied d'un immeuble qui se dressait comme une falaise de béton sur une colline de la banlieue nord. Enorme, avec des entrées réduites auxquelles conduisaient de longues rampes, le bâtiment évoquait à la fois une forteresse délabrée lotie en appartements et l'hôpital d'une ville moyenne dans quelque fin fond de l'Europe de l'Est. Au rez-de-chaussée, la façade était entièrement recouverte de tags enchevêtrés. L'ascenseur conservait les odeurs corporelles.

— C'est au dixième, annonça Max en appuyant sur le bouton correspondant.

— Tu as les clés ? demanda Léon.

— Oui. Lucky Luke m'en a donné un double deux jours avant sa mort. Ça faisait longtemps que je les lui demandais mais il refusait toujours. Ses archives, c'était sa vie. Chaque fois que j'y venais avec lui, il faisait plein de simagrées pour vérifier qu'on n'était pas suivis. Il avait fait toute une série d'enquêtes sur l'extrême-droite en Europe et il était persuadé que les fachos voulaient sa peau. C'était un obsédé de l'antifascisme.

— Tu ne crois pas qu'il se sentait particulièrement menacé, s'il t'a donné ces clés ?

— C'est ce que j'ai pensé après. Sur le moment, j'ai pas trop fait attention, il se faisait toujours tout un cinéma conspiratif...

L'ascenseur s'immobilisa et ils sortirent dans un couloir sans fenêtre au fond duquel brillait l'enseigne lumineuse signalant la sortie de secours. La douzaine de portes, toutes blindées, ne se distinguaient que par leur numéro. Max ouvrit l'une d'elles.

Ils pénétrèrent dans une première pièce aux murs entièrement couverts de rayonnages sur lesquels s'alignaient des chemises plus ou moins rembourrées au dos desquelles était collée une étiquette. Léon lut au hasard des sigles et des noms qui, la plupart du temps, ne lui disaient rien : « PNFE », « MSI », « GAL », « ADG », « Elements », « Tueurs du Brabant », « Vieille Taupe »... Une seconde pièce était consacrée aux livres.

— Là, c'est sa chambre, dit Max en montrant une porte, je n'y suis jamais entré. Il dormait ici quand il avait travaillé tard et qu'il avait la flemme de rentrer chez lui, rue des Couronnes.

Léon poussa la porte et un cri.

Au mur, au-dessus d'un lit de camp couvert de papiers et de bouquins mêlés, était accrochée une collection de bolleadoras.

— Ah ben merde ! s'exclama Max.

— Comme tu dis, dit Léon.

Il y avait aussi des fouets tressés, des éperons spectaculaires, et des photos dans des cadres. Lucchini à cheval, debout face à la pampa ou bien assis au coin d'un feu avec des vachers assez râpeux pour figurer dans une pub de cigarettes.

— De beaux souvenirs de voyage, opina Léon. Tu savais qu'il était allé en Argentine ?

— Non, je sais qu'il a vécu un peu partout, mais il se racontait pas facilement. Tu as vu ?

Il montrait du doigt des crochets vides au mur.

— Tu crois qu'il y avait d'autres bolleadoras pendues là ? demanda Max.

— C'est possible.

Léon fouilla vaguement les papiers sur le lit. Des coupures de presse sur la spéculation immobilière à Paris, d'autres sur l'antisémitisme, des brochures, des tracts...

— On sait ce qu'on cherche ? demanda Max.

— On sait qu'on cherche.

Comme rien d'autre n'accrochait leur attention, ils retournèrent dans la première pièce. La B3I et le Crédit mondial avaient chacun un épais dossier, ainsi que l'Institut sociopolitique, Krachevski et Transversale, la société chargée de l'étude du grand projet pour le XXe. Léon feuilleta, ne vit rien de particulier, entassa les dossiers sur le sol et retourna dans la chambre, en quête d'un sac. Sous le lit, il aperçut une valise, la tira au-dehors, et l'ouvrit.

Elle ne contenait que deux objets. Une chemise cartonnée, portant l'étiquette « Léon Jaquet » et un bijou. L'année précédente, Léon avait offert une bague à Juliette. Le chaton était orné d'une tête de chouette, dont les yeux de pierre bleue paraissaient étrangement vivants. Une des pierres avait très vite disparu et Juliette s'était alors tout à fait entichée de la bague, qu'elle appelait « ma chouette borgne ». Du fond de la valise, l'oiseau de Minerve regardait Léon de son œil unique.

Il mit la bague dans sa poche et ouvrit son dossier. Celui-ci ne contenait qu'une douzaine de photos du traducteur, prises sans doute au téléobjectif, aux alentours de la rue de la Cloche. On le voyait accoudé à la fenêtre, ou sortant de l'immeuble, ou parlant à Mme Margot près de la grille du square. Il laissa retomber le dossier dans la valise et tira la bague pour l'examiner encore. Il avait du mal à l'admettre, mais c'était bien elle. Il l'empocha de nouveau et, la valise à la main, revint dans la première pièce.

— Qu'est-ce qui se passe ? demanda Max. T'as pas l'air bien.

Léon lui montra le dossier photographique.

— Ça, c'est bizarre ! dit le garçon. Quand il photographiait des gens, c'était toujours des types qu'il voulait dénoncer pour leurs agissements fachoïdes ou barbouzeux. T'es sûr que t'es clair de ce côté-là ? ajouta-t-il avec un rire gêné.

Léon haussa les épaules.

— Finissons de fouiller, et tirons-nous.

Ils remplirent la valise avec les dossiers qui leur paraissaient mériter un examen en profondeur et, ne trouvant plus rien d'intéressant, ils reprirent l'ascenseur. Max semblait mal à l'aise. Au moment où l'ascenseur s'arrêtait, Léon souleva la valise et dit :

— Tu te demandes ce que je fais dans cette histoire, hein ? Rassure-toi, moi aussi.

Puis la porte de l'ascenseur s'écarta et il aperçut, dans le hall de l'immeuble, la silhouette massive d'un des Japonais occupé à scruter les boîtes aux lettres. Léon appuya aussitôt au hasard sur un bouton d'étage, la porte se referma et ils remontèrent.

— Tu crois qu'il nous a vus ? demanda Max.

— J'ai croisé son regard... Si tu veux rester en dehors de ça, ajouta le traducteur après quelques secondes de silence, tu n'as qu'à te mettre dans un coin en attendant que ça passe.

Max se contenta de hausser les épaules comme si l'idée était trop saugrenue pour qu'il en discute.

L'ascenseur s'arrêta au sixième et, sans se concerter, ils se dirigèrent vers la sortie de secours. Les portes coupe-feu se refermèrent aussitôt sur eux. Elles ne s'ouvraient que dans un sens, on ne pouvait pas revenir en arrière.

— C'est complètement idiot, ce qu'on fait, dit Max quand ils eurent descendu une première volée de marches. On va ressortir du même côté. Ils vont sûrement surveiller la sortie de secours.

— Oui. Mais maintenant, c'est trop tard.

Ils poursuivirent leur descente morose jusqu'à une porte flanquée d'un gros bouton rouge enfermé dans une boîte de verre au-dessus de laquelle était écrit : « Sortie de secours. Pour débloquer la porte, briser la glace et appuyer sur le bouton. Tout abus entraînera des poursuites. »

— Qu'est-ce que c'est que cette connerie ? dit Max.

— On a pas le choix, dit Léon.

Et il balança le coin de la valise contre le boîtier de verre. Une sirène se mit à mugir et il y eut dans la porte un claquement de verrou.

— Bravo pour la discrétion !

Ils poussèrent le vantail, pour se retrouver à l'angle du

parking où ils avaient garé la R5. Un Japonais accourait vers eux.

— Fonce à la voiture, dit Léon et amène-la ici, je vais le retenir.

Max lui jeta un regard hagard :

— Le retenir ? Avec quoi ?

— Avec ça, rétorqua le traducteur en sortant de sa poche le revolver Schmidt 1882.

Max eut une espèce de hoquet. Le Japonais n'était plus qu'à une dizaine de mètres.

— File !

— C'est-à-dire... balbutia Max... je, je sais pas conduire... j'ai pas le permis...

— Quoi ? fit Léon en se tournant vers lui.

— Hep, sir ! Wait ! cria lc Nippon.

— Je suis pas le seul, expliqua Max, dans un mouvement d'amour-propre. A *Titanic,* on est quatre à résister à la civilisation automobile.

— I want to speak to you, dit le Japonais en s'arrêtant de courir mais en continuant d'avancer, large sourire aux lèvres.

— Mais bordel, s'énerva le traducteur, tu sais bien faire démarrer une bagnole et passer les vitesses ?

— Oui, oui, plus ou moins...

— Alors, file, merde.

Max détala. « Si je le revois, j'aurais de la chance », pensa Léon. Le Japonais ne parut pas prendre garde au départ du jeune homme, non plus qu'à la présence d'un revolver dans la main droite du traducteur. Il avait le front protubérant et un début de calvitie. Au bas du cou, un bout de tatouage émergeait de sa chemise blanche. Il dévisagea Léon, accentua encore son sourire.

— We dont want you, dit-il. Only this.

Il montra du doigt la valise dans la main gauche du traducteur.

— Pas question, dit Léon. N'approchez pas.

Il braqua l'arme sur la jambe du tatoué qui secoua la tête, l'air désolé.

— Vous ne comprends pas l'anglais ? demanda-t-il en continuant d'approcher. Pourtant traducteur, vous.

— Stop ! cria Léon. Ou je tire.

L'autre rit d'un air bonnasse, fit encore un pas, tendit la main vers la valise. Léon pressa la gâchette. L'arme sursauta dans son poing avec un bruit énorme, envoyant une onde très douloureuse dans son poignet. Le tatoué fit les gros yeux, arrondit la bouche comme s'il allait le gronder et tomba sur le côté en se tenant la cuisse.

Léon passa devant lui et prit ses jambes à son cou. Un autre Asiatique surgit d'entre les voitures, à vingt mètres.

— Don't shoot ! Nous amis ! cria-t-il.

Léon bifurqua au milieu des autos mais le type s'élança. Il courait à une vitesse largement supérieure à celle du traducteur. A l'instant où celui-ci débouchait dans une nouvelle allée, il entendit un souffle derrière lui et fut plaqué au sol.

— Only this, dit son poursuivant en lui arrachant la valise des mains.

Il était déjà debout et quand Léon fit mine de se relever, un pied partit vers son estomac. Le traducteur se recroquevilla autour de sa douleur. Le revolver, qui lui avait échappé, gisait à un bon mètre de lui. Le Japonais donna un coup de pied dans l'arme, qui disparut sous une voiture et commença à ouvrir la valise.

Il y eut un bruit de moteur emballé et la R5, dans une espèce de sursaut, apparut tout près, au coin de l'allée. Le Japonais leva les yeux, la bagnole rugit et se jeta sur lui. Il hurla en tombant, se retrouva le pied sous le pneu avant droit, et la voiture cala.

En se relevant, Léon croisa le regard affolé de Max.

— Bon travail, lui cria-t-il.

Le Nippon donnait des coups de poing sur le sol goudronné du parking. Dans le silence soudain, le traducteur perçut un bruit qu'il eut du mal à identifier. Sous l'étreinte de la douleur, l'homme grinçait des dents. La haine dans ses yeux était insoutenable. Il tenait toujours la valise.

— Bouge pas, cria Léon à Max.

Il se pencha pour scruter le visage couvert de sueur du Japonais.

— Donnez-moi ça, ordonna-t-il.

L'autre dit un mot dans sa langue, ferma les paupières, se

laissa aller sur le dos et garda la main serrée sur la poignée. Sous le pneu, une flaque de sang se formait. Léon saisit un doigt, essaya de le soulever. Impossible de le bouger d'un millimètre.

— Reste où tu es, lança Léon à Max qui faisait mine de sortir.

Il courut jusqu'à la voiture sous laquelle avait disparu le revolver, glissa son bras sous le châssis, récupéra l'arme et revint à la poigne de l'homme. Ce fut long, difficile et dégoûtant, mais, en utilisant alternativement la crosse et le canon, Léon réussit à lui faire lâcher prise. Quand il se mit au volant et démarra, l'homme était évanoui.

La limousine noire était garée dans un emplacement du parking, tout près de la sortie. Il y avait deux Japonais à l'intérieur, qui le regardèrent d'un air ébahi lorsqu'il pila devant leur capot et tira une balle dans chacune des roues avant.

Puis ils repartirent. Max était muet et blafard. Léon, perplexe, se jeta un coup d'œil dans le rétroviseur. Un débouchage d'oreilles l'avait-il transformé en héros ? Ou bien était-il animé d'une fureur sans limite pour avoir découvert enfin les nuances d'émotion et de mélodie que pouvaient receler la voix humaine, sa colère surgissant du dépit d'être resté si longtemps à l'écart d'un concert merveilleux, à moins que ce ne fût la rage de percevoir désormais dans la parole de ses semblables des tonalités de connerie et de bassesse qu'il avait jusque-là refusé d'entendre ? Il n'en savait rien, mais le fait était là : il ne connaissait plus la peur, il allait crever tous ces salopards, il récupérerait Juliette.

A la porte des Lilas, le traducteur se gara le long d'un trottoir.

— Je ne peux pas t'entraîner plus loin dans ce merdier, dit-il à Max. Je te laisse là. Je vais examiner ces dossiers pour voir ce qui peut m'intéresser, mais je te promets de te les restituer. Tu m'as rendu un sacré service, et je ne suis pas près de l'oublier. On n'a qu'à se revoir, disons, demain à partir de dix-huit heures au Q. Général. Tu peux y être ?

Max hocha la tête et sortit de la voiture. Il paraissait en état de choc.

— C'est la première fois de ma vie que je conduis, et faut que j'écrase quelqu'un, marmonna-t-il seulement en guise d'adieu.

Léon redémarra et se gara rue du Jourdain, au pied de l'église gothique XIXe. En s'extirpant de la R 5, il fixa les pigeons perchés sur les biscornues croix de fer à la pointe des deux tours, et se défendit contre l'impression que les oiseaux le regardaient. Puis il aperçut un motard qui se garait un peu plus bas dans la rue.

Quand l'homme retira son casque, les battements de son propre cœur emplirent l'oreille à Léon, et l'éphémère héros s'évapora. Ce motard était l'individu rougeaud, qui, l'avant-veille, l'avait suivi depuis la rue du Faubourg-du-Temple jusqu'à la place des Vosges, et auquel il n'avait pu échapper que par l'intervention de Krachevski. Léon songea à courir jusqu'au commissariat le plus proche, puis l'image de Ferrat passa dans son esprit. Il souhaita vivement ne pas être là, envisagea de s'évanouir, projeta de zaper, mais il était bien là, conscient, rivé à sa chaîne.

Maintenant l'homme, à califourchon sur son engin, lui tournait le dos, mais Léon était sûr qu'il le fixait dans son rétroviseur.

Le traducteur marcha jusqu'à une cabine, se fouilla, trouva le papier sur lequel Krachevski avait inscrit son numéro en caractères bâtons.

— Ouananiche, dit-il quand on décrocha.

— Désolé, dit la voix d'Emile K. On m'a retiré l'affaire. Vos malheurs ne me concernent plus.

Et il raccrocha. Léon garda un moment les yeux fixés sur le combiné, puis les releva.

L'homme marchait vers la cabine.

7

L'homme frappa à la vitre de la cabine :

— Sortez de là.

Léon l'avait regardé approcher sans parvenir à tirer le moindre geste de ses muscles tétanisés. Mais en entendant sa voix de basse, il sursauta et sa main brandit le vieux revolver. L'autre sourit :

— Ne faites pas l'imbécile, dit-il, j'ai à vous parler.

Il poussa la porte de la cabine.

— N'avancez pas ou je tire, intima Léon. J'ai déjà flingué un homme, ajouta-t-il pour se convaincre lui-même.

— Je sais, je vous ai vu. Vous vous êtes drôlement bien débrouillé, d'ailleurs... J'étais sur le parking, ajouta-t-il en réponse à l'air interloqué de Léon. Mais nous ne pouvons pas rester ici, l'origine de votre appel a déjà dû être détectée.

— Qui êtes-vous ? Qu'est-ce que vous me voulez ?

— Je m'appelle Charles Arnal. Je travaille pour Emile Krachevski et il vient de me dire de vous ramener à lui.

Ce disant, il sortit de la poche de poitrine de sa grosse veste de toile ce qui parut être des écouteurs de walkman. En même temps, sa main gauche agrippait le poignet droit de Léon et lui faisait baisser l'arme.

— Bon, vous venez ou je m'énerve ? demanda-t-il, toujours tranquille.

— Je viens. J'aurai deux mots à dire à votre patron.

D'une des sacoches de la moto, Arnal sortit un casque intégral que Léon mit. Au moment où la moto démarrait, il entendit de nouveau des voix pépier dans son oreille. Ça m'arrive de plus en plus souvent, se dit le traducteur. Je me demande si je serai tout à fait fou quand j'aurai trouvé Juliette.

Vingt minutes plus tard, Krachevski l'accueillit dans une chambre de l'hôtel Pullman-Saint-Jacques, à deux pas de la prison de la Santé. La pièce était impeccable, dans l'état où avait dû la laisser le personnel de nettoyage. Les seuls objets qui n'appartenaient pas à l'établissement étaient, sur le sol moquetté, une cantine noire et, sur le bureau, un ordinateur portable. Emile K. fit signe à Léon de s'asseoir dans un des fauteuils sans style et Arnal disparut derrière une porte communiquant avec une chambre voisine.

— Excusez-moi si je vous ai répondu de manière déplaisante, dit le privé. Normalement, la ligne que vous avez utilisée est sûre mais vu les dimensions qu'a prises cette affaire, on n'est jamais trop prudent. On m'a effectivement retiré le dossier, mais je continue en solo. Parce que, comme je vous l'ai dit, j'ai besoin de savoir.

— Vous vous êtes bien foutu de ma gueule, l'autre jour, hein ? explosa Léon. Vous m'avez fait suivre par votre sbire pour me donner un sentiment d'insécurité et pour que je me réfugie sous votre aile, c'est ça ?

— C'est ça, dit Emile K. imperturbé. Et il est bien dommage que j'aie dû recourir à ce subterfuge. Si vous m'aviez fait confiance tout de suite, votre amie Juliette serait avec nous, et l'affaire serait sans doute en voie de résolution. Ce sont mes équipiers qui ont permis à votre amie d'échapper à la bande des yakusas.

— Les yakouquoi ?

— Les yakusas. Des mafieux japonais qui sont venus apparemment défendre les intérêts d'une des parties en présence, au moment même où l'Institut sociopolitique, c'est-à-dire la B3I, aux mains des Japonais, me retirait le dossier. Est-ce que ces gangsters ont été chargés de régler l'affaire à ma place ? Tout est possible, y compris qu'ils travaillent pour la B3I, qui continuerait en sous-main à s'occuper de l'affaire. Mais j'ai du mal à imaginer qu'une banque engage directement des tueurs, elle aurait trop à y perdre si la chose se savait. Quand je vous ai quitté, rue de la Cloche, je vous ai laissé sous la surveillance de ma collaboratrice, que vous connaissez déjà. Elle a repéré cette équipe de Japonais, que j'ai placée aussi sous surveillance. Heureusement, parce qu'en Italie, vous avez échappé à la filature d'un des mes correspondants là-bas...

L'image d'un jeune homme en pardessus passa devant les yeux de Léon.

— Et c'est en suivant les Japs que vous avez pu intervenir en faveur de Juliette ? Mais pourquoi n'est-elle pas avec vous ?

Emile K. raconta la fin de l'épisode de Beaubourg, ponctué d'un crachat dans l'œil.

— Apparemment, elle est persuadée que vous l'avez trahie.

— Je n'arrive pas à croire qu'elle pense une chose pareille, objecta Léon et sans crainte du ridicule, il ajouta :

« Elle sait que je l'aime, merde. »

— Je ne vois pas le rapport. Les meilleurs auteurs ont avancé que l'amour et la trahison font souvent bon ménage. Mais, bon, droit au but : êtes-vous prêt, maintenant, à accepter mon offre de collaboration ? Je crois vous avoir démontré que je pouvais mettre quelques ressources à votre disposition.

Léon réfléchit un instant avant de répondre :

— Je ne sais pas trop pourquoi, mais je vais être loyal avec vous : jusqu'à ce qu'on ait retrouvé Juliette, ma collaboration sera totale. Après, ce sera chacun pour soi.

— Je suis sensible à votre déclaration de loyauté, même si elle est assortie d'une révélation qui n'en est pas une. Maintenant, racontez-moi tout ce qui vous est arrivé depuis que Juliette est venue avec le manuscrit de *Death Job*.

— Bon, allons-y...

Une heure plus tard, Emile K. frappait à la porte communiquant avec la chambre voisine et Arnal rentrait dans la pièce.

— Rien sur les ondes ? lui demanda-t-il.

— R.A.S. de ce côté... Et Anne, qui continue de tourner dans le quartier, n'a rien remarqué d'anormal.

— Bon, fit Emile K. l'air préoccupé. Il y a quelque chose qui m'échappe dans votre histoire, dit-il à Léon. Comment les yakusas d'une part, et Ferrat de l'autre ont-ils pu vous retrouver à Beaubourg ? Les Japonais logeaient au Méridien. Hier soir, quand vous êtes rentré d'Italie, Anne les surveillait. Ils ont consacré leur soirée aux activités traditionnelles des gangsters en goguette et puis, ce matin, ils se sont rendus au rendez-vous de Beaubourg, comme s'ils avaient été au courant. Ensuite, quand Ferrat vous a relâché, ils vous ont retrouvé avec une facilité étonnante...

— Peut-être qu'ils ont percé le code que j'ai utilisé avec Juliette, et qu'ils ont su par un indic quelconque que je comptais me rendre à la réunion du *Titanic*...

Emile K. secoua la tête et il y eut un silence qu'Arnal se décida à rompre :

— Mon capitaine, vous savez ce que nous disait Tonnot : les mystères, c'est comme les boutons, il ne faut pas essayer de les percer tant qu'ils ne sont pas mûrs, sinon ça laisse des traces. Et vous savez ce que ça lui a coûté, à Tonnot, de ne pas respecter son propre principe, dans le coup des Irlandais de Vincennes...

— Tu as raison, trancha Krachevski et il se tourna vers Léon : Avez-vous déjà participé à un cambriolage ?

— Quoi ? Moi ? C'est une blague ?

— Eh bien, si le cœur vous en dit, ce soir, je vous invite à votre premier casse.

— Passez-le-moi, dit Caumont quand la secrétaire lui annonça le nom de son correspondant, et il n'avait pas fini d'appuyer sur le bouton du magnétophone relié au téléphone, qu'une voix, sans préambule, gueulait dans son oreille :

— C'est pas fini, les conneries, oui ? Tu trouves pas que tu me fais payer un peu cher notre amitié ?

— Qu'est-ce qui se passe ? s'enquit Caumont, calme.

— Ah, parce qu'en plus, t'es pas encore au courant ? Ta deuxième équipe est pas mieux que la première, figure-toi. Ils ont foiré lamentablement. Jaquet en a allumé un et en a envoyé un autre à l'hosto.

— Allumé ? Tiens, tiens. Parce qu'il avait un flingue, donc ? Ça confirme mon impression du début : ce Jaquet n'est pas le minable traducteur qu'il voudrait faire croire. C'est lui qui a étranglé Lucchini, c'est sûr. Pour rester ensuite chez lui comme il l'a fait, il fallait un sang-froid remarquable. Et ce n'est sûrement pas un hasard, si on lui a confié, à lui, la traduction de ce putain de bouquin.

— Ah ça, pour pérorer, t'es toujours le meilleur ! En attendant, tu as intérêt à retirer ces sous-traitants étrangers du circuit, tu m'entends ? Le contrat, c'était Jaquet pour nous, la nana pour vous. C'est pas de ma faute s'ils n'ont pas été foutus de l'enlever ! Il n'était pas question qu'ils reviennent à la charge sur Jaquet !

— T'énerve pas, mon vieux. Tu sais bien que c'est mon client qui a exigé de les faire intervenir. Est-ce ma faute si nos managers ne jurent plus que par l'excellence japonaise ?

— Te fous pas de moi, en plus. Si ça ne tenait qu'à moi, ton client...

— Je sais, ricana Caumont, vous vous êtes améliorés depuis que je vous ai quittés. Maintenant, on ne se noie plus dans une flaque en forêt de Rambouillet, on décède d'une crise cardiaque, c'est plus chic... Mais n'oublie pas, quand même, que c'est mon client qui vous a fourni le truc pour avoir toujours Jaquet à l'œil...

— Je ne l'oublie pas, je ne te demande pas d'abandonner l'affaire. Mais tu vas nous laisser agir. Pour l'instant, il n'y a eu que des dégâts collatéraux, mais ça ne durera pas, si on continue de tirer sur tout ce qui bouge... Il faut revenir à la frappe chirurgicale... Tes Japs, ou ce qu'il en reste, tu les renvoies à la niche...

— Tu sais aussi bien que moi que ce n'est pas si facile. S'ils ont le sentiment d'avoir perdu la face, on ne pourra pas les renvoyer comme ça chez eux.

— Quand on en sera à faire le ménage, il sera toujours temps de les lâcher...

Caumont ne répondit pas tout de suite, laissant filer les secondes. Il ne voulait pas avoir l'air de plier trop facilement.

— T'as beau être général, dit-il finalement, tu sais que je n'ai plus d'ordre à recevoir de personne, rétorqua Caumont. Mais bon, d'accord. On enverra les molosses pour l'offensive terrestre... Tu as toujours eu le chic pour laisser le sale boulot aux autres... De toute façon, je suis sûr que tu n'oublieras pas de ménager mon client. On travaille tous à l'édification du Nouvel Ordre mondial, non ?

L'interlocuteur ricana, marmonna un au revoir et coupa la communication. Caumont composa aussitôt un autre numéro, donna quelques brèves consignes et raccrocha.

Puis il jeta un coup d'œil à sa montre, sortit un carnet à spirales d'un tiroir, le posa bien à plat devant lui, tira de la poche de sa veste son Mont-Blanc et commença à écrire. Bientôt entre ses lèvres un bout de langue rose pointa.

— Notre principale force, c'était l'inventivité. La presse a beaucoup insisté sur la modernité de nos matériels, mais à l'époque héroïque de Maisons-Alfort, on était en pleine improvisation, vous auriez vu ça, dans nos bureaux, les tiroirs étaient bourrés de flingues, de grenades, de cartouches, les armes les plus bizarres qu'on pouvait dénicher, avec l'aide des armuriers que nos chefs avaient connus dans les milieux d'extrême-droite. On bricolait, on inventait, c'était exaltant. Vous ne pouvez pas imaginer les trucs qu'on a faits... A l'entraînement, Krachevski jouait le rôle d'otage dans une voiture, la tête entourée de ballons. A deux cents mètres, avec la Mauser 66 SP, on devait crever les ballons en même temps... Et on n'avait pas peur aussi de ressortir des vieux matériels qui avaient fait leur preuve... Ce grappin est presque le même que celui qu'a utilisé le deuxième bataillon de rangers du lieutenant-colonel James E. Rudder, pour escalader la falaise de la pointe du Hoc, haute de trente mètres, le 6 juin 1944, et s'emparer d'une position allemande qui contrôlait les zones de débarquement d'Omaha et d'Utah... Vous avez fait votre service militaire, je suppose ?

— Non, j'ai été réformé, grogna Léon.

La lunette optronique était mal serrée sur sa tête et avait tendance à lui glisser sur le nez, ce qui le faisait nasiller. En plus, il devait lutter contre l'envie de rire. Ils avaient insisté pour qu'il se change, à l'hôtel, et même qu'il prenne une douche. En quittant la tenue sportive et les baskets que les collègues de Ferrat lui avaient fait mettre pour les rangers, la combinaison ignifugée, le blouson de kevlar, les gants, il s'était demandé pourquoi on voulait toujours lui imposer des rôles de composition. Il se sentait aussi ridicule dans l'uniforme du supergendarme que dans celui du flic politique de base.

En entendant sa réponse, Arnal leva les yeux au ciel et poursuivit :

— Bon, ça fait rien. Ce fusil Mle 49/56 a été modifié par nous : on a ajouté un silencieux, un micro émetteur-récepteur dans la crosse, et surtout on a remplacé l'alidade et la grille de visée par un laser Litton Aim-1, non détectable à l'œil nu. Vous, avec vos lunettes, vous aurez la trajectoire de l'arme matérialisée par un rayon lumineux. Dès que le rayon est au-dessus du mur, vous dites « orange », et vous attendez en maintenant la trajectoire au-dessus du mur... Quand, dans le récepteur de crosse, Krachevski vous dit « vert », vous appuyez sur la détente... S'il y a un pépin, une crampe ou quoi que ce soit qui vous empêche de garder la position, vous dites « rouge »... C'est simple, non ?

— Merveilleusement simple. Surtout, j'admire votre imagination, pour les codes.

Arnal ne releva pas :

— Faites voir si vous avez retenu la manœuvre.

La pluie se mit à frapper plus fort la tôle du fourgon tagué dans lequel Léon, trois jours plus tôt, avait été invité à monter par une fausse bonne sœur. Pour se faire entendre du traducteur assis sur le plancher de l'habitacle, Arnal, au volant, dut répéter plus haut sa phrase. Les sièges arrières avaient été enlevés de sorte que Léon put s'agenouiller devant la porte latérale, la corde du crampon soigneusement disposée en zigzag devant lui.

Assis de biais sur le fauteuil du conducteur, Arnal suivait ses gestes d'un œil critique.

— Voilà. Vous fixez la corde de 9 mm sur l'anneau articulé du grappin avec ce mousqueton qui permet de pas la brûler au coup de feu... bien.

Du bout de sa main gantée, il redressa un peu le canon de l'arme :

— Vous tenez le fusil à 74°, ce qui correspond à une portée maximum de dix-huit mètres, mais le mur n'en fait que trois environ. Quand on commence à le longer, je déclenche l'ouverture de la porte latérale, vous soulevez le fusil en maintenant l'inclinaison... voilà, c'est bon, approuva-t-il pendant que Léon mimait le geste... vous visez le haut du mur, comme je vous ai dit, et vous attendez l'ordre du capitaine... qui sera... ?

Léon soupira :

— Vert.

Arnal tourna la clé de contact et la camionnette démarra. Léon voulut repasser à l'avant mais le conducteur lui dit :

— Pas la peine, on arrive dans cinq minutes. C'est tout près de l'autoroute.

Léon baissa les yeux sur sa montre. Leur arrêt sur une aire de repos, pour une dernière mise au point, n'avait pas duré plus d'un quart d'heure. Si tout se déroulait comme prévu, ils passeraient à l'action à minuit précise. Il ne manquait que la musique.

Ils roulaient maintenant dans une campagne incertaine, vergers de poiriers en espalier d'un côté, grandes surfaces et entrepôts de l'autre, le tout balayé de longues houles de pluie qui surgissaient de la masse de nuit pour se précipiter dans la lumière beige de lampadaires hauts comme des mâts de cirque. Quand ils prirent une traverse, Arnal dit à Léon :

— Préparez-vous.

Les phares du fourgon dévoilèrent les pergolas, les rosiers, les saules pleureurs à l'aide desquels des cadres supérieurs essayaient de donner des airs de demeures bourgeoises à leurs villas de meulières, puis, à un carrefour, le faisceau lumineux révéla le typique cœur d'une agglomération d'Ile-de-France, avec église romane et mairie pimpante, avant d'éclairer une route en côte bordée d'immeubles à balcons peuplés de chaises en rotin à dossier exagéré, comme sur l'affiche d'*Emmanuelle.*

— Il y a une montée et puis, dans le virage à gauche, vous devrez apercevoir Anne et le capitaine. Suivez strictement les instructions, il faut aller aussi vite que possible, il y a sans arrêt de la circulation sur cette route. La moto est garée à un point d'où ils peuvent voir arriver les voitures de tous les côtés. Quand Krachevski vous donnera le feu vert, c'est qu'il n'aura aucune bagnole en vue, ce qui signifie qu'il aura soixante secondes pour agir sans courir le risque d'être aperçu.

Comme annoncé, quand le fourgon tourna, la porte latérale s'ouvrit et il aperçut brièvement, sur une moto, la silhouette de la conductrice, et celle, plus haute, de son passager. Quelle musique ? se demanda Léon en braquant l'arme en haut d'un mur garni de lierre, conformément aux instructions. Celle de Legrand pour *The Thomas Crown Affair* ? L'air morriconesque d'*Enquête sur un citoyen au-dessus de tout soupçon*, ou celui, rebattu, de *The Pink Panther* ? Non, plutôt le Duke Ellington d'*Anatomy of a Murder*. Le problème, c'est qu'il avait bien les titres, mais pas le son. Aucune note ne lui revenait en mémoire.

— Orange, marmonna-t-il dans la crosse.

— Vert, lui dit aussitôt la voix d'Emile K.

Il appuya, gueula à cause de la douleur à l'épaule infligée par la crosse mal calée, grogna en encaissant la gifle de la corde vers laquelle il s'était trop penché, geignit en tombant sur le coccyx quand le fourgon accéléra. Puis, à quatre pattes, il passa la tête par la portière et, quand il vit que Krachevski, debout sur le siège arrière de la moto, encagoulé et tout de noir vêtu, saisissait la corde et, en quarante-cinq secondes, grimpait sous les rafales de pluie jusqu'au faîte du mur, la musique éclata enfin dans sa mémoire, et il fut bien déçu. Ce n'était qu'un air de série télé, dont il fredonna tout de même des bribes de paroles : « Vainqueur, il l'est à chaque fois... Son nom, il le signe à la pointe de l'épée, d'un Z qui veut dire Zorro... »

— C'est là, dit Arnal. La porte de service.

Il lui montrait une poterne à peine visible sous le lierre, quelques mètres avant le point où le mur bifurquait de nouveau sur la gauche. Léon ôta l'appareil de vision nocturne et l'accrocha à sa ceinture. Ils s'enfoncèrent dans la campagne et bientôt devant eux, une grande lueur sembla sortir de terre. C'était l'autoroute, où ils ne tardèrent pas à pénétrer, pour s'arrêter ensuite sur l'aire de repos quittée vingt minutes auparavant.

Lorsqu'il se réceptionna au sol, dans un chemin qui suivait le mur d'enceinte, Emile K. laissa échapper un bref soupir. Puis il n'émit plus le moindre son. Pendant dix bonnes minutes, il demeura ainsi, accroupi, immobile. Il écoutait. Depuis le vendredi soir, où Mlle d'Arno lui avait parlé de Transversale, le siège du bureau d'étude avait été constamment sous le regard du privé ou d'un de ses assistants. Ils avaient même trouvé une grue, dans un chantier proche, d'où, avec divers dispositifs, dont des jumelles à amplification de lumière, ils avaient pu observer l'intérieur de la propriété, jusqu'au rideau d'arbres qui dissimulait les abords immédiats de la maison. Le résultat de cette surveillance lui avait permis d'avoir une idée assez nette du système de défense. On avait visiblement opté pour une solution qui alliait la discrétion vis-à-vis du voisinage avec les prestiges des techniques de pointe : pas de caméras sur les murs, pas de molosses aboyant dans le parc, mais une protection rapprochée, théoriquement infaillible. Cependant tout cela n'était qu'une estimation. Restait à la vérifier.

Quand, au bout de dix minutes, il n'eut entendu que des bruits de vent dans les feuilles et d'eau gouttant dans des flaques, il se leva et se mit en mouvement. Sa démarche n'avait rien d'élégant, mais elle était silencieuse.

Bientôt, franchissant le dernier bosquet, il parvenait à l'orée d'une pelouse qui, sur une centaine de mètres de large, le séparait d'un bâtiment. Il s'arrêta, ôta sa lunette à intensificateurs de luminosité et, d'une sacoche accrochée à sa ceinture, il tira un autre appareil de vision nocturne, une lunette optronique semblable à celle que portait Léon pour tirer le grappin.

Dès qu'il l'eut mise, il distingua un brouillard lumineux sur la pelouse et, en procédant à divers réglages au moyen des molettes disposées sur le côté, il parvint à corriger l'effet de diffraction de la pluie. Alors, il put enfin contempler le dispositif de surveillance censé rendre les lieux inviolables. Surgissant de divers points de la façade, des faisceaux laser balayaient le gazon, suivant un rythme et des parcours au premier abord aléatoire. Couplés à des cellules télémétriques, ils enregistreraient automatiquement l'apparition d'une masse nouvelle. Emile K. s'accroupit, et, s'adossant à un tronc, extirpa d'une poche de poitrine un carnet d'une centaine de feuilles quadrillées, sur chacune desquelles il dessina à l'avance la pelouse. Puis il entreprit de noter le parcours des faisceaux, en changeant de feuille toutes les trois minutes. Dans un premier temps, il se concentra sur les lasers qui parcouraient le quart inférieur gauche, puis le quart inférieur droit, etc. Au bout d'un moment, il avait repéré des récurrences et pouvait suivre plusieurs itinéraires à la fois.

Fondu dans la nuit, il poursuivait sa tâche monotone avec une patience de robot.

Léon se laissa aller en arrière sur le siège du fourgon. On était à peine au début des opérations et il était déjà épuisé ! Les yeux fermés, il ne prêta qu'une oreille distraite aux brefs échanges radio entre Arnal et Krachevski. Il poursuivait le voyage entamé dans sa chambre de San Pietro dei Tassi.

Trop pauvre pour voyager confortablement, trop amoureux de son confort pour voyager pauvrement, Léon avait dès longtemps opté pour le long cours des livres, et en matière de sensations, il se fiait à Cendrars, Morand, Monfreid, Golo, tant d'autres qui s'étaient donné la peine de tirer pour lui l'épure de sensations fortes, d'un tourbillon de fatigues, de tracas et de poussières exotiques. Cette position donnait une incontestable originalité à sa conversation, quand n'importe qui racontait ses dix jours de trekking au Yemen. Puisqu'il n'aimait pas conduire et redoutait l'avion, il se représentait l'autocar qui l'emportait, vaisseau sans voilure à la grand coque oblique et comme penchée en avant dans l'effort de l'assaut, dans l'ascension de la route qui se glisse en Anatolie parmi les tertres de pierres rouille, cobalt, vert d'eau, safran, il voyait le véhicule, gros insecte écrasé, aplati sur la piste à peine visible dans la poussière rouge qui tient lieu de sol au Sud de la Tunisie, il voyait la grandeur terrifiante de ce vide en flamme, colonnes d'atmosphères surchauffées, fournaise du sirocco qui fait s'éventer les grosses dames à la terrasse du Florian sous les arcades de San Marco et qui beaucoup plus loin emplit de poudre couleur de sang passé la bouche du voyageur ; il se représentait tout cela, la chaleur terrible du dehors, la nébulosité orange que les rideaux tirés filtraient dans l'autocar, ou bien il ne se représentait rien du tout, tout à coup hors du sommeil, incertain d'être, puis incapable de deviner où il était, dans cet état où Juliette s'était réveillée à Barcelone, percevant seulement la nuit de sa chambre, puis la nuit de la maison, la nuit d'Alexandrie tout entière en attente de la première goutte.

— Hé, vous dormez ? C'est pas le moment ! dit la voix d'Arnal. On va pas tarder à y aller.

Krachevski dansait sur la pelouse. Un petit saut, un pas de côté, une virevolte, deux pas en avant, un en arrière. Pencher le torse, reculer le torse, s'incliner à gauche, puis à droite... Cette danse s'exécutait avec un miroir, qu'il tenait à hauteur de la ceinture et avançait par moment, avec un geste du bras et un mouvement de la hanche qui n'était pas sans évoquer une aguichante pose de travesti. Au bout d'une demi-heure, il avait jugé accompli le repérage du parcours des faisceaux lasers, avec une probabilité d'erreur de dix pour cent, due aux mauvais tours que la pluie jouait à ses lunettes. Ce qui, dans sa main, au premier abord, paraissait une glace ordinaire était un miroir dichroïque. Lorsque le privé ne pouvait éviter un faisceau laser, cet appareil le renvoyait de manière que la cellule télémétrique réagît comme si le laser n'était pas allumé. Cela devait créer quelques perturbations, mais rien de semblable à ce que provoquait le déplacement d'un homme.

Enfin, il fut tout près de la façade. En piétinant la plate-bande, il se plaqua contre le mur et progressa ainsi, le dos contre la pierre, jusqu'à se trouver sur le côté d'une porte vitrée derrière laquelle de la lumière brillait. Dans un holster qu'il portait derrière lui, à la ceinture, il prit un revolver et, du bout du canon, tapa au carreau.

Léon ouvrit brièvement les yeux en entendant le fourgon démarrer.

— Je dors pas, dit-il, et ses paupières retombèrent.

... Exaltante sensation d'appareiller quand le chauffeur, à grands mouvements de bras autour du volant, tire son pachyderme du troupeau rassemblé sous les briques rouille du mur d'Aurélien, ou bien sous la muraille de Kairouan auprès des monstrueux étalages de kanouns et de crucheaux vernissés emboîtés les uns dans les autres comme une seconde muraille, ou aux abords du quartier des mécaniciens stambouliotes, dans l'agitation frénétique de milliers d'hommes et de femmes et de milliers de milliers d'enfants, tous hérissés de balots, palanquins, outils, tirés vers le sol par des tonnes de valises ficelées, pliés en deux sous les rouleaux de tissus entassés, portant en équilibre une aiguière sur la tête ou un plateau sur le bout des doigts ouverts en tulipe, à l'image des petits verres de thé âpre et fade, délicieux.

— C'est à vous, dit Arnal. Mettez les gants et la cagoule.

Léon ouvrit les yeux, enfila les gants épais que l'autre lui tendait et sortit sous la pluie nocturne et froide.

Après quelques pas, il fut devant la poterne à laquelle il frappa trois coups rapides, puis deux autres plus espacés. La porte s'ouvrit, il distingua une silhouette dans l'obscurité.

— Mettez la lunette de vision nocturne, dit la voix d'Emile K.

Léon s'exécuta. Avec sa cagoule et sa lunette, le privé avait une allure fort inquiétante. Dans les lentilles de l'intensificateur de luminosité, Léon découvrit, traversé des stries brillantes de la pluie, un tableau verdâtre de pelouses, de haies de buis, de marronniers et de platanes. Côte à côte, le privé et Léon remontèrent une allée de sable détrempé.

— J'ai neutralisé les systèmes d'alarme, annonça Krachevski.

Suivirent des explications techniques que Léon se refusa à entendre. Les voix avaient repris leur pépiement dans son oreille et il essayait de comprendre ce qu'elles lui disaient. Sur un pont au parapet rococo de coquillages et de coraux, ils franchirent un ruisselet au bord duquel, dans de grands roseaux, des cygnes s'ébrouèrent à leur passage. Puis l'allée se rétrécit à un chemin qui s'insinuait entre des serres basses où Léon aperçut des théories de plantes en pots alignées sur des tables. Ils débouchèrent devant une esplanade de graviers qui les séparait de la façade arrière d'un bâtiment d'architecture classique, sur laquelle s'ouvraient trois portes vitrées. Comme Léon hésitait à s'engager en terrain découvert, Emile K. lui fit signe d'avancer. Ils gravirent le perron, traversèrent un salon auquel la vision nocturne donnait des airs d'image de synthèse et stoppèrent devant une porte latérale. Le privé ôta son appareil et Léon l'imita, imédiatement perdu dans l'obscurité.

— Gardez votre cagoule, intima Krachevski.

Puis il poussa la porte, tira Léon à l'intérieur, referma et alluma. C'était une petite pièce meublée d'un fauteuil de plastique sur lequel une couverture kaki était roulée en boule, d'une table portant plusieurs écrans, tous éteints et d'un fauteuil pivotant sur lequel un homme en tenue de vigile clignait des yeux. Ses mains menottées dans le dos étaient reliées par une autre paire de menottes à un lourd et vieux radiateur mural. Sa bouche était bâillonnée par un large ruban adhésif d'électricien qui lui faisait le tour de la tête. Un collègue était assis à terre, lui aussi entravé et attaché au radiateur, et bâillonné.

Léon ouvrit la bouche mais K. porta un doigt à ses lèvres et l'entraîna vers une porte au fond. Ils la franchirent, refermèrent derrière eux. Ils se trouvaient sur un vaste palier garni de fauteuils et de canapés, d'une table basse sur laquelle traînaient quelques revues d'architecture. Un escalier raide descendait vers une autre porte, en fer, celle-là. Krachevski s'installa sur un siège et dit à Léon :

— Faites comme moi, on en a pour un moment. J'ai déclenché l'ouverture de la porte, mais il y a une sécurité. Elle ne s'ouvre qu'au bout d'une demi-heure. De quoi décourager les cambrioleurs mal renseignés...

— Alors, que vous, vous l'êtes, renseigné ?

— C'est mon boulot... dit-il en tirant de derrière son dos un pistolet qu'il posa à côté de lui.

Léon sursauta.

— Je croyais qu'on ne devait courir aucun risque de blesser quelqu'un ?

Krachevski soupira :

— Cette arme ne tire que des munitions Shock-Defense. La cartouche projette une espèce de crêpe qui provoque un traumatisme équivalent à un bon coup de poing, mais pas plus.

Dans le sac à sa ceinture, il prit un walkman auquel il parla à mi-voix. Le walkman lui répondit sur le même ton. Puis le privé releva la tête :

— Arnal se gare et nous rejoint, annonça-t-il. Anne reste en couverture.

Il appuya un bouton sur les côtés du petit appareil, brancha des écouteurs, se les plaça dans les oreilles et ferma les yeux.

— Qu'est-ce que vous écoutez ? demanda au bout de cinq minutes Léon qui s'ennuyait.

Le privé ne répondit pas, les yeux toujours clos, son longiligne corps détendu. « Quel frimeur », pensa Léon. Il se leva pour lui taper sur l'épaule et en réponse au regard interrogateur du privé, répéta :

— Je dis : « C'est quoi, comme musique ? »

Avec un grand soupir, Emile K. ôta ses écouteurs.

— Des chants sioux. Vous voulez les entendre, pendant que je vais ouvrir à Arnal ?

Léon hocha la tête et il se glissa la rondelle noire dans l'oreille. Tandis que le privé sortait, une voix éraillée chantait en anglais dans les oreilles du traducteur :

J'ai pas de père (bis)
Pour me payer les bottes que je porte
J'ai pas de maman (bis)
Pour me repriser les chaussettes
J'ai pas de nana
Pour embrasser ma vilaine bitte
Je suis qu'un « Pteole Lakota boksila »
Un pauvre cow-boy sioux
Perdu loin de chez lui

Ils étaient quatre, et le moins qu'on puisse dire, c'est qu'ils n'avaient pas des têtes très avenantes. Jeunes, mal rasés, les yeux brillants, la lèvre perpétuellement tordue dans une moue pleine de morgue. Mais plus encore que leur allure, après tout fort répandue dans le secteur où il travaillait, le technicien français jugeait inquiétantes leur tenue — un treillis militaire sans aucun insigne — et leur voiture. Alors que la plupart des fonctionnaires de quelque importance à Bagdad mettaient un point d'honneur à circuler dans des grosses cylindrées dont la plaque koweïtienne proclamait leur nature de trophées de guerre, ils l'avaient fait monter dans une Toyota Supersaloon dépourvue de plaque d'immatriculation.

La rue où elle était garée résonnait du hululement des sirènes, du fracas des batteries antiaériennes qui tiraient vainement sur des avions trop hauts, et des explosions de missiles dans un quartier proche, de l'autre côté du Tigre. Mais ses accompagnateurs affectaient l'indifférence à l'égard du spectacle pyrotechnique qui occupait le ciel de Bagdad pour la cinquième nuit consécutive, et il calqua son attitude sur la leur.

Assis à l'arrière, entre deux hommes taciturnes et puants — l'eau était coupée à peu près partout dans la capitale —, il se massait le visage, en insistant autour des yeux. Il allait avoir besoin de toute la lucidité dont il était capable, après avoir été tiré du lit à quatre heures du matin. La voiture roulait tous feux éteints, à vitesse réduite, en se guidant sur la lueur des incendies et des balles traçantes. Au sud, la raffinerie en feu de Dora mettait sur l'horizon une lueur d'un rouge profond. Le technicien ouvrit la bouche puis renonça. Ils n'avaient répondu à aucune de ses précédentes questions, lui demandant seulement, d'un ton poli mais sans réplique, de se lever et de les suivre.

Une pensée absurde lui vint : allait-il servir de bouclier humain sur une base militaire ? Après tout, ricana-t-il intérieurement, ce serait une manière pour lui de défendre son outil de travail. Mais il jouissait dans ce pays d'un statut bien particulier, qui l'avait empêché d'ailleurs de fraterniser avec les Occidentaux paniqués ou effondrés qu'il avait croisés, deux mois plus tôt, en transit entre leurs rêves d'exotisme ou de salaires triples, et une villégiature promise à l'anéantissement. De toute façon, Saddam avait renvoyé les otages, et le technicien lui était trop utile par ailleurs. Et puis, le Français avait une assurance supplémentaire, ignorée des Irakiens. Ses employeurs pouvaient à chaque instant savoir où il se trouvait, et donc à quoi il servait.

Laissant l'esplanade où se dresse l'arche en forme de sabres croisés, édifié avec le métal des dizaines de milliers de casques des soldats iraniens tués dans la précédente guerre, ils passèrent devant les décombres calcinés du siège des Télécommunications et bifurquèrent brusquement au nord. Puis, après avoir parcouru des quartiers périphériques ponctués de ruines encore fumantes, ils roulèrent dans des confins où la silhouette fantomatique d'une usine textile tous feux éteints alternait avec la platitude des champs de coton, où une cimenterie dressait sa masse noire au sortir d'un village de maisons basses à toits plats. Ils suivaient un itinéraire compliqué, à l'écart des grands axes, n'allumant que très rarement leurs phares. Le technicien se demanda pourquoi le conducteur tenait à garder la vitre baissée, malgré la fraîcheur de la nuit. Etait-ce pour entendre le sifflement de la bombe qui allait immanquablement leur couper la route ? Il garda ses questions pour lui et finit par sombrer dans une somnolence inquiète. Le jour se levait quand il se réveilla.

De part et d'autre de la chaussée s'étendaient des plantations de tabac séparées par des rideaux de peupliers. Au sortir d'un virage, le technicien aperçut, en plein champ, une concentration de chars. Des T-72 soviétiques, jugea-t-il. Les tanks de la garde présidentielle, qui tirent à 2100 mètres des obus-flèches au tungstène. Mais il y avait quelque chose de bizarre dans ce rassemblement d'engins. Pas un homme n'était visible aux alentours, et le sol n'était pas labouré en tous sens comme il l'est d'ordinaire quand une formation prend position. Dans la voiture, le passager à l'avant cessa un instant de jouer avec son chapelet d'ambre pour se retourner vers ses congénères. Il leur dit quelques mots et les autres s'esclaffèrent. Des leurres, traduisit mentalement le technicien.

Ils roulèrent encore plusieurs kilomètres puis, derrière un nouveau virage et une rangée d'arbres, une enceinte apparut et la Toyota marqua un arrêt devant une barrière. D'une guérite sortit un homme portant la même tenue dépourvue d'insigne, qui souleva la barrière sans prendre la peine de les contrôler. Visiblement, ils étaient attendus. En découvrant derrière le mur les mêmes champs de tabac que dans le reste de la plaine, le technicien fronça le sourcil, essayant de comprendre.

La route filait tout droit, et ressortait cinq cents mètres plus loin de l'enclos délimité par le mur. Mais la voiture avait à peine franchi quelques dizaines de mètres qu'elle ralentit et roula au pas, pour bifurquer dans un chemin boueux qui descendait suivant une pente brutale. Cinq minutes après, le chauffeur coupait le moteur devant de grandes portes coulissantes, ouvertes sur les profondeurs ombreuses d'un vaste hangar souterrain. On venait d'en tirer un hélicoptère SA 341 Gazelle, autour duquel des hommes en treillis s'affairaient. Le passager à la droite du technicien descendit et lui tint la portière.

En s'extirpant du véhicule, le Français vit qu'un homme s'avançait vers lui avec un sourire d'une cordialité qui tranchait vivement sur la mine patibulaire de ses gardes du corps. Le technicien frissonna. Il ne faisait pas chaud dans ce trou détrempé, et il avait reconnu son interlocuteur. « Merde, le Fils naturel », grogna-t-il.

— Bienvenue au dernier représentant de la technique française sur le sol irakien ! s'écria ce dernier en lui secouant la main.

Deux heures plus tard, après un vol à très basse altitude pour déjouer les radars alliés, l'hélicoptère débouchait au-dessus d'un village aux toits de chaume ocre, perché au bout d'une vallée veloutée de vergers. Des enfants et des femmes en vêtements bleu et blanc et foulards bariolés se mirent à courir vers la campagne. A côté du technicien, le pilote pressa un bouton et, de part et d'autre de l'appareil, au bout de leur tube lanceur, les missiles Hot jaillirent. Quand ils frappèrent le sol, un nuage jaune s'éleva aussitôt très haut et le technicien vérifia du bout des doigts que son masque à gaz était bien en place. Les deux nuages enflèrent, se mêlèrent, formant une seule nappe de brume qui, en quelques minutes, recouvrit le village, et au-delà, étira sur les potagers, les prairies, les champs, son uniforme teinte jaune.

Au milieu du chemin, une villageoise portant le shalwar bouffant des femmes kurdes fut rattrapée par le jaune, tomba et commença à saigner du nez.

— Essai concluant, dit dans l'oreille du technicien, la voix du Fils naturel assis derrière lui. Nous savons désormais que vous êtes vraiment dans le camp du peuple irakien et des masses arabes.

« Bref, dans la merde, et jusqu'au cou », conclut intérieurement le Français.

Première approche

RAMENER LA MORT DANS LA VIE, RAMENER LA MORT DANS LA VILLE

« Artiste, fuis la lumière des cieux ! Descends dans les tombeaux pour y tracer les idées à la lueur pâle et mourante des lampes sépulcrales ! »

(Etienne-Louis Boullée)

Dernier des grands travaux de l'ère ouverte en 1981, le projet ici exposé devrait en quelque sorte les résumer et les condenser tous. Reprenant à son compte les prestiges historiques et symboliques de la pyramide du Louvre, l'appel de l'infini perceptible dans l'arche de la Défense, le volontarisme étatique de Bercy et de la TGB, le désir d'attirer le peuple sur de vastes territoires imaginaires qui est à l'origine de l'Opéra-Bastille, la Pyramide enterrée du Nouveau Père-Lachaise, devrait clore la période d'un signe à la fois humble et triomphal, et en même temps annoncer un nouveau millénaire, où il ne s'agira plus, principalement, de changer la vie — programme en voie d'achèvement —, mais bien, désormais, de changer la mort.

On ne s'étendra pas ici sur les nouvelles attitudes par rapport à la mort (voir les études 1 à 5 en annexe). Rappelons simplement les deux phénomènes marquants de ces dernières années :

1° Une réaction contre l'effacement de la mort qui était le propre d'un xxe siècle hygiéniste. Les entreprises de pompes funèbres ayant noté un net accroissement de la demande en matière de services complémentaires, on peut prévoir le développement de nouveaux services à l'américaine : embaumement, salles d'expositions du corps, corbillards spéciaux, services solennels, etc. Parallèlement, la crémation connaît un essor certain.

2° Portée par la vague de mysticisme (New Age), une curiosité exacerbée pour la mort et les états-limites. Le véritable culte qui entoure, au Père-Lachaise, la tombe d'Alan Kardec, fondateur du spiritisme, et le succès d'ouvrages sur « ceux qui sont revenus de la mort », constituent, entre mille autres, deux signes de l'ouverture d'un nouveau champ de connaissances et d'élaborations imaginaires.

Il faut donc s'attendre à un véritable boom sur ce qu'il faudra bien considérer, désormais, comme un nouveau secteur industriel.

Anticipant cette évolution, le présent projet entraînerait le remodelage du paysage urbain de tout le XXe arrondissement, ouvrant ainsi au Far East de la capitale de vastes perspectives de développement économique, en s'appuyant à la fois sur une redéfinition de la fonction du Père-Lachaise historique, et sur une intervention forte au niveau de la monumentalité : la Pyramide enterrée.

La Pyramide

Figure de toujours aux riches implications historiques (les pyramides d'Egypte sont les plus vastes monuments funéraires humains) et symboliques (voir les littératures ésotériques et mathématiques), la forme pyramidale semble s'imposer d'elle-même, d'autant qu'elle entre en résonance avec celle du Louvre : au monument lumineux de Pei, consacré aux chefs-d'œuvre qui perdurent, répondra un monument opaque dédié à la fin des entreprises humaines. La pyramide devra être enterrée pour satisfaire à la fois à la nécessité d'éviter les destructions massives d'immeubles, désormais socialement mal tolérées, et à l'ancrage imaginaire du monument : on sait que dans la plupart des mythes et religions, le séjour des morts est souterrain.

Le premier niveau (la pointe) devrait seul émerger, au centre de la place Gambetta. En marbre noir, il évoquera ces « images tristes des monts arides et de l'immutabilité » dont parle Boulée dans ses projets de cénotaphes. Il abriterait un Nouveau Panthéon où la République du troisième millénaire conserverait les dépouilles de ses grands personnages. L'exemple des enterrements de vedettes (voir en annexe, l'étude intitulée « Attente populaire et désir de sainteté dans les funérailles de Claude François ») montre l'existence d'une demande sociale. Pour marquer les esprits et s'attacher la jeunesse, le Nouveau Panthéon sera inauguré avec le transfert de la dépouille de Jim Morrisson, objet d'un culte important au cimetière voisin.

Les deuxième, troisième et quatrième niveaux seront occupés par les galeries marchandes, où de multiples services seront offerts dans les boutiques de différentes entreprises : assurances vie, plans épargne-funérailles, chapelles ardentes, cryogénisation, momification, enterrements personnalisés. Pour le plus grand profit du consommateur, les lieux devront être ouverts à la concurrence étrangère, et la crémation devra être privatisée.

Le cinquième niveau sera celui des salles polyvalentes, ouvertes à tous les types de culte. La circulation du public sera facilitée au maximum, de manière à ce qu'on puisse passer, par exemple, d'une solennelle messe avec chants grégoriens, à une exubérante célébration antillaise, ou à une salle de crémation, avec retransmission sur grand écran de la destruction du cercueil par le feu.

Dans les cas de grandes solennités, on pourra recourir au duplex avec l'Opéra de la Bastille, où opéreront les chœurs. L'accès payant du public résoudrait le problème, souvent épineux, du financement des funérailles.

Au sixième niveau, on trouverait les salles d'une véritable université de la mort, où le traitement des questions éthiques (problèmes de l'euthanasie assistée), scientifiques, théologiques, se fera suivant une démarche pluridisciplinaire.

Le septième niveau serait réservé au volet le plus original et le plus novateur du projet : une aïeuxthèque, où serait conservée sous forme de vidéodisque, l'image des défunts tels qu'ils souhaiteront apparaître pour l'éternité. Leurs moments de bonheur, leurs réussites et leurs chagrins, et le message qu'ils désireraient laisser à la postérité seraient préservés dans des conditions optimales. Consultables d'abord par les seules familles, puis au terme d'un délai raisonnable, par le public, ces testaments vivants constitueront une ressource imaginaire inépuisable pour tous, et un très riche matériau pour les chercheurs. Si on ajoute que le recours aux techniques de l'hologramme et de la réalité virtuelle devraient à terme permettre un véritable contact interactif avec les morts, on comprend que, grâce à cette institution, la France aura une nouvelle révolution à proposer au monde. En effet, en s'appuyant sur les immenses ressources qu'offrirait la pyramide, notre pays pourrait ajouter un nouveau chapitre aux conquêtes de la démocratie en proposant à l'ONU une Déclaration des droits de l'homme mort.

Du huitième au vingtième niveau, s'étendrait la Très Grande Nécropole (TGN). Cette réalisation, unique au monde, résoudrait pour un siècle au moins tous les problèmes d'encombrement de cimetières de la région parisienne.

En s'étendant jusqu'au trentième niveau — solution recommandée ici —, la pyramide pourrait jouer pour les morts de l'Europe le rôle que joue la centrale de la Hague pour les déchets nucléaires. On sait à quels problèmes de saturation se heurtent tous les services funéraires des grandes métropoles européennes.

La restructuration du quartier

Inversant radicalement une politique de ghettoïsation des défunts, les murs du Père-Lachaise devraient être abattus.

L'hôpital Tenon, derrière la place Gambetta, serait spécialisé dans les soins paliatifs aux patients en fin de vie. Des chercheurs y travailleraient, en liaison avec l'université de la Mort. Les malades y trouveraient accueil et réconfort, et pourraient apprivoiser leur peur par la fréquentation de la pyramide. Et, détail qui peut paraître audacieux, mais qui a une certaine importance économique : du fait de la proximité de la TGN, les frais de transport des corps seraient réduits au minimum.

Dans le quartier, une Maison de la mort douce, gérée par l'Association pour le droit de mourir dans la dignité, dispenserait ses conseils aux personnes intéressées.

L'accès à la pyramide se ferait par le tunnel du chemin de fer de ceinture, qui serait évidemment interdit à la circulation et « monumentalisé ».

Une très importante infrastructure hôtelière devra être mise en place pour les visiteurs, les familles des morts et des personnes hospitalisées à l'hôpital Tenon. Ce volet, à lui seul, devrait rentabiliser toute l'opération.

Pour terminer, on nous permettra d'émettre un souhait personnel : qu'en dehors de toute considération partisane, la nation réserve, d'ores et déjà, une place éminente dans son Nouveau Panthéon à celui qui, en deux fois sept ans, aura creusé dans l'histoire un si profond sillon. Il y a mille raisons pour le faire, nous n'en citerons qu'une. Loin de s'offusquer de ce que le peuple donne des surnoms aux grands monuments — songeons à l'« Usine à gaz » de Beaubourg —, il faut au contraire l'encourager à s'approprier ainsi sur le mode familier, des bâtiments qui sont par définition, publics. On imagine donc sans peine quel sobriquet sera attribué par les générations futures à un bâtiment pyramidal et opaque surgissant à dix mètres au-dessus du sol. N'est-il pas dans la nature des choses que celui qui a donné ses lettres de noblesse au mot Tonton, repose pour l'éternité sous un Chapeau pointu ?

Dans la longue pièce éclairée d'halogènes, assis à l'un des bureaux chics en acier et verre fumé sur lesquels toute trace de papier avait été éliminée au profit d'écrans d'ordinateurs, Léon luttait contre un sentiment d'irréalité. Il leva la tête pour lancer à la cantonade :

— C'est pour ça qu'on a essayé de me tuer et d'enlever Juliette ? C'est ça qu'il y a dans *Death Job* ? Cette histoire de pyramide ?

Penché au-dessus de l'imprimante, Emile K. ne répondit pas. Cela faisait vingt minutes qu'ils étaient entrés dans le sous-sol de Transversale et que le privé avait introduit une disquette dans l'un des moniteurs, et cinq minutes que le programme qu'elle contenait avait triomphé des codes verrouillant l'accès à la banque de données. A présent, l'imprimante laser crachait à une cadence régulière des feuillets où le texte, les plans, les croquis et les chiffres alternaient. Assis sur la dernière marche de l'escalier, près du seuil, Arnal, au contraire des deux autres, n'avait pas retiré sa cagoule. De temps en temps, il portait un mini émetteur-récepteur à son oreille, mais ne disait rien. Léon plia la liasse de feuillets contenant le texte introductif intitulé « Première approche » et la glissa dans la poche de poitrine de sa veste.

— C'est pour ce délire que tout le monde s'excite ? insista Léon.

Toujours pas de réponse. En approchant d'Emile K., le traducteur vit que l'enquêteur avait les écouteurs du walkman dans les oreilles. Il plongea la main dans la poche du privé pour en tirer l'appareil et voir quelle cassette il écoutait. L'appareil était vide.

— Vous n'écoutez rien ? demanda Léon en essayant de capter le regard vague de Krachevski.

Ce dernier ôta ses écouteurs.

— Je n'ai plus besoin de mettre une cassette dans l'appareil, expliqua-t-il. Il me suffit d'avoir écouté un air une fois, ensuite, je l'ai dans ma tête. Mais il faut que je mette les écouteurs, c'est un rite indispensable.

— Vous avez de la chance, d'entendre de la musique, ricana Léon, moi depuis qu'on m'a débouché les oreilles à la clinique, j'entends des voix.

Krachevski le dévisagea, l'air intrigué :

— Débouché les oreilles ? Vous ne m'aviez pas dit ça.

Léon raconta les explications du professeur Mecwaert, militant du nettoyage antidépressif des conduits.

— Et c'est quoi, les voix que vous entendez ?

— Un embrouillamini incompréhensible. On dirait Canal Plus sans décodeur.

— Sans décodeur... répéta Krachevski.

Léon fut soudain conscient de la tension apparue dans la voix du privé. Arnal s'était levé et approchait.

— En ce moment, vous les entendez, ces voix ? demanda l'assistant.

— Moui, fit Léon. Ça m'arrive de temps en temps dans la journée, mais j'ai fini par m'y habituer et je n'y fais presque plus attention. On pourrait peut-être parler de ça plus tard, quand on sera...

— Vous ne percevez jamais rien de précis, toujours un brouillard sonore ? coupa Krachevski.

Léon considéra d'un air étonné la mine concentrée des deux hommes.

— Quelquefois, il m'arrive de distinguer un mot, de-ci de-là, mais ça ne veut rien dire.

— Quel mot ? En ce moment, par exemple ? Essayez d'écouter.

Ils se turent, le fixant. Léon prêta l'oreille à la rumeur qui bruissait dans son oreille.

— Je ne comprends pas, dit-il au bout d'une minute. Il y a une partie de mon cerveau qui disjoncte, c'est sûr...

— Vous ne distinguez rien, alors ? insista le privé.

Le traducteur se concentra encore quelques instants puis fit la moue avant de prononcer une phrase qu'il allait regretter amèrement dans les secondes qui suivirent :

— Des trucs sans queue ni tête comme « écho à autorité » ou bien « de écho à b à rouge 2 ».

— Le code téfica ! s'exclama Arnal.

— Un transistor à effet de champs ! s'écria Krachevski.

— Qu'est-ce que vous racontez ? s'enquit Léon.

— Venez par ici, vite ! ordonna le privé, en s'approchant d'une photocopieuse.

D'un coup sec, il arracha le fil d'alimentation à l'endroit où il disparaissait dans l'appareil.

— Quoi ? Pourquoi ? s'inquiéta Léon, en approchant malgré tout.

Sans répondre, de ses doigts recouverts d'un épais cuir isolant, Emile K. dénudait le fil relié au secteur.

— Qu'est-ce que vous fabriquez ? Eh !

A l'exclamation succéda un hurlement. Sans crier gare, le privé lui avait appliqué à la base du cou les fils dénudés, lui envoyant 220 volts dans le corps. Cela ne dura qu'une seconde, mais ce fut une châtaigne de belle dimension. Léon se rejeta en arrière, heurta la photocopieuse, gueula :

— Vous êtes dingue !

— Encore un coup, pour être sûr, dit froidement le privé. Arnal, remets tes gants et tiens-le.

Léon eut beau se débattre, il eut droit à sa deuxième décharge. Puis, tandis qu'il sanglotait, secoué d'une véritable crise de nerfs, il crut tenir enfin la preuve qu'il perdait la raison, quand il lui sembla entendre cette phrase tomber de la bouche de Krachevski :

— Calmez-vous, c'était nécessaire. Nous venons de couper le contact entre un satellite et vous.

8

Il ne pleuvait plus, mais dans le caniveau où ils étaient accroupis, entre la façade principale du château et une haie basse de buis, l'humidité était glaciale et pénétrante. Emile K. n'en paraissait nullement incommodé. Les yeux fixés sur le perron, il murmurait :

— Le code téfica est utilisé surtout par les commandos de choc et les unités de renseignements en opération. Il permet à une équipe de communiquer sa position à ses chefs, en utilisant des grilles qui changent chaque jour de manièrc aléatoire, et qu'on applique sur le plan du territoire concerné. Le transistor à effet de champ peut être alimenté par l'électricité statique de votre corps. On a dû vous le poser dans une oreille, en même temps qu'on vous les débouchait, à la clinique de la Miséricorde. Grâce à ce transistor on peut savoir en permanence où vous êtes, sans avoir besoin de vous suivre. Pour cela, on a dû utiliser un satellite militaire géostationnaire ou bien le GPS, le Global Positioning System, qui sert au repérage des bateaux. Apparemment, ils ne maîtrisent pas encore bien la technique des micros implantés dans le corps et l'appareil qui ne devait fonctionner que comme émetteur, se met aussi à faire office de récepteur quand les échanges radio alentour deviennent intenses. Comme les machines à laver qui se mettent à émettre dans le voisinage des stations de radio. Ils ont dû envisager le problème, sans imaginer son ampleur. Le nettoyage de vos oreilles, vos nouvelles capacités auditives avaient certainement pour but de vous donner une explication à d'éventuelles bizarreries.

— J'ai froid aux pieds, annonça Léon.

D'un doigt précautionneux, il toucha son cou, là où l'électricité l'avait brûlé. Sa rage renaissait, contre ce type qui s'était permis de lui faire ça, contre les flics qui l'avaient cogné, contre Ferrat qui l'avait giflé, contre tous ces gens qui lui disaient quoi faire, qui exigeaient, qui ordonnaient, qui lui posaient des ultimatums. Et qui s'en prenaient à Juliette. La fin du message qu'elle lui avait laissé sur le répondeur lui revint à l'esprit : « Je suis dans un trou noir et pas près d'en sortir. »

— La manière dont vos poursuivants réapparaissaient régulièrement nous inquiétait beaucoup, reprit le privé au bout d'un moment. Nous pensions avoir trouvé la solution quand vous nous avez dit que les vêtements que vous portiez étaient ceux que vous avaient donnés les gens de Ferrat. Cet après-midi, nous avons profité de ce que vous étiez sous la douche pour les examiner de très près et nous avons été très étonnés de ne pas trouver de micro-émetteur dans une doublure.

— Tiens, dit Léon, mais pourquoi avoir fait cette fouille en cachette ? Vous aviez peur que je sois complice ?

— Attention, les voilà.

Dans la grande allée du parc, une voiture se dirigeait vers eux, tous feux éteints.

— Comme prévu, constata Krachevski, en voyant qu'ils avaient perdu le contact, ils sont venus voir ce qui se passe... Ne levez pas la tête, eux aussi ont des appareils de vision nocturne, dit le privé en appuyant deux fois sur un bouton de son walkman-émetteur.

Presque aussitôt, à quelques mètres d'eux, un carré de lumière se découpa sur le sol. Une lampe s'était allumée dans une pièce du premier étage.

— J'espère qu'Arnal a eu le temps de trouver des rallonges, dit Léon.

— Ne vous en faites pas pour lui, il a posé son piège. Taisez-vous, maintenant, allongez-vous et laissez-nous faire. N'utilisez le pistolet qu'en tout dernier ressort, si ça tourne mal.

— Pas besoin de...

— Chut !

La voiture roulait à présent sur les gravillons qui recouvraient l'esplanade devant l'entrée. Léon, qui ne voyait plus que le fond du caniveau, serra le poing sur la crosse du revolver que lui avait laissé le privé. S'il était débarrassé du micro-émetteur, il avait conservé ses nouvelles capacités auditives. Les chuchotis de feuilles et d'eau étaient toujours aussi nombreux, complexes et doux.

Encore une fois, il repensa au message de Juliette et d'un coup, il n'eut plus peur. Il se sentit des ailes. Il se sentit près d'elle. Juliette.

Il venait de comprendre son message.

La voiture s'était immobilisée, sans doute devant le perron, et pendant quelques instants, Léon n'entendit plus que les bruits du parc. Les occupants du véhicule devaient observer les lieux. Puis, très doucement, les portières furent ouvertes et il y eut un très léger bruit de course. Quelques secondes passèrent, Léon perçut des pas qui approchaient. Il leva imperceptiblement la tête et vit, à un mètre de là, le canon long d'une arme écarter les buissons de buis. Couché sur le côté, Krachevski attendait, tenant de la main gauche un tube noir.

Quand le canon plongea devant ses yeux, le privé lui appliqua le tube. Il y eut un cri et Krachevski bondit sur ses pieds, Léon se levant à sa suite. L'enquêteur avait déjà saisi l'arme que l'autre avait lâchée et la braquait sur le type en se posant un doigt sur la bouche.

— A la voiture, dit le privé à l'intention de Léon. Mettez le moteur en marche.

Le traducteur bondit. En courant vers le véhicule, il aperçut au passage Arnal toujours cagoulé, qui tenait dans chaque main les pistolets des vigiles, et faisait descendre le perron à deux hommes dont les blousons, remontés dans le dos, entravaient les bras.

Léon ouvrit la portière de la voiture, une Citroën XM 20 Séduction, mit le contact et démarra.

— Eh ! fit Krachevski.

Le traducteur accéléra et fit rugir le moteur en fonçant vers la sortie. A l'instant où il disparaissait derrière le rideau d'arbres, il se dit que le privé aurait pu tirer, au moins dans les pneus, et qu'il ne l'avait pas fait. Peu importait. Le contrat qui le liait à Krachevski était terminé. Il savait où était Juliette.

Il ôta le casque de vision nocturne et alluma les phares. L'allée menait au grand portail dont les battants ouverts et bloqués contre le mur, vibraient dans le vent qui avait succédé à la pluie. A l'instant où il le franchissait, une silhouette se dressa devant le capot et Léon pila. C'était Ferrat, un walkie-talkie à la main.

— Qu'est-ce qui se passe, les mecs ? demanda-t-il en approchant du côté du chauffeur.

Léon fit descendre la glace. L'homme du Service se pencha vers lui, clignant des yeux. Quand il distingua enfin la tête du chauffeur, recouverte d'une cagoule, il eut un mouvement vers la poche intérieure de sa veste mais Léon avait déjà dégainé le pistolet de Krachevski.

Ferrat se figea, scruta les yeux du chauffeur puis sourit, ricana :

— Jaquet, t'es reconnu... Allez, lâche ça, minable, ajouta-t-il tandis que sa main poursuivait son mouvement sous le veston, à la recherche d'une arme.

L'interpellé pressa la détente. Quand la balle Shock-Defense entra en collision avec l'épaule de Ferrat, celui-ci fut comme soulevé par la violence de l'impact et disparut du champ de vision du conducteur. Puis le pied de Léon enfonça l'accélérateur, tandis que deux mètres plus loin, Ferrat, retombé sur le dos comme une tortue renversée, commençait de hurler.

Xavier d'Ivraie ouvrit son attaché-case à serrure chiffrée, en tira une chaîne antivol de moto et un combiné de téléphone cellulaire. Après quoi, il s'assit sur le banc étroit de la cabine de vestiaire et composa un numéro.

— M. d'Ivraie pour maître Garrout, dit-il à mi-voix. Puis un instant plus tard : salut, vieux. Ça va plus que bien... J'ai un gros truc en train... Tu viens transpirer, ce soir ? Dans combien de temps ?... Parfait... J'ai quelque chose pour toi, tu ne regretteras pas d'être venu.

Il coupa la communication et se sourit à lui-même dans la glace rectangulaire. C'était parfait. Ce dossier qu'il avait reçu par express des Etats-Unis, il n'aurait même pas besoin de l'emporter chez lui. Il le confierait à l'avocat qui lui ferait un reçu et le mettrait dans son coffre. Après, les négociations commenceraient...

Il attacha la poignée de la mallette au pied du banc fixé dans le ciment. Dans ce hamam, tenu par un ancien du Mouvement, le vol était inconnu. Le seul cas jamais enregistré était celui d'un médecin kleptomane qui avait été surpris par les employés à faire les poches dans une cabine. Le patron lui avait laissé le choix : les flics ou un tabassage en règle. Le type avait choisi la deuxième solution, et l'avait regretté. Mais deux précautions... D'Ivraie ferma le cadenas et entreprit de se déshabiller.

Quand il fut nu, il serra une toile bleue autour de sa taille, enfila des savates de caoutchouc et sortit, sans oublier de fermer la porte avec une clé qu'il se suspendit au cou. Garrout ne le rejoindrait que dans deux heures. D'ici là, il avait largement le temps de profiter des douches brûlantes et glacées, de suffoquer dans les salles humides, de brûler dans le sauna, de hoqueter de froid dans la piscine, de s'épuiser sur les vélos du gymnase. L'évocation des délices à venir fit quelque peu reculer l'inquiétude qui le taraudait depuis qu'il avait commencé à lire cette copie clandestine de *Death Job* expédiée par l'adjoint d'Ostertan, ex néo-nazi d'autant plus serviable qu'il ne tenait pas à ce que son patron juif eût connaissance de son passé.

Ce que d'Ivraie avait découvert était si énorme qu'il ne s'était pas senti le courage de l'utiliser seul. Avocat débordant d'entregent, qui savait travailler gratis dans les affaires assurées d'une bonne couverture médiatique et se faire payer très cher quand il trafiquait des influences, aussi habile à arracher sous les ovations du public l'acquittement du brave homme qui a tué un cambrioleur d'une balle explosive dans le dos, qu'à égarer dans les méandres des procédures les plaintes attentoires à la liberté d'entreprendre, ne comptant que des amis à droite, et ayant su rendre service à bien des puissants de gauche, Garrout était l'homme de la situation.

Une heure plus tard, après les ablutions et le sauna, d'Ivraie s'étendit sur le ventre, à mi-hauteur des gradins de la salle des vapeurs d'eucalyptus, en défaisant suffisamment son pagne pour que son sexe colle contre la céramique humide. Les voix de cinq ou six autres clients résonnaient comme dans une grotte. Un cul-de-jatte que déplaçaient de temps à autre deux obligeants jeunes gens, vitupérait Saddam Hussein, mais personne ne l'écoutait. D'Ivraie s'endormit.

Il se réveilla une heure plus tard, avec une soif affreuse et la sensation d'étouffer. En ouvrant les yeux, il crut d'abord n'être pas sorti du cauchemar qui l'avait arraché au sommeil. Un visage aux grands yeux d'un rouge cruel le fixait, entouré de volutes et de singes grimaçants. Puis il s'aperçut qu'il s'agissait d'un tatouage couvrant le dos entier d'un homme assis sur le gradin immédiatement inférieur, juste devant son nez. Quelle idée de se coller aux gens, quand il y a tant de place ! D'Ivraie voulut se relever mais sa tête heurta une masse de chair dégoulinante et épaisse. En tournant la tête, il s'aperçut que c'était la grosse cuisse d'un homme qui s'était assis sur le gradin supérieur, en lui posant un pied devant le cou, et un autre contre le torse, à hauteur du foie.

D'Ivraie se recula, furieux, pour se dégager de ce tunnel de muscle.

— Vous pouvez pas vous mettre ailleurs ? lança-t-il en se redressant.

Sur la fin de la phrase, quand il avait pu détailler l'importun, sa voix avait flanché. C'était un Asiatique, au corps aussi tatoué que celui qui leur tournait toujours le dos. Sur sa poitrine, entre les seins, était dessinée une tête coupée, tirant la langue dans une grimace rouge et noire, et suspendue à un collier de crânes. Les bras aussi étaient entièrement recouverts de dessins.

L'homme, d'une puissante carrure, le visage fermé, ne réagit pas à la question d'Ivraie, qui examina le reste de la salle. Un troisième individu, massif comme un lutteur de sumo, se tenait près de la porte vitrée que la buée rendait opaque. Dans la salle, il n'y avait que ces trois hommes et lui. Comme d'Ivraie commençait à descendre, le type du milieu des gradins entonna un chant monocorde, qui sortait de sa gorge sans qu'il eût à desserrer les dents. Le rythme semblait se calquer sur les pas de Xavier d'Ivraie, se précipitant au fur et à mesure qu'il accélérait.

L'administrateur général de l'Institut sociopolitique arriva haletant au bas des marches. L'homme qui se tenait devant la porte ne paraissait pas vouloir lui céder le passage. Il était tatoué des pieds à la tête : des visages de démons chauves et musculeux sur les cuisses, un dragon au long corps serpentin sur le ventre et une déesse ailée sur la poitrine. D'Ivraie était la proie d'une terreur irrépressible. Il n'avait certes pas reconnu, sur le torse de l'homme, Fudo, divinité tutélaire des criminels, mais il avait assez lu le journal pour savoir ce que signifiait le doigt coupé de la main qui venait de se poser sur la poignée de la porte.

Quand l'homme lui ouvrit, d'Ivraie hésita, mais les voix d'autres clients bavardant au-delà le rassurèrent. Il passa très vite. Dans la salle tiède, où des hommes nus s'étalaient sur des bancs de bois, il soupira, se força à ne pas se retourner pour voir si les Nippons l'avaient suivi et tenta de se détendre. « Je deviens trop émotif », se dit-il en levant les yeux vers l'horloge. Garrout avait vingt minutes de retard. D'Ivraie but à longs traits l'eau d'une fontaine fraîche, passa dans la salle de douche et, après une brève aspersion froide, revêtit un peignoir de tissu éponge pour remonter au vestiaire. Dans sa cabine, il composa le numéro de Garout. La secrétaire décrocha aussitôt et lui annonça que l'avocat avait dû se rendre à un rendez-vous urgent.

— Mais il a laissé un message pour vous, ajouta-t-elle sans laisser le temps à d'Ivraie d'exprimer son mécontentement. Il vous demande d'appeler M. Robertini. C'est très urgent et très important. Il a beaucoup insisté.

D'Ivraie raccrocha, consterné. Si Garout l'invitait à joindre son patron, c'est que l'avocat et ce vieux renard de Robertini s'étaient concertés. Ça sentait le roussi. D'Ivraie hésita. Il se haïssait pour cela, mais il avait peur. A l'idée d'être engueulé par son mentor, il tremblait comme un gosse. Il lui fallut un gros effort pour composer le numéro. On décrocha aussitôt.

— C'est moi, annonça-t-il d'une voix étranglée.

— Ah, mon petit Xavier, dit Robertini.

D'Ivraie sentit son sang se glacer. Il s'attendait à tout, sauf à la tonalité de la voix du vieillard. Elle était infiniment triste.

— Vous avez demandé que je vous rappelle ?

— Comment as-tu pu imaginer que cette manœuvre avait la moindre chance de réussir ? Crois-tu que j'ignore le passé de l'assistant d'Ostertan ? Il était déjà mon indicateur quand tu étais encore chez les scouts d'Europe, à te branler sous la tente en écoutant les chants de la Légion ! Et Garout ! Je le connais depuis 43 !

— Qu'est-ce que vous racontez ? bredouilla d'Ivraie en jetant un coup d'œil inquiet à la porte, car il venait d'entendre des pas s'arrêter à sa hauteur.

— Tu as joué, très mal, et tu as perdu, poursuivit le vieillard, comme accablé de lassitude. Nous nous sommes partagés le territoire, avec le Crédit mondial, et il n'y a plus de conflit entre eux et nous. Maintenant, essaie d'être à la hauteur pour affronter les conséquences. Sois digne de notre philosophie. Les forts doivent éliminer les faibles.

La communication fut coupée et presque aussitôt, la serrure de la porte craqua, tomba et le vantail s'ouvrit violemment, sous la poussée d'une masse musculeuse qui emplit presque entièrement la cabine. Une main se colla contre la bouche d'Ivraie, un bras contre sa gorge le plaqua contre la paroi.

— Pas bruit, dit un des Yakusas.

Ils étaient deux. L'autre repoussa la porte derrière lui et Xavier d'Ivraie ferma les yeux. Il savait qu'il allait connaître une expérience autour de laquelle, toute sa vie, il avait tourné. Si Robertini avait eu tant d'ascendant sur lui, ce n'était pas seulement parce qu'il avait donné la mort et la douleur. A la Libération, le collabo avait été longuement tabassé. En Corée, il avait été torturé, et à plusieurs reprises encore, il avait payé ses convictions dans sa chair. Alors que lui, d'Ivraie, s'il avait donné quelques coups de barres, avait eu la chance de n'en jamais recevoir. Arrêté une seule fois, à l'époque des croix celtiques, il avait été traité avec tout le respect dû à sa particule.

Mêlée à une terreur sans nom, une étrange exaltation le gagnait. Il allait finalement savoir ce que souffrir veut dire. D'un coup, il irait plus loin que Robertini, condamné à clabauder dans un hosto, au milieu d'autres débris aussi puants que lui. Il allait mourir de mort violente. Il songea à ces soldats prussiens qui portaient une mentonnière de cuir pour être sûrs de mourir la tête haute.

Xavier d'Ivraie ouvrit les yeux pour regarder son destin en face.

Le deuxième homme avait tiré de qui sait où un tube de

vaseline dont il entreprit de s'enduire le poing. En croisant le regard du Français, il sourit et lui mit le poing sous le nez.

— Sexual crime, annonça-t-il.

C'était l'heure, place Martin-Nadaud, où des centaines d'employés descendus des grands immeubles convergeaient en solitaires vers le métro, leur allure pressée s'accélérant sans cesse au fur et à mesure que les minutes passaient, tandis qu'à contre-courant, des grappes d'adolescents progressaient sans hâte vers le lycée technique de la rue de la Bidassoa. Chez Byba — coiffure afro antillaise européenne, Léon goûtait le calme d'une île cernée de courants affairés. Vautré sur le siège de la shampouineuse, la nuque calée dans la concavité ad hoc, il s'abandonnait aux délices des mousses miellées et des doux doigts fourrageant.

Parfois ses yeux s'entrouvraient et il fixait sur sa butte l'unique maison de la rue de la Cloche et les fenêtres de son appartement. Pas de mouvement suspect, mais ça ne prouvait rien. C'était peut-être stupide de revenir dans le quartier, peut-être pas. Ici, il connaissait des gens et il pouvait demander des services. Par exemple, la fille de Byba, celle dont le nom lui échappait toujours, et qui le regardait avec une moue de mépris, avait consenti à faire quelques courses pour lui. Ensuite, il aurait une ou deux personnes à voir.

Son esprit flottait au gré des tourbillons d'eau tiède, ses pensées s'éparpillaient sous l'exquise et fugace pression des doigts qui massaient son cuir chevelu. Il n'arrivait pas à croire que le fin mot de l'histoire fût dans ce loufoque projet de pyramide enterrée dont il conservait un résumé dans sa poche de poitrine. Après tout, pourquoi pas ? Si l'on envisageait sérieusement de restructurer tout le quartier, il devait y avoir d'énormes intérêts financiers en jeu. Il saurait sans doute à quoi s'en tenir dans quelques heures, quand il pourrait enfin contacter Juliette. Le Trou noir n'ouvrait qu'à onze heures. Cet estaminet voisin du marché d'Alligre offrait aux propriétaires de lofts les attraits d'une ancienne cave à vin, avec tonneaux dans la salle et petit pourcentage de marginaux assez pittoresques pour divertir le gros de la clientèle mais pas assez nombreux pour la faire fuir.

Juliette adorait l'endroit et Léon reconnaissait malgré lui que le pinard y était bon. Il était sûr que la dernière phrase du message laissé sur son répondeur avait un double sens. Quand elle avait craché sur Krachevski, croyait-elle vraiment que Léon l'avait trahi, ou bien s'était-elle seulement méfiée de ce type tombé du ciel ? Ce qui était sûr, c'est qu'elle avait dû réfléchir, et se persuader qu'il n'était pour rien dans le traquenard de Beaubourg. Si elle avait vraiment cru qu'il l'avait trahie, pourquoi aurait-elle pris la peine de téléphoner chez lui ?

— Vous pouvez vous lever, dit la petite cousine de Byba.

Elle laissa tomber dans un panier la serviette chaude dont elle venait d'user pour éponger les cheveux — dernière cajôlerie, dernière incroyable et cependant routinière familiarité d'une gamine le séchant comme une mère son fils surpris par l'orage. Aidé par la jeune fille, le traducteur dénoua la ganse et se débarrassa de l'étole de plastique. Alors Byba quitta son trône derrière la caisse et descendit jusqu'à lui. De la pointe aiguë de ses ciseaux, elle lui désigna le fauteuil élu où il s'installa, dans l'ombre d'un buste de divinité primordiable, près de la peau citronnée, sous la touffeur parfumée des aisselles bybesques.

— Alors, mon chéri, tu es toujours décidé à changer de tête ?

Il hocha du chef et ferma les yeux sur des rêves de moelleuses débauches tropicales. Quand il les rouvrit, Byba tenait un miroir derrière sa nuque. Il avait maintenant les cheveux jaune paille, et coupés suivant les canons de rigueur chez les jeunes Noirs : rasés sur la nuque et les tempes, et formant comme un bout de gazon sur le sommet du crâne. Il fit un effort pour rendre son sourire à la coiffeuse.

— C'est parfait, assura-t-il, d'un ton dépourvu de fermeté. Et ta fille, elle n'est pas revenue ?

— Voilà, dit une voix derrière lui.

Une main posa brusquement un sac en papier à ses pieds.

— J'ai laissé la monnaie dedans, et la fille, elle a un nom, ajouta la hautaine enfant, avant de lui tourner le dos.

Les lèvres de Byba, couleur d'orange sanguine, élargirent leur sourire.

— Celle-là, je te jure, elle en fera voir aux hommes ! dit-elle, ravie, en lui enlevant la blouse.

Léon se leva, prit le sac et se dirigea vers le vestiaire.

— Ça te dérange pas que je me change ici ?

— Ah, toi, t'es pas ordinaire ! s'exclama la patronne. Tu peux pas monter chez toi ?

— Ben non, là-haut y'a ma nana qu'a besoin de se calmer.

Byba rit.

— C'est les plus dures les meilleures, assura-t-elle.

Léon changea sa combinaison modèle GIGN contre un pantalon de flanelle et une chemise à rayures, par-dessus laquelle il remit son blouson de kevlar. Puis il troqua les brodequins contre des chaussures de ville de chez André, endossa un pardessus, s'entoura le cou d'une écharpe grise et se regarda dans la glace. La coupe était un peu trop mode, mais dans l'ensemble, il ressemblait assez à un clone d'employé de banque.

Devant chez Byba, il leva encore une fois la tête vers son appartement. On ne devait pas l'attendre là, mais c'était quand même risqué. Quand il avait abandonné porte de Saint-Cloud la voiture empruntée aux services spéciaux, il avait eu le temps de dresser son plan de bataille. Rien ne lui garantissait que Juliette aurait le manuscrit. Lucchini était mort avec les premières pages de *Death Job*, donc son assassin pouvait très bien s'être approprié le reste. Son assassin ou quelqu'un d'autre, qu'il espérait bien rencontrer. Mais il était encore un peu tôt...

Il partit au hasard. Dans la rue du Soleillet, la bien nommée qui plonge le soir sur des couchants de cinéma, le rez-de-chaussée d'un immeuble neuf appelé « Hôtel industriel » en patois de fonctionnaire, était occupé par une inscription en lettres d'un mètre : « GAETANO ASSASSIN VENGEANCE POUR LUCCHINI PROMOTEURS HORS DU QUARTIER ». Les militants avaient milité.

Une heure durant, Léon erra entre le boulevard de Ménilmontant et la rue des Pyrénées, dans son pré-carré d'HLM hideuses, de rues grises à l'abandon et d'impasses campagnardes. La moindre surface libre était couverte d'inscriptions antigaétanistes. Il était sur ses gardes, mais il ne vit pas d'individus suspects, de véhicules douteux ou de Japonais dépourvus de petit doigt.

Enfin, il se décida à entrer au Q. Général. Au fond de la salle, le patron était en train de jouer du *cumbush*, le luth à manche court, et sa sœur chantait en kurde :

Ma chère mère, ma tendre mère
Je ne veux pas d'un héros — il n'y a pas de héros —
Je ne veux pas d'un noble, un noble est tyranique,
Ma mère, ma tendre mère
Je ne veux pas d'un cheikh — il est vrai que leur habit brille,
Mais leur cœur noir est sombre comme le fond d'une casserole...
Je ne veux pas d'un riche, leur fortune est la plaie de leur cœur,
Je ne veux pas d'un pauvre, ils n'osent regarder en face ;
Ma mère, ma tendre mère, je veux suivre le chemin de ma promesse,
Je veux celui que j'aime.

Debout en cercle, quelques clients écoutaient. Parmi eux, Léon reconnut Marie qui lui tournait le dos. Il s'approcha sans que nul ne se retourne et lui tapa sur l'épaule.

En l'apercevant, elle pâlit, le prit par le bras et l'entraîna vers la porte du fond. Ils se retrouvèrent dans une courette fermée, avec à leur gauche la cahute des toilettes et devant eux, derrière une grille, un incongru jardin à la française, avec vasques et massifs.

— Dis-donc, dit-elle très vite. Heureusement que t'as changé de look. Y'a des gens superbizarres qui te cherchent. Hier soir, c'était une bonne femme, et tout à l'heure, des flics...

— Une femme ? répéta Léon d'une voix étranglée. Comment elle était ?

— Oh... une bourge, la cinquantaine.

Léon déglutit, ravalant sa déception.

— Elle n'a pas dit ce qu'elle voulait ?

Marie secoua la tête.

— Elle m'a alpaguée dans la rue, et m'a demandé si je te connaissais. Je me suis méfiée, j'ai dit que non et elle a filé.

— Et les flics, comment ils étaient ?

— Une tête de con avec un nœud pap et un autre balèze, moustachu... Ils ont forcé la porte de chez toi vers neuf heures...

Quand je leur ai demandé ce qu'ils foutaient, ils m'ont montré leur carte et ils m'ont envoyé balader. Manque de bol, j'étais seule, les copains étaient tous allés à une fête ailleurs et ils ont dormi là-bas... Les flics ont fait une perquise éclair, ça a pas duré une demi-heure mais je te dis pas, la vraie mise à sac, ils ont même foutu des papiers par la fenêtre... Tiens, je les ai ramassés...

Entre la cabane des toilettes et le muret de la cour, elle prit un sac de plastique qu'elle lui tendit.

— Dommage que les copains étaient pas là, on leur aurait fait leur fête...

Devant la mine concernée de la jeune fille, Léon crut qu'il allait pleurer. Depuis que ses ennuis avaient commencé, c'était la première fois qu'on lui manifestait une sollicitude dépourvue d'arrière-pensée.

— Ces flics-là, conseilla-t-il, tenez-vous-en à distance, ils sont superdangereux.

« Voilà que je me mets à parler comme elle », pensa Léon. Elle était bien jolie, faut dire. Des bottines pour la touche énergique, une jupe courte pour l'impertinence, des bas noirs pour la perversion un rien convenue, et à l'épaule que dénudait le gros pull informe à col en V, l'irrésistible détail d'une fine bretelle de sous-vêtement en coton. Il lui sourit. Elle sourit.

Quand elle souriait, ce n'étaient pas seulement les lèvres, mais tout le visage qui s'ouvrait et si la bouche portait le copyright Juliette, les paillettes dans les yeux étaient bien à elle.

— J'ai vu que vous étiez passés à l'action... ajouta-t-il, pour combler le silence.

— Pas mal, hein ?

Devant l'air satisfait de Marie, Léon sentit s'évaporer sa bonne humeur. Il perdait son temps avec ces niais.

— Oh, fit-il, tu sais, je préfère encore la justice de l'Etat à celle de la rue. L'Etat, au moins, est assez fort pour se permettre de ne pas condamner, de temps en temps... Et autrement, c'est calme, rue de la Cloche ? s'empressa-t-il d'ajouter en la voyant se rembrunir.

— Je suis devenue copine avec Mme Margot et on a commencé à repeindre la cage d'escalier. Ecoute... il ne faut pas que tu traînes dans le coin, mais il faut que je te voie, j'ai des trucs à te dire. Donne-moi un rencard.

Léon réfléchit rapidement.

— A dix-huit heures au belvédère des Buttes-Chaumont, ça ira ?

— D'ac.

Léon repartit, avec à la main le sac en plastique contenant quelques papiers. Pourquoi, après l'avoir lâché sur l'autoroute, Ferrat et son acolyte étaient-ils venus fouiller chez lui ? Qui était cette femme qui l'avait cherché ? « Le mystère s'épaissit », ricana-t-il. Rue des Cascades, deux gamins de six ou sept ans faisaient l'école buissonnière, à moins que les instits ne fussent en grève. Le plus petit, trapu et frisé, le mollet solide, donna un grand coup de pied dans un ballon de foot qui frappa son copain en pleine poitrine.

L'autre, un blondinet, se plia en deux sous le choc mais retrouva assez de souffle pour crier :

— 'culé, ma parole, si je t'attrape, je te nique !

Et ils se lancèrent en dératés dans une course poursuite ponctuée de nouvelles menaces sodomites.

En arrivant au débouché de la rue de Savies, qui descend entre des immeubles rénovés à mort, Léon entendit les avertisseurs et suivit la pente. Jojo devait être à son poste.

De fait, il était là, au coin de la rue de la Mare, essayant de diriger les manœuvres d'une excavatrice en train de se garer sur une néo-placette en construction, devant un immeuble neuf, un de ces bâtiments dont les balcons en zigzag et les façades concaves permettaient à des architectes ex-maoïstes de se persuader qu'ils faisaient œuvre urbanistique en remplaçant des habitations populaires taudifiées par des clapiers pour cadres moyens supérieurs. Le conducteur de l'engin ignorait Jojo avec obstination mais celui-ci, la mine concentrée, la casquette de travers, tirant de son sifflet des trilles virtuoses, était tout entier plongé dans l'exécution de figures extrêmement complexes, véloces moulinets du bâton, impérieuses invites du bout des doigts, irrévocable stop de la paume, coupante injonction du tranchant, hiéroglyphes des bras et avant-bras. Quand Léon l'interpella, il posa sur lui le regard égaré du chaman brusquement arraché à sa transe. L'excavatrice venait de dégager la chaussée, mais comme le petit clochard roux en occupait toujours le milieu, le niveau sonore montait.

A l'instant où le traducteur posait un pied sur la chaussée, Jojo pointa le bâton vers lui :

— Vous là, intima-t-il, attendez le signal pour traverser !

— Mais qu'est-ce que c'est que ce guignol ? cria un livreur, deux voitures plus loin. Tu vas dégager, oui ? Tu veux que je descende ? menaça-t-il, entrouvrant la portière de sa cabine.

La conductrice de la voiture la plus proche baissa la glace :

— Allez-vous-en, voyons ! lança-t-elle d'une voix aiguë. Vous ne voyez pas que vous gênez ?

— Va m'attendre chez Amandine, souffla Jojo à l'adresse de Léon. Je rétablis l'ordre et j'arrive.

— Fais pas le con, viens tout de suite.

— Vas-y d'abord, faut pas qu'on nous voie ensemble.

Léon haussa les épaules et remonta la pente qu'il venait de descendre. Amandine occupait rue des Cascades deux pièces en rez-de-chaussée, qui se signalaient à l'attention du passant par la décoration chargée de leurs volets couverts de fleurs artificielles, de cartes postales de Lourdes et de ces hélices-jouets multicolores qui tournoient au moindre brin de vent. La sobriété n'était pas non plus la principale qualité du décor intérieur, caractérisé par le recours systématique aux matériaux contemporains (plastique imitation bois, contreplaqué peint), la hardiesse des associations de couleurs et l'abondance d'objets intemporels tels que gondoles vénitiennes, castagnettes espagnoles et poubelles de table. Le clou de cette collection était constitué par huit poupées roses et nues alignées sur un guéridon et portant chacune une étiquette avec un prénom, l'ensemble représentant les enfants d'Amandine, qu'elle avait tous confiés à l'Assistance publique.

La soixantaine abondante et le nez veinulé, elle accueillit le traducteur d'un traditionnel :

— Je t'ai dans la peau, Léon ! Qu'est-ce que tu bois ?

Sans attendre la réponse, elle emplit à demi deux verres à moutarde d'un liquide jaune vif qu'un peu d'eau rendit laiteux. Habitué aux rites du lieu pour y avoir été plusieurs fois traîné par

Jojo, Léon ne protesta pas et trinqua avec l'hôtesse, puis reposa son verre. Amandine siffla le sien, le reposa, prit celui de Léon :

— Tu bois pas ? C'est du bon, hein, du fait maison, pas une saloperie du commerce !

Elle but, remplit les verres :

— Que me vaut ce bonheur inattendu ?

— Jojo m'a donné rendez-vous chez toi.

— Ah, c'est bien, dit-elle, mais elle n'écoutait déjà plus, plongée dans la lecture de son magazine télé de poche.

— Oh ! fit-elle. Y'a de l'eau dans le gaz, écoute ça : « Paul se sent seul, à l'approche des fêtes de fin d'année. Il cherche un nouveau bureau. Cricket lui propose d'être son cavalier au bal de sucre d'orge... ». C'est incroyable ! Je croyais qu'elle fuyait les aventures sans lendemain !

Quand Jojo fit son entrée, dix minutes plus tard, Léon et Amandine étaient installés de part et d'autre d'un bol de chips, sur le divan de la seconde pièce. A l'écran Stacey était en train de demander à Tricia de l'accompagner faire du shopping, après que Jim eut reçu Bob et Kelly dans son bureau et leur eut demandé de justifier leur absence.

Jojo dut taper à plusieurs reprises sur l'épaule de Léon pour le réveiller.

— Excuse-moi, dit le traducteur. Chez moi, je regarde jamais la télé, j'ai pas le temps. Mais chez les autres, on peut plus me décoller... Oh, tu t'es battu ?

Il venait seulement de remarquer que l'arcade sourcilière de Jojo était enflée et avait pris une teinte rouge violacé.

— C'est rien. Blessure professionnelle, en mission de maintien de l'ordre. Le livreur...

Entre deux porte-parapluies d'où émergeaient des plumes de paon, il prit un tabouret recouvert d'une broderie représentant le Mont-Saint-Michel et s'en servit pour se hisser à la hauteur d'un placard dont il tira une bouteille.

— Je peux pas prendre le litron à côté d'elle, sinon elle aboie, expliqua-t-il en s'asseyant à table et en se servant le pastis. Tu voulais me parler ?

Léon saisit un autre tabouret contre le mur et s'installa face à lui.

— Oui. Jojo, t'es mon pote, hein ?

— Pourquoi tu me dis ça ? geignit le petit clodo. T'as pas besoin. Qu'est-ce que tu veux ? Si c'est des sous, j'en ai pas lourd sur mon livret, mais ça peut s'arranger.

Léon rit sans répondre et continua de le fixer. Jojo but, se resservit, s'agita sur son siège.

— Sinon, c'est quoi ? Je sais que t'es dans la merde, mais t'es pas le seul, depuis que l'autre connard a été assassiné chez moi, y'a eu que des emmerdes. Les flics, les squatters, j'en suis à penser à déménager, et pourtant, je l'aime ce coin...

Léon se taisait toujours. Jojo but encore, craqua :

— Quoi, qu'est-ce que tu veux, merde ?

— T'es sûr que t'as tout dit, aux flics ?

— Bah oui...

— Sûr, sûr ?

— Mais oui, je te dis...

Léon se leva.

— Bon, tant pis, excuse-moi. J'espérais que peut-être, tu avais oublié de mentionner un détail quelconque, qui pourrait m'aider à y voir un peu plus clair, à me tirer de ce merdier. Toi, c'est le déménagement, que tu risques, moi, c'est la taule, et peut-être pire...

— Oh, ça va ! se récria Jojo. Bon, rassieds-toi, écoute...

Léon s'exécuta et Jojo se resservit un verre avant de poursuivre, l'air pénétré :

— Y'a juste une chose que j'ai pas dit aux flics... Quand j'ai découvert le corps, à l'entrée de ma piaule, y'avait un drôle de truc, comme une pierre entourée de cuir. Je l'ai mis dans ma poche, comme ça, machinalement. Après j'ai découvert le corps, j'ai gueulé, et le reste, tu le sais...

— C'est tout ? demanda Léon, trop déçu pour s'énerver.

— Bah oui, c'est tout. Après, j'ai bien pensé à en parler aux flics, mais j'avais pas eu le temps d'examiner la chose, je me suis dit que ça avait peut-être de la valeur. Et puis, quand le flic du commissariat de Gambetta est parti, j'ai regardé le truc de plus près, c'était rien du tout, juste une pierre entourée de lanières de cuir. Alors je l'ai balancée par-dessus le grillage du square, du côté de l'escalier... Voilà... Fais pas cette gueule, c'est tout...

Sauf qu'après, les flics m'ont dit que Lucchini avait été étranglé avec des bolleadoras, un truc qui servait aux cow-boys argentins à capturer les bestiaux, mais qu'il manquait une des boules. C'est celle-là que j'ai jetée, tu vois... Je regrette, hein, mais c'est tout ce que je peux te dire.

Léon soupira. Il avait confiance en Jojo. Si le clochard avait trouvé le manuscrit, il ne le lui aurait pas caché mais en aurait négocié la vente. Le traducteur posa un billet de cent francs sur la table.

— Bon, tant pis... voilà l'impôt de la semaine.

En repartant au hasard des rues, il essaya d'imaginer les gestes d'un homme qui en étranglerait un autre, couché à terre, avec des bolleadoras. Il y avait toute les chances pour que la boule arrachée à la corde fût celle que l'assassin empoignait solidement pour tirer.

Quand le grand type en jogging, avec un bandeau indien dans les cheveux et des écouteurs de walkman dans les oreilles, se mit à courir à sa hauteur, Caumont d'abord n'y prit pas garde, occupé qu'il était à maîtriser sa respiration. Si la chose était peu fréquente dans ces parages, il n'était pas rare qu'il rencontrât dans les autres allées du bois de Vincennes des dirigeants ou des cadres supérieurs qui sacrifiaient comme lui une partie de la pause déjeuner aux joies de l'essoufflement, de la sudation et des muscles douloureux. Il s'employait toujours à décourager toute tentative d'approche et de bavardage. La course était un des plus grands plaisirs de Caumont, et pour lui, il n'y avait de plaisir que solitaire.

Il finit cependant par tourner la tête.

— Krachevski ? Qu'est-ce que vous voulez ? haleta-t-il en s'arrêtant si brusquement qu'il dut se retenir à un arbre pour ne pas tomber.

Le privé se campa devant lui.

— Allons, dit-il en ouvrant un sac de ceinture d'où émergea la crosse d'un pistolet, vous flanchez ? Vous voulez un petit remontant ?

Et, saisissant la crosse de la main droite sans sortir l'arme du sac, il prit un paquet de chewing-gums de l'autre main et le lui tendit.

— Vous me menacez ? demanda Caumont en jetant un coup d'œil sur la gauche derrière lui.

— Peut-être cherchez-vous votre voiture ? suggéra Emile K.

Il lui montra une longue limousine qui, au-delà d'un rideau d'arbres, roulait lentement sur une route parallèle à leur chemin.

— Elle est là. Mais ce n'est plus votre chauffeur qui conduit, il a eu un malaise et a cédé le volant à un de mes assistants.

Caumont savait qu'il était inutile de regarder autour de lui. Il n'ignorait pas que de larges pelouses le séparaient des autres sentiers où de loin en loin, couraient d'autres jogueurs. Cette partie du bois était à l'écart, fréquentée seulement par quelques acharnés de son espèce. Il fixa le privé.

— Que voulez-vous ?

K. lui passa un bras autour de l'épaule.

— Allons, dit-il, il ne faut pas laisser les muscles se refroidir. Vous risquez la crampe, la déchirure, que sais-je. Courons. Nous causerons ainsi, à petites foulées.

La pression des doigts sur l'épaule de Caumont se faisait douloureuse. Il se remit à courir.

— Je vous écoute, reprit le privé en se maintenant à sa hauteur, de ce pas souple, entre la marche et la course que lui avaient enseigné des Indiens redécouveurs de racines.

— Que voulez-vous savoir ?

— Tout, dit K. Ce qu'il y a dans *Death Job* et pourquoi le Crédit mondial tient tant à récupérer ce manuscrit.

— Je ne comprends pas ce que vous voulez dire.

Caumont avait du mal à articuler tout en gardant son souffle.

— Allons, parlez, répéta K. en sortant de son sac de ceinture une matraque électrique. Vous connaissez ce genre d'engin, n'est-ce pas ? On s'en sert parfois pour faire courir le bétail.

Caumont ne répondit pas. Deux grands jogueurs venaient au devant d'eux, leurs cheveux blonds flottant au vent de la course. Sans même ralentir son rythme, K. posa sur l'épaule du banquier la main qui tenait la matraque.

— Le problème avec cet engin, dit-il, c'est que si je le règle mal, il peut provoquer une syncope. Heureusement, nous sommes parés, au moindre malaise, je vous emmène dans votre limousine. Nous irons dans un endroit où vous pourrez vous reposer. Mais pas à la clinique de la Miséricorde, dont votre banque est propriétaire...

Les deux blonds passèrent à leur hauteur, le regard fixe, la bouche entrouverte et poursuivirent leur route.

— Vous faites fausse route, dit tout à trac Caumont. Dans cette histoire, le Crédit mondial n'a été qu'un intermédiaire. C'est par nos coffres que transite l'argent de notre client, et nous lui avons fourni quelques prestations supplémentaires, c'est tout. Mais c'est notre client qui manipule toute cette affaire, pas nous... Ce sont ses intérêts qui sont menacés par *Death Job*... C'est lui qui avait la technologie qui nous a permis le repérage de Jaquet...

Il avait de plus en plus de mal à conserver son souffle. Mais le bras de Krachevski le poussait en avant, irrésistible comme une force naturelle.

— N'essayez pas d'aller contre mon client, articula le banquier avec difficulté. C'est un trop gros morceau pour vous. Un trop gros morceau pour n'importe qui. Si vous savez avec qui le Crédit mondial travaille généralement, vous devez avoir une idée du genre de client que je sers dans cette affaire, mais ne comptez pas sur moi pour en dire plus...

Il n'avait pas fini cette dernière phrase qu'il se penchait soudain en avant, se dérobant au bras de Krachevski pour se jeter à quatre pattes devant ses jambes. Tandis que le privé tombait au sol, le banquier se redressait et partait en courant à travers la pelouse.

Sans se presser, Emile K. se releva et en quelques longues foulées, il fut de nouveau à un mètre derrière lui.

Rouge, suant, les yeux fous, les lèvres entrouvertes et comme figées dans une exclamation de souffrance, Caumont fonçait de toute la force de ses jambes, pour couper la pelouse en diagonale, rejoindre une zone plus fréquentée, une autre route, des secours. Derrière lui, le privé n'essayait pas de combler la distance. Mais quand ils furent vers le milieu du pré, Caumont l'entendit parler dans son dos, d'une voix posée, comme s'il ne fournissait aucun effort :

— Vous avez tort. Vous allez vous faire du mal.

Le son de cette voix tranquille eut sur lui l'effet d'un croc-en-jambe. Il patina, s'effondra le nez dans l'herbe.

K. s'assit à côté de lui et entreprit de travailler ses abdominaux.

— C'est terrible, dit-il après avoir longuement expiré, ce qui est arrivé à mon ancien employeur. J'ai lu le journal ce matin. Qui aurait cru que ce pauvre d'Ivraie était un adepte du *fist fucking* ? Et l'idée que le hammam de la place Blanche a été fermé pour une affaire de mœurs, c'est trop drôle ! Ce repère de néo-nazis et de barbouzes !... Bon, la récréation est terminée, comment s'appelle ce fameux client ? Je pourrais le retrouver. Mais cela me ferait perdre du temps. Et c'est pour en gagner que je suis venu vous voir.

— Je me sens mal, dit Caumont.

Effectivement, il respirait à grand-peine, ses lèvres s'ouvrant et se fermant comme celles d'un poisson joufflu sorti de l'eau.

— Parlez, cela vous soulagera, assura Krachevski en lui posant une paume sur le côté gauche du torse.

Un râle profond monta de la poitrine du banquier.

— Ne me laissez pas mourir, supplia-t-il.

— Je vais vous faire un massage cardiaque avec la matraque électrique, annonça le privé d'une voix pleine de compassion.

D'un mouvement brusque, Caumont se mit sur son séant.

— Merde, Krachevski, dit-il en s'épongeant le front de sa manche, vous n'avez pas de cœur.

— Mais vous, si, vous en avez un, rétorqua le privé, et il faut le ménager.

Il l'aida à se relever et, un bras sur l'épaule, le ramena vers la limousine qui avait stoppé.

— Allons, dit K. Vous voulez vraiment venir en promenade avec nous ?

La portière du chauffeur s'ouvrit et Charles en descendit, la casquette sur la tête. Il tenait à la main une mallette.

— Mon attaché-case ! protesta Caumont.

— Le nom du client, dit K.

Quatre syllabes claquèrent comme une insulte entre les lèvres dodues du banquier.

— Voilà, lança-t-il ensuite au privé, vous avez compris dans quelle merde vous êtes ?

Et tête baissée, il se précipita à l'intérieur de la voiture, en tentant vainement d'arracher au passage la mallette des mains de Charles. Puis il claqua la portière et démarra en trombe. Ni Krachevski ni son assistant n'avaient fait un geste pour le retenir. Ils digéraient la nouvelle.

Rue des Pyrénées, Léon entra dans un café, « Aux monts d'Auvergne — spécialité de couscous », et, sur un bout de feuille tiré du sac de papiers ramassés par Marie, il écrivit un mot à l'intention de la « Société de sécurité Emile Krachevski », dont l'adresse était dans l'annuaire, pour aviser le privé qu'il trouverait derrière le muret du square Grancher, près de l'escalier, la boule manquante qui avait des chances de porter, outre les empreintes de Jojo, celles de l'assassin. « A moins que ce dernier ait usé de gants », songea Léon en fouillant de nouveau le sac, dans l'espoir d'y trouver une enveloppe. « Enfin, cette boule, on peut peut-être y relever un indice intéressant. Pourquoi est-ce que je fais ça ? Je ne lui dois rien, pourtant. »

Quand ces yeux tombèrent sur le papier qu'il venait de tirer du fouillis de ses affaires, les réflexions de Léon s'interrompirent net. C'était un billet, de sa propre écriture :

Tu entres chez moi à midi, habillée comme tu étais la dernière fois qu'on s'est vus, mais une fois chez moi, tu ne gardes que le haut.

Avant de t'allonger, tu choisis un instrument dans le tiroir du lit, et tu le poses à côté de toi.

En m'attendant, tu peux te caresser en pensant à tout ce que tu aimerais qu'on fasse, et qu'on fera.

Quand tu m'entends entrer, tu te mets sur le ventre, tu écartes très fort les jambes, et tu fermes les yeux.

Tu vas garder les yeux fermés, tu ne les ouvriras que quand je te le dirai.

Tu fermes les yeux et tu attends.

Tu m'attends.

En écrivant ce mot, il avait voulu répondre au reproche que lui adressait Juliette, de « ne pas savoir jouer de la dimension rituelle de l'amour ». Comme elle se refusait obstinément à prendre une clé de chez lui — redoutant à raison qu'il lui demande la réciproque —, il en avait glissé une dans l'enveloppe, en se félicitant de ce coup double.

Conformément à son plan, le lendemain du jour où il avait envoyé la lettre, il avait attendu au comptoir du Nadeau, de midi à midi dix, incapable d'avaler le café commandé, incapable de comprendre un traître mot de ce qui se disait autour de lui, incapable de fixer son attention sur autre chose que l'interminable défilé des secondes au ralenti. Puis il était monté chez lui, la paume humide, le cœur chevrotant, et bandant si fort qu'il avait eu peur que Mme Margot, qu'il croisa, le remarquât.

Juliette n'était pas là. A une heure moins le quart, on avait sonné à la porte. C'était elle.

Elle était entrée comme si de rien n'était. Sur sa demande, il lui avait fait un café, et il commençait à se persuader qu'elle n'avait pas encore reçu le billet quand elle le tira de son sac à dos, ainsi que la clé.

— Franchement, c'est d'une banalité ! avait-elle dit, pour tout commentaire.

Puis elle avait posé lettre et clé sur la table, et parlé d'autre chose.

En y repensant aujourd'hui, Léon riait, s'attendrissait, se sentait sot. D'un mouvement brusque, il fourra tous les papiers dans le sac et leva les yeux sur la pendule du bar. Dix heures. Soudain, il n'en pouvait plus d'impatience. Il allait prendre un taxi et attendre l'ouverture du Trou noir... Il se frappa le front. Steph, le patron, était toujours là une heure avant l'ouverture, pour préparer la salle. Une ou deux fois, il avait ouvert pour eux avec dix ou quinze minutes d'avance, parce qu'il en pinçait pour Juliette. A tous les coups, elle était déjà là-bas, en train d'aider Steph à disposer les chaises ! Et lui qui perdait son temps à traîner dans ce quartier pourri, à tourner autour de la rue de la Cloche, comme s'il ne pouvait pas s'en décoller !

Sur le trottoir, il héla un taxi et une demi-heure plus tard, Steph, la mine décomposée, lui expliquait que trois flics venaient d'embarquer Juliette.

— Deux grands baraqués et un plus petit, avec un nœud

papillon et l’épaule dans le plâtre, expliqua le bougnat. Juliette avait un gros dossier sous le bras, elle a essayé de me le refiler, mais les flics l’ont vue faire, et ils l’ont pris. Depuis hier onze heures, elle n’avait pas décollé. Elle m’avait même persuadé de la laisser dormir là, tu te rends compte ? Elle me disait qu’elle était sûre que tu allais venir. Elle t’attendait.

9

Véloce et pointu comme le stylet d'un graveur, le sabot de la gazelle s'enfonçait dans les cristaux, soulevant une poussière irisée qui s'accrochait aux poils de ses pattes, salant son poitrail dégoulinant de sueur et jusqu'à la mousse au bord de ses lèvres. Son haleine courte annonçait la fin. A quelques foulées derrière elle, le saluki maintenait son allure sans effort, silhouette effilée dont le pelage blanc se distinguait à peine sur la surface du lac de sel. Ses yeux en amande et cernés de noir comme d'un trait de khôl fixaient sans faiblir l'arrière-train de la belle proie. Tout à coup, la gazelle vira vers l'Ouest, vers le soleil qui, avant de disparaître, mettait de délicats reflets de sang sur le Dasht-e-Kavir.

Le corps du saluki parut se dérouler, ses pattes s'étirer et sa vitesse augmenta encore, sa trajectoire en diagonale menaçant la gazelle. Tandis que, dans un grand froissement, une bande de tourterelles s'envolait à son approche, le chien voyait déjà l'instant où la bête tomberait épuisée, ses jambes tout à coup cassées en deux dans un angle grotesque, l'instant où il plongerait son regard dans les yeux aux longs cils, l'instant où la vie les quitterait dans une larme, l'instant où son maître surviendrait pour trancher la carotide de la bête...

— Blanc-blanc ! Enfin ! Laisse ces pigeons tranquilles !

Le saluki sentit la main de son maître qui se glissait derrière son collier. Son museau pointu se détourna du ciel vers le sol, vers les pavés froids et glissants. N'ayant pas même couru assez pour haleter, comment aurait-il pu tuer d'épuisement une gazelle ? Avec le claquement du mousqueton de la laisse dans l'anneau du collier, s'effaça l'odeur de peur et de mort de la bête à l'agonie dans le grand désert salé.

— Il est comme nous, il a besoin d'exercice, expliqua le bedonnant agent immobilier à la vieille dame qui répandait du riz au sol pour les pigeons.

Sans répondre, sans le regarder, elle replongea la main dans un grand sac en plastique d'où elle tira une nouvelle poignée de riz. L'agent immobilier poursuivit sa route en traînant derrière lui le chien que ses maîtres persans tenaient en si haute estime qu'ils le recevaient à leur table et partageaient leur couche avec lui. Un homme en pardessus, le visage défait, débouchait de l'escalier de la rue Orfila.

Léon s'écarta pour laisser le type et son espèce de lévrier entamer la descente des degrés. Puis il se tourna vers la rue Westermann, qui longeait son immeuble, et considéra la perspective que Juliette trouvait si pittoresque, avec le lampadaire au bout, l'entrelac des arbres, et au fond, sur le côteau de la rue G. Guy, la vieille maison avec l'inscription en lettres d'un mètre au premier étage : « INFIRMIERE SOINS PIQURES ». Il chancela. Depuis qu'il avait quitté le Trou noir, il s'était arrêté dans une bonne douzaine de bistrots, et maintenant qu'il était tout à fait ivre, il n'avait plus qu'une hâte : reprendre là où le SAMU l'avait interrompu.

Les braves gens qui s'étaient succédé chez lui pour fouiller, fouiner, foutre en l'air, n'avaient certainement pas pris la peine de jeter son arme suprême. Petits cachets bleu de nuit, gellules vitreuses, pastilles blanches et lisses comme un sol de morgue, sirop au relent de cadavre. Divin cocktail, molotove-moi, calcine-moi puisque Juliette m'attendait, et que je ne suis pas venu !

— M. Jaquet !

Léon sursauta, regarda autour de lui. Qui l'appelait ? Il n'y avait que cette petite vieille autour de laquelle les pigeons revenus se bousculaient. Les gras oiseaux se dandinaient, pressant avec ardeur les uns contre les autres, comme s'ils jouissaient de cette écœurante promiscuité, leurs plumages de suie, leurs cous pelés, leurs pattes grisâtres, plongeant leurs becs crasseux et craquelés vers la pitance à terre, leur troupe aux pieds de la femme grossissant comme une tumeur. crevant tout à coup dans des envols brefs nimbés d'une poussière malsaine de duvet, puis se collant de nouveau à l'ordure nourricière du pavé, pendus aux basques et aux poings de quiconque les gave, voraces rats volants.

— M. Jaquet !

Ah ça ! Il entendait de nouveau des voix ? Il était saoul à ce point ? On avait trop longtemps joué au flipper avec son esprit. Il avait perdu la boule. D'ailleurs, il lui semblait que le visage de la femme se transformait. A la regarder de plus près, elle n'était pas si vieille.

— M. Jaquet !

Pas de doute, c'était elle qui lui parlait. Mais les sons passaient ses lèvres sans les faire bouger et ses yeux étaient ailleurs.

— Ne dites rien. Ne vous tournez pas vers moi. C'est très important. C'est très grave. Mettez-vous devant le grillage, comme si vous regardiez le jardin.

Léon obéit. La voix reprit, une voix qui donnait l'impression d'être *recroquevillée.*

— Depuis ce matin, je suis là, je traîne dans les parages en espérant vous trouver. Heureusement que je vous ai vu une fois, à un cocktail, aux Presses. Je suis Mme Papiénon. Mon mari est mort. Je pense qu'il a été tué. Il savait qu'il serait tué, mais il n'a rien dit, pour nous protéger, les enfants et moi. C'est à propos de *Death Job.* Antoine s'est souvenu qu'il avait reçu un additif cet été. Il m'a demandé de vous le transmettre, mais il a insisté pour que je le fasse sans me faire remarquer de quiconque. Voilà. L'additif est dans le sac de riz. Je vais le poser et m'en aller. Je ne veux plus rien avoir à faire avec tout ça. N'essayez pas de me recontacter. Pour moi, tout ça, c'est fini.

La dernière phrase avait été prononcée si bas que Léon dut la deviner à moitié. La femme vieillie posa le sac autour duquel les oiseaux s'agglutinèrent et elle s'en fut à pas pressés. Léon tomba à bras raccourcis sur la bande de pigeons, shootant, giflant, boxant, avec des gestes excessifs d'ivrogne, et levant encore le poing longtemps après que le dernier volatile se fut replié sur une corniche crottée.

Chez lui, il feuilleta les pages auxquelles des grains de riz collaient encore.

Léon comprenait enfin. Il savait qui avait voulu à tout prix récupérer le manuscrit. Qui, pour cela lui avait envoyé les trois tueurs au garage d'Ivry. Qui manipulait aussi sans doute les yakusas, et Ferrat : c'était simplement quelqu'un qui voulait récupérer son bien.

Comme il s'en était douté, *Death Job* ne traitait qu'incidement de la pyramide enterrée du Père-Lachaise. Le boulot de mort s'étendait bien au-delà du XXe arrondissement, jusqu'aux sables du désert, où des centaines de milliers de gens étaient morts, où d'autres centaines de milliers devaient mourir, et un nombre au moins égal regretter de n'être pas morts.

Luttant contre l'emprise des whiskies-calvas avalés depuis sa sortie du Trou noir, Léon dressait son plan de bataille. Le suicide était repoussé à une date ultérieure. Avant de partir à l'assaut, dans son cerveau alcoolisé, il conçut le dessein d'un geste crâne. Qu'aurait fait l'inspecteur Harry au moment de tenter, seul, la délivrance d'une blonde aux mains de voyous psychopathes du Bronx ? Bon, ce n'est pas mon registre. Adaptons nos ambitions à nos moyens. Moi, je vais m'occuper de mon courrier en retard.

Il se baissa, fouillant du regard le sol jonché de papiers piétinés. Ça tanguait vraiment. Mieux valait se mettre à quatre pattes. Ainsi se retrouva-t-il le nez contre le carnet sur lequel l'homme rangé et organisé qu'il avait été inscrivait les noms et les numéros de téléphone des restaurants et des établissements de boisson où il avait ses habitudes. Le carnet était resté comme Ferrat l'avait laissé, à la page Trou noir. Le flic, avec son esprit chafouin, avait compris plus vite que lui, avec son grand cœur débordant d'amour. Léon s'assit à terre et s'adossa au mur pour pleurer à son aise et savourer bien à fond son ignominie.

Puis, sous quelques feuillets des *Conseils de beauté de Lady Di*, il dénicha trois enveloppes. Sur la première, il inscrivit l'adresse de la Société de sécurité Emile Krachevski. Sur la seconde, celle de Marie. Et sur la troisième, celle de Juliette.

Dans l'enveloppe de K., il glissa le mot indiquant où trouver la bolleadora manquante. A l'intention de la jolie squatteuse, il écrivit : « Pardon pour le rendez-vous manqué. Il y en aura d'autres. ». Pour Juliette, il se contenta d'inscrire : « Deuxième et dernière tentative », en haut de la copie qu'elle lui avait déjà rendue une fois, et d'envelopper un double de la clé dans la feuille. Si, par un bonheur inespéré, il réussissait ce qu'il allait tenter, il aurait peut-être une chance de la revoir. Autant repartir du bon pas.

Il mit les lettres dans les enveloppes et se redressa, content de lui. Le dossier sous un bras, les lettres à la main, il sortit et buta contre Jeannot. Le garçon avait repris son poste sur le palier.

— Tiens, t'es là toi ? dit-il. T'es gonflé ! Les flics te cherchent, il paraît. Eh ! Mais t'es rébou ! ajouta-t-il en détournant le nez.

— Tu donneras ça à Marie de ma part, articula Léon en tendant l'enveloppe portant le prénom de la jeune fille.

— D'ac. Mais tu devrais rester, va y avoir du sport. Les huissiers sont passés. Comme on les a jetés, Gaetano et ses sbires ne vont pas tarder à rappliquer. Marie est allée chercher les copains. Tu peux l'attendre chez nous.

Léon déclina l'invite.

Devant l'immeuble, Jacob, une casquette de base-ball sur le crâne, brandissait sous les yeux étonnés de Mme Margot et d'Ali un petit objet métallique.

— Un pin's, ça s'appelle ! Il y a des gens qui en font la collection ! Vous verrez, ça aura autant de valeur qu'un tableau ! prophétisait-t-il. Un pin's ! Rappelez-vous...

Il se tut en apercevant Léon. Quelques heures plus tôt, celui-ci se serait irrité du salut silencieux et inquiet de ses voisins, mais il n'y prit pas garde et poursuivit sa marche vacillante.

Rue de la Bidassoa, il posta ses lettres — il eut un peu de mal à trouver la fente — et se dirigea vers une Dauphine garée au coin de la rue Villiers-de-l'Isle-Adam. Pas une pièce de collection bichonnée, mais une authentique guimbarde dont la carrosserie avait beaucoup souffert : sa voiture. Il s'installa au volant, démarra. Le moteur rugit, fit entendre un bruit métallique puis se tut. Le traducteur recommença trois fois, le pot d'échappement pétarada, et le véhicule commença à rouler.

Il y avait toujours un bruit métallique.

En montant à l'attaque du plus important complexe militaro-industriel d'Europe, Léon voyait double.

Quand la limousine de Caumont eut disparu au virage suivant, Emile K. se tourna vers Charles :

— Le chauffeur ? demanda-t-il.

— Il est à l'arrière de la bagnole.

— Bon, fit le privé en prenant la mallette des mains de son assistant, on rentre.

Ils se dirigèrent vers une camionnette taguée, garée à l'entrée d'une allée barrée du bois. Charles ouvrit côté chauffeur. En se hissant à l'intérieur, son regard accrocha une masse glissée sous le siège.

— Qu'est-ce que c'est que cette merde ? grogna-t-il en tirant à lui un paquet. Non, c'est pas vrai ! gémit-il. Encore un sac d'ordures ramassées par Anne ! Va savoir depuis combien de temps, y'a ces bordilles là-dessous ! Regardez-moi ça !

Il ouvrit le paquet, fouilla du bout des doigts :

— Un ballon juste un peu dégonflé, une bible, un dictionnaire polonais-français avec presque toutes ses pages, une pédale, des emballages de macdos quasi neufs, des sous-vêtements... Ah, vraiment, y'en a marre de ces manies de cloche. Chef, il faudra que vous lui disiez...

Mais Krachevski était plongé dans la lecture d'un carnet à spirales qu'il venait de tirer de la mallette de Caumont. Il lisait :

J'ai visionné hier soir une nouvelle cassette envoyée par Mlle d'Arno, et consacrée à ses ébats avec le petit assistant qu'elle menaçait de renvoyer. En l'humiliant avant de se donner à lui, elle l'a mis dans un état de fureur érotique extraordinaire. Ce Krachevski a une imagination merveilleuse. En admirant les contorsions de Mlle d'Arno qui rugissait sous les coups de ceinture de son assistant, j'imaginais l'effet que ce spectacle aurait sur cette belle brute d'Emile K. Je le voyais extirpant de sa braguette de lourds appâts dont l'odeur...

— Quelque chose d'intéressant, capitaine ?

Emile K. referma brusquement le carnet et Charles le regarda d'un air bizarre. C'était bien la première fois qu'il lui semblait avoir vu rougir son chef.

Additif
(ou : Ceci n'est plus du roman)

J'ai adopté la forme romanesque pour parler d'un milieu que je connaissais bien : celui du commerce des armes. Mais je suis depuis peu en possession d'informations d'une telle gravité que le déguisement de la fiction ne serait plus convenable. Jusqu'à présent, j'ai surtout parlé des Etats-Unis. Il s'agit maintenant d'un de ses meilleurs alliés, qui hésite rarement à se poser en représentant universel des Droits de l'homme : la France.

L'implantation de la société française Thomtra-Spatiale en Irak est ancienne. Hélicoptères, missiles, matériels de télécommunication, cette société n'a pas cessé, depuis les années 70, de fournir les armes les plus modernes au dictateur de Bagdad, avec les encouragements des pouvoirs politiques successifs. Ce qu'on ignore à peu près généralement, c'est le volet chimique de cet engagement.

En 1981, Radio Bagdad, dont les puissants émetteurs avaient été fournis par Thomtra-Spatiale, annonçait que pour « ceux que Dieu n'aurait jamais dû créer : les Perses, les juifs et les mouches (…) il existait désormais un insecticide ». Au même moment, une usine nouvellement construite près de la ville de Suwaira, à trente kilomètres au sud de Bagdad, commençait à produire des gaz neurotoxiques. Ses laboratoires avaient été bâtis par la firme allemande Stahlssen. Mais ce fut une autre société qui fut chargée, en grand secret, de mettre en œuvre les programmes de recherche. Il s'agissait de l'European Chemicals, une compagnie possédée à 77 % par un holding qui a son siège au Panama mais qu'on peut, à travers une série de sociétés écrans basées au Luxembourg, aux îles Caïman et aux Bahamas, rattacher directement à Thomtra-Spatiale.

Le scandale ne s'arrête, hélas, pas là. A partir de l'invasion du Koweït, les dirigeants de l'usine de Suwaira ont été invités par Saddam Hussein à augmenter considérablement la production. Pour organiser cet effort de productivité, de nombreuses réunions ont été nécessaires. C'est le compte rendu de quelques-unes de celles-ci qui a été remis aux autorités militaires américaines par deux déserteurs de l'armée irakienne qui ont franchi les lignes dans la zone de Al Wafra, au sud-est de l'Irak, et qui ont été mis aussitôt au secret. J'ai cependant pu me procurer, auprès de sources proches des milieux du renseignement, des copies de ces comptes rendus. Il ressort de leur lecture qu'après le début du blocus, et alors qu'augmentaient les risques d'une guerre mettant aux prises l'Irak et une coalition de pays représentant la quasi-totalité de la planète, des techniciens d'European Chemicals participaient toujours activement à la production massive de gaz de combat qui menacent d'anéantir de la plus épouvantable façon des milliers, sinon des centaines de milliers de soldats occidentaux.

Pour goûter tout le sel de la chose, il convient d'avoir à l'esprit que la Thomtra-Spatiale n'a pas investi dans le seul secteur de la défense. Elle est très présente dans celui de la communication, puisqu'elle possède en France des participations majoritaires dans un groupe multimédias auquel appartiennent un quotidien, de nombreux hebdos, une chaîne de télévision, un réseau de distribution d'imprimés, et une des plus importantes maisons d'éditions du pays, les Presses de France, qui a de nombreuses filiales. M. Coutry, PDG de Thomtra-Spatiale est aussi PDG des Presses. Les auteurs et les journalistes de M. Coutry sont parmi les plus ardents défenseurs de l'intervention française dans le Golfe.

Je commente plus loin les documents qui donnent une idée du montage financier grâce auquel Thomtra-Spatiale, par l'intermédiaire du Crédit mondial, investit les bénéfices réalisés en Irak dans un grand projet monumental et immobilier de l'Est de Paris, le Nouveau Père-Lachaise. Ce faisant, la compagnie de M. Coutry réalise un beau doublé. D'une part, elle prend une place prépondérante dans une opération dont les profits s'annoncent juteux, d'autre part, elle lie encore plus étroitement ses intérêts à ceux de l'Etat français, dont le chef tient beaucoup, semble-t-il, à la réalisation de ce projet, qui devrait être le dernier des Grands Travaux. Est-ce pour cela que les dirigeants de Thomtra-Spatiale agissent comme s'ils étaient assurés de l'impunité ? Est-ce pour cela que rien dans leur attitude ne nous garantit qu'au 15 janvier, si la guerre éclate, tous les techniciens français auront quitté le sol irakien et cessé de participer à la production de ces gaz mortels qui menacent d'une mort ignominieuse les soldats de la France et des autres pays de la coalition ?

« Même bourré, je traduis pas mal », apprécia Léon en scrutant la page de signes sur l'écran. Comme il appuyait sur la touche « Impression » il aperçut la phrase *Ce fut une société... qui fut chargée...* et s'irrita : « J'aurais dû mettre " *qu'on chargea* " pour éviter la répétition de " *fut* ". Absurdement cette faiblesse lui parut de mauvais augure. Il avait agi jusque-là dans un état d'exaltation qui lui évitait de supputer ses chances réelles. A présent, son ivresse se dissipait, et son courage avec

Rue de la Cloche, en feuilletant le manuscrit de l'additif, il avait songé qu'il devrait négocier, et pour cela, qu'il lui fallait trouver le terrain où il se sentirait en position de force. Le « Remue-méninges » : l'idée lui avait paru aussitôt géniale, et indiscutable. Avec une détermination d'ivrogne, il avait donc décidé d'aller jusqu'à Boussy-Saint-Antoine, dans la banlieue sud, où Thomtra-Spatiale possédait une propriété comprenant trois bâtiments et un petit parc. Là, le vibrionnant patron de Thomtra-Spatiale et des Presses organisait des séminaires pour les responsables de ses sociétés. Analyses transactionnelles, jeux de rôles, psychodrames, marches sur le feu, tout était mis en œuvre pour débloquer la créativité, bousculer la hiérarchie, dénouer les conflits, découvrir de nouvelles solutions à la baisse des ventes d'armes en Afrique du Sud ou à l'éternelle crise du livre. Sous l'œil approbateur de Coutry, des gourous en complet trois-pièces combinaient la sociologie et la numérologie, ou bien le zen et l'analyse des marchés, ou encore le cri primal et la culture d'entreprise, pour mieux remplir ce programme annoncé en début de week-end à des participants enthousiastes : leur en faire baver.

Parfois aussi, il se tenait quelque séminaire plus classique, tel celui sur la traduction, qui avait réuni les dames patronnesses d'un syndicat, des torturés qui mettaient six mois à transposer un poème avant de sombrer dans un an de dépression, des fanatiques d'un seul auteur jamais remis de leur rencontre avec le créateur, d'intarissables théoriciens dont les travaux pratiques demeuraient inconnus et d'obscurs besogneux comme Léon. Echauffé par un excellent repas, ce dernier avait démoli les traductions de la collection Asphalte dirigée par Papiénon, et le PDG l'avait écouté avec intérêt. Papiénon ne lui en avait d'ailleurs pas tenu rigueur, puisqu'il savait qu'il ne sortait jamais rien de ces réunions, dont la principale raison d'être était de divertir Coutry, qui détestait les week-ends, ces moments où il n'avait plus d'employés.

Léon prit les deux feuillets sortis de l'imprimante et les relut. Cela suffirait. Il se dirigea vers la télécopieuse, écrivit à la main en haut des pages « Pour Coutry, urgent, personnel ». Et maintenant ? Il n'avait pas hésité à braquer l'unique gardien avec le revolver à boules de gomme. Il l'avait attaché à un radiateur dans son pavillon à l'entrée du domaine, était monté directement au premier étage du bâtiment principal, avait allumé l'un des ordinateurs de la salle de Concrétisation et s'était tranquillement mis au boulot. Tout cela, il l'avait accompli sur son élan, quand il avait encore de 1,5 à 3 grammes d'alcool dans le sang, les automatismes du labeur lui garantissant ensuite une prolongation de son assurance. Mais maintenant, au bord du Rubicon, il le trouvait bien large.

Ce qui ne l'empêcha pas de le franchir. Il composa le numéro du fax personnel du bureau de Coutry — c'était l'un des jours où il était présent aux Presses —, et mit les feuillets en place pour l'expédition. Quand la machine commença d'avaler le papier, il se laissa tomber dans un fauteuil, près du téléphone.

Après tout, le lieu n'était pas si mal choisi. Il disposait d'un certain nombre de facilités et présentait l'avantage d'être situé sur le territoire de Coutry, ce qui ne manquerait pas de le déconcerter et de l'inquiéter. Léon essaya d'imaginer la tête du PDG en train de découvrir le contenu du fax et de lire le numéro de son correspondant, mais n'y parvint pas. En vérité, les traits du grand patron n'étaient pas très précis dans son esprit. Sa photo était assez souvent publiée dans la rubrique « Ça marche pour eux », mais son visage était à ce point dépourvu de signes distinctifs que le regard glissait sur lui sans rien récolter pour la mémoire.

Téléphone.

Léon se racla la gorge, décrocha et ne dit mot. Il y eut une seconde de silence peuplée de respirations, puis :

— Jaquet ? dit la voix du chef.

— Ah ! fit Léon. M. Coutry, j'espère que vous êtes content. J'ai remis la main sur le manuscrit. J'ai commencé à traduire l'additif, c'est passionnant, n'est-ce pas ?

— On peut savoir où vous voulez en venir ?

Le ton était neutre.

— Oh, j'espère que vous n'êtes pas fâché de ce que je me sois invité au Remue-méninges. Mais j'ai pensé que nous n'avions perdu que trop de temps. Comme vous disposez ici d'une batterie de fax, je vais pouvoir envoyer des bonnes feuilles en même temps à un grand nombre de journaux. Je vais faire fonctionner la photocopieuse aussi, puisqu'il y a des documents en français, à la fin de l'additif. Tout cela va passionner la presse. Bien sûr, je vais éviter les envois aux périodiques que vous contrôlez. Question de déontologie, n'est-ce pas ? Mais pour une fois, vos concurrents seront bien obligés de parler d'un de vos livres. Surtout que, tenez-vous bien, j'ai eu une idée dont je suis assez fier. Je ne vais pas envoyer tout de suite ma traduction, non. Je vais faxer les documents bruts qui se trouvent à la fin de l'additif, les comptes rendus de réunion de l'usine de Saiwan, ainsi que les pièces financières concernant le Nouveau Père-Lachaise et sa fabuleuse pyramide qui recycle l'argent des gaz neurotoxiques ! Vous vous rendez compte de la sensation que ça va faire dans les rédactions ? En voyant l'origine du fax, on va penser qu'un de vos employés a décidé de jouer les « gorges profondes » ! On ne peut pas rêver meilleur lancement pour *Death Job*. C'est cent mille exemplaires assurés la première semaine !

— Je vous répète la question, dit Coutry. Où voulez-vous en venir ? Je ne dispose pas de beaucoup de temps pour régler cette affaire... et vous non plus d'ailleurs, ajouta-t-il, glacial.

Léon fit un effort pour garder un ton enjoué.

— Oh ! fit-il. Peut-être avez-vous changé d'avis à propos de la publication de ce livre ? Le regretté M. Papiénon m'avait laissé entendre quelque chose de ce genre. Mais alors, je me charge d'assurer la promotion du bouquin auprès de vos concurrents. Toutes les grandes maisons d'édition parisienne vont se battre pour vous racheter *Death Job*. Le fax va chauffer ! Vous pouvez compter sur moi pour faire monter les enchères ! On ne démarre pas à moins d'un million, d'accord ?

— C'est votre prix ?

On y était. Il était ferré. Mais ce n'était pas encore le moment de tourner le moulinet. Léon garda le silence. La technique qui avait réussi avec un clodo pouvait aussi bien fonctionner avec un marchand de canons.

— Vous pouvez parler, dit Coutry. Cette ligne est sûre. Je ne suis pas pour rien PDG d'une entreprise qui vend du matériel de télécommunication.

Léon se tut encore quelques secondes. Il ouvrait la bouche pour parler enfin quand Coutry explosa :

— Ecoutez, si vous voulez traiter avec moi, il faut que je comprenne. Quand vous avez refusé de rendre le manuscrit, quand vous avez, heu, éliminé le type que nos concurrents de la B3I avaient mis à vos trousses pour mettre la main sur le manuscrit, votre attitude était cohérente. Tout le monde a compris que vous vouliez monnayer la restitution de *Death Job*. C'est vrai que vous m'avez surpris. Je n'imaginais pas qu'un petit traducteur pouvait avoir autant de ressources. Beaucoup de monde s'est agité, mais personne n'a réussi à vous coincer, vous et votre amie. La pseudo-tentative de suicide, en particulier, nous a beaucoup impressionnés. C'était bien joué, pour essayer de vous retrouver dans un établissement public, à l'abri des pressions de la police et des services spéciaux. Et même après, quand nous avons réussi à vous faire transporter dans une clinique où nous avons des amis, vous avez fini par découvrir le micro que nous vous avions implanté, alors que ce système est encore au stade expérimental... Vous êtes fort, c'est entendu, et je suis toujours prêt à discuter avec les forts. Mais maintenant, je ne comprends plus. A quoi riment ces menaces, cette dramatisation inutile ?

Léon ne dit rien. Il essayait de donner un sens à ce qu'il entendait. Coutry reprit :

— Si vous espérez faire monter les enchères en jouant de la concurrence entre nous et Robertini, vous faites fausse route. Nous avons trouvé au Japon des partenaires capables de ramener les financiers nippons de la B3I à de meilleurs sentiments. Ces partenaires nous ont même prêté l'équipe d'intervention à laquelle vous avez eu affaire. Une équipe dont plusieurs éléments sont encore disponibles, et avides de revanche, soit dit en passant... Donc, l'Institut sociopolitique et la B3I sont tout à fait hors du coup et Krachevski n'a pas les moyens financiers de renchérir. Vous avez une grosse pièce à vendre, mais un seul acheteur possible : moi. Alors, dites-moi votre prix, on verra si on peut discuter.

Léon commençait à s'affoler. Il y avait quelque chose qui ne cadrait pas. Coutry semblait ignorer que Juliette avait été interceptée. A moins qu'il ne joue la comédie pour le faire craquer ? Si c'était le cas, c'était réussi :

— Je veux Juliette ! cria-t-il.

— Qui ? Juliette ? Votre amie ? Mais enfin...

Il était sincère. Léon lutta contre la sensation d'égarement.

— Ecoutez-moi, dit-il. Juliette a été arrêtée ce matin par Ferrat. Elle avait un exemplaire du manuscrit. Mais j'en ai bien sûr une copie, puisque nous avons travaillé à deux sur *Death Job*. Je ne veux pas... je ne veux plus, rectifia-t-il en se rappelant quel personnage il devait jouer, je ne veux plus d'argent. Les services ont Juliette, j'ai le manuscrit. Alors, je dis pouce. Je ne suis pas fait pour ces barbouzeries. Tout ce que je demande, c'est que vous fassiez libérer Juliette, et qu'on nous foute la paix, à tous les deux. Vos magouilles sanglantes ne m'intéressent pas. Je n'avais pas besoin de lire *Death Job* pour savoir que la prétention à moraliser le commerce des armes est une dégoûtante hyprocrisie.

— Oh, fit Coutry, vous avez tort de penser cela. Pourquoi croyez-vous que Saddam Hussein ait tout à coup accepté de libérer tous les otages occidentaux ? Personne ne s'est demandé s'il y avait une contrepartie ! Vous n'avez aucune idée du rôle des armes dans le monde moderne. La menace militaire, et même les opérations militaires ne sont que des éléments de marchandage. Aujourd'hui, personne ne cherche plus à anéantir totalement l'adversaire. Ce serait trop coûteux. Même pendant la guerre, la négociation continue.

Léon ne releva pas. Il posa son regard sur une pendule de bureau et reprit :

— J'ai traduit pour votre maison quelques bons thrillers, je sais comment on procède en pareil cas. J'ai donc pris mes précautions, j'ai confié un double de l'additif à un ami et s'il m'arrive quelque chose, il saura le communiquer à divers organes de presse, en particulier à l'étranger... Il est quatorze heures quinze. Si avant seize heures quinze, je n'ai pas vu Juliette, j'envoie les fax. Si, en revanche, on la relâche et si je constate de visu qu'elle est libre, nous retournerons tout simplement chez nous, Juliette et moi, et nous nous empresserons d'oublier cette malheureuse affaire. Et j'essairai de terminer dans les délais les *Conseils de beauté de Lady Di.*

« Tant que j'y suis, je pourrais exiger 120 francs la page », se dit Léon.

— Je vais me renseigner, annonça Coutry.

Et il raccrocha.

« Ah ben ça ! Qu'est-ce que j'ai dit qui n'allait pas ? s'interrogea Léon. »

Caumont coupa le son du magnétoscope et souleva le combiné.

— Oui ? fit-il sans quitter l'écran des yeux.

— C'est moi, dit une voix inquiète. Qu'est-ce qui se passe ?

— Ah ! Bonjour, M. Coutry, j'allais justement vous appeler, mentit le banquier. Mon interlocuteur des services spéciaux m'a fait part de nouveaux développements qui changent complètement les données de notre affaire. Un accord a été passé entre les deux parties, sur la conduite du conflit du Golfe. Les Américains ont accepté de ne plus considérer comme un des buts de la guerre l'élimination personnelle de Saddam, si celui-ci n'utilise pas l'arme chimique. Je pense que cet accord tiendra. D'autre part, l'usine de Suwaira a été bombardée et entièrement détruite. A notre niveau, l'élimination des traces est aussi commencée...

— Je sais...

— Ah ? Tiens ? Comment ça ? demanda Caumont distrait par un clin d'œil que Mlle d'Arno venait d'adresser à la caméra (dans sa position, c'était une performance).

— Il ne faut pas me prendre pour un imbécile, s'énerva Coutry. Si je n'ai pas été prévenu de l'interception de Juliette Palissy, c'est parce que certains ont bien l'intention de constituer un solide dossier sur moi, pour plus tard...

— Et si je vous disais que Juliette Palissy n'a pas été arrêtée, vous me croiriez ? marmonna Caumont.

L'assistant de Mlle d'Arno entrait dans le vif du sujet et il ne voulait rien perdre de l'expression pénétrée de la banquière.

— Non, je ne vous croirais pas, s'énerva Coutry. Je ne sais plus quel jeu vous jouez, Caumont, mais pour l'instant, je suis encore obligé de passer par vous...

Il laissa un blanc que Caumont ne remplit pas, occupé qu'il était à mater. Le PDG des Presses se décida à lâcher le morceau :

— Jaquet s'est introduit au Remue-méninges et menace de faxer les documents de l'additif dans toutes les rédactions de France et de Navarre. Il réclame simplement la libération de son amie et qu'on leur foute la paix. Il ne veut pas d'argent...

— Ah ! ricana Caumont. Voilà autre chose. Un type prêt à tuer pour conserver un moyen de chantage renoncerait tout d'un coup à en tirer profit ? Vous rêvez ! Quand il aura vérifié que son amie est dans la nature, qu'est-ce qui l'empêchera d'élever ses exigences ?

— Vous êtes vraiment sûr que c'est lui qui a tué Lucchini ?

Caumont fit entendre un claquement de langue agacé.

— Qui voulez-vous que ce soit ? Nous perdons du temps. Mon interlocuteur m'avait demandé de garder les Japonais en réserve pour l'heure du balayage final. Je crois qu'elle est arrivée. Nos sous-traitants ont reçu un renfort d'effectifs et sont impatients de prendre leur revanche...

— Mais il menace...

— Enfin ! explosa Caumont. Vous êtes dans la communication, non ? La communication, ça peut s'interrompre suivant les besoins de ceux qui la commandent. Faites-les déconnecter, ces putains de fax, et dans une heure, l'affaire sera réglée ! Des vigiles assermentés d'origine japonaise que vous aviez engagés pour surveiller une villa de votre entreprise à Boussy-Saint-Antoine vont y surprendre un type en flagrant délit de cambriolage, et ils l'abattront en légitime défense. Par la suite, on découvrira qu'il s'agissait d'un traducteur des Presses, un type dépressif, qui avait déjà fait une tentative de suicide...

— Mais il dit qu'il a confié un double du manuscrit à un ami.

— Premièrement, je suis sûr que c'est un bluff. Deuxièmement, même si c'est vrai, ça n'a pas d'importance. Cet ami mettra du temps à réagir, et quand il commencera à s'agiter, toutes les preuves auront disparu. La guerre sera terminée, ou sur le point de l'être. Vous savez mieux que personne que la dénonciation d'un scandale n'a de portée que dans les moments de crise, où nous maîtrisons mal les paramètres de la communication. Quand la crise sera finie, si par hasard cette affaire vient à la connaissance du public, ce sera sous la forme de rumeurs, de démentis, d'enquêtes, de contre-enquêtes, le tout si embrouillé que plus personne n'y comprendra goutte, et de toute façon, ce ne sera plus d'actualité...

Caumont saisit la télécommande. Il avait laissé passer sans en profiter pleinement, la scène où l'assistant utilisait le manche du martinet. Il fit un retour en arrière et un arrêt sur image : plan fixe sur une béance.

— Nous parlons trop, dit-il, occupez-vous des fax, je m'occupe de Jaquet. Mais attention, il ne faut pas qu'il s'aperçoive que les lignes sont coupées.

Il y eut un silence, puis d'une voix revenue à son habituelle neutralité, Coutry laissa tomber :

— Il y a un dernier détail, tout de même.

— Quoi encore ?

— Notre homme là-bas. Notre dernier technicien.

— Ah oui ! C'est ennuyeux, ça. Il ne faudrait pas...

— Je vais voir avec nos amis américains comment régler la chose, coupa Coutry, redevenu PDG.

En sortant des toilettes, Steph comprit tout de suite que le grand type au walkman était un faiseur d'embrouilles. A force d'abreuver une faune très diversifiée, le patron du Trou noir avait acquis une certaine perspicacité pour détecter les casse-pieds. Il tenta tout de même de garder la situation dans un cadre normal :

— C'est par là, dit-il en montrant les toilettes.

— Après vous, dit le type.

Au même instant, Steph aperçut derrière lui, dans l'étroit couloir menant à la salle, un autre personnage, un gaillard moustachu. Ça sentait l'agression. Autant ne pas perdre de temps. La matraque télescopique jaillit de sa poche, et aussitôt le tranchant d'une main lui cisailla le poignet, la matraque chut, et il fut propulsé à l'intérieur du chiotte. D'un coup de poing sec à l'estomac, l'homme au walkman le fit asseoir sur la lunette, et s'enferma avec lui. Le moustachu montait la garde à l'extérieur.

— Je n'ai rien contre toi, dit le type à Steph, mais je suis très pressé, il faut que tu parles, très vite.

Steph cracha et pendant qu'il reprenait son souffle, l'homme lui montra une carte barrée de tricolore, portant sa photo et l'en-tête du ministère de la Défense.

— C'est à propos de Léon ? gémit le bougnat. Mais j'ai déjà tout raconté à vos collègues.

— Quels collègues ?

— Vous êtes de la police, non ? Il y a trois de vos confrères de la brigade criminelle qui sont venus.

— Un avec un nœud papillon ?

— Oui, et une épaule dans le plâtre. Ils m'ont interrogé à propos de Juliette. Juliette Palissy...

— Alors ?

— Alors, allez leur demander, merde ! J'ai pas que ça à foutre, j'ai le bistrot à...

Il s'interrompit dans un gargouillis, la main de l'homme serrant sa gorge.

— Ecoute-moi, souffla l'homme. Eux, c'étaient des vrais flics. Moi, je suis un agent. Ce qu'on appelle une barbouze. Je n'ai pas de comptes à rendre, ni à la justice, ni au public. Juste à mon chef. Et mon chef est très pressé de comprendre. Alors ? Qu'est-ce que tu leur as raconté ?

Steph avait déjà vu des films sur la guerre des polices.

— La vérité, s'empressa-t-il de répondre dès que l'étreinte se fut relâchée. Juliette est venue hier après-midi. Elle attendait Léon et elle est restée jusqu'à la fermeture. Elle m'a convaincu de la laisser dormir là. Et ce matin, à dix heures, elle était encore là quand je suis venu préparer la salle. Elle m'a dit qu'elle n'espérait plus que Léon viendrait, et elle a filé. Vos collègues de la brigade criminelle sont arrivés une demi-heure après. Ils m'ont interrogé sur Juliette, je leur ai tout dit, ils étaient furieux.

Pour finir, le type au nœud papillon m'a prévenu que je risquais de sérieux ennuis pour recel de malfaiteur. Il m'a dit qu'il passerait l'éponge mais que si Léon venait, il fallait que je lui dise qu'ils avaient arrêté Juliette, et que je les prévienne aussitôt après. Léon a débarqué un quart d'heure plus tard. Ils n'imaginaient sûrement pas qu'il viendrait si vite. Sinon, ils auraient laissé quelqu'un en planque. En tout cas, je me suis conformé scrupuleusement à leurs instructions. C'est tout, je vous jure.

Le type le dévisagea un instant.

— C'est bon, dit-il, je te crois.

Il décrocha le walkman de sa ceinture, appuya sur un bouton, approcha l'appareil de la bouche du patron du Trou noir et ordonna :

— Répète ce que tu viens de me dire.

Steph s'exécuta. Quand ce fut fini, l'homme raccrocha l'appareil à sa ceinture et ouvrit la porte.

— Mais... merde ! Qui êtes-vous ? se récria Steph, reprenant courage. Vous ne m'avez même pas dit votre nom !

— Je m'appelle Ferrat, répondit Krachevski.

Charles sur les talons, il se précipita au-dehors et s'engouffra dans une Golf GTI.

— Anne a fait du beau boulot, dit-il en démarrant.

— Où on va ? s'enquit Charles.

— Rue de la Cloche. Il faut que je voie les voisins de Jaquet.

En arrivant place Martin-Nadaud, Emile K. entendit un bruit que son oreille d'ancien spécialiste du maintien de l'ordre reconnut aussitôt. C'était un cocktail molotov qui explosait.

Léon raccrocha et se leva. Pendant quelques minutes, il marcha de long en large dans la salle meublée de bureaux, de chaises pliantes et de tableaux noirs où les participants aux séminaires inscrivaient au terme du week-end les dix nouveaux commandements d'un bon vendeur de missiles ou les parts de marché à conquérir dans la presse enfantine. Il fit halte devant une fenêtre d'où il pouvait voir, au fond du parc à la française, une villa biscornue, avec fenêtres à meneaux, gargouilles et échauguettes. Léon n'ignorait pas que c'était dans ce mini-manoir médiéval construit à la fin du XIXe siècle que Coutry s'installait, pendant les quarante-huit ou les soixante-douze heures durant lesquelles ses employés remuaient leurs méninges.

Le traducteur resta quelques secondes à contempler cette maison, point central du dispositif panoptique grâce auquel le maître de céans pouvait suivre les activités créatives qui se déroulaient dans le parc. Puis il ramassa sa traduction et le dossier de l'additif avant de gagner le rez-de-chaussée, où se trouvait le standard. Il bascula la ligne téléphonique sur le manoir et retourna au pavillon de l'entrée. Croyant avoir affaire à un cambrioleur qui s'en irait dès que le pillage serait terminé, le gardien ligoté lui indiqua avec empressement où était la clé du manoir et comment débrancher le système d'alarme.

Le rez-de-chaussée était occupé par le hall et par un escalier monumental dont les degrés étaient encadrés de statues en plâtre des chevaliers de la Table ronde. Il aboutissait à une vaste mezzanine sur laquelle donnaient les portes de la bibliothèque, d'un bureau et d'un salon, reliés entre eux par des embrasures sans vantail, aux chambranles de marbre. En sous-sol, la cuisine, la chambre froide et la buanderie. Au premier étage, un couloir coupait en deux la maison, avec, à gauche la porte d'un autre grand salon, et à droite la chambre du maître et la salle de bains. Sous les combles, trois chambres d'amis, encombrées de livres dédicacés et de cadeaux de subordonnés.

C'était meublé confortable, sans plus. Visiblement, dans l'intimité, Coutry se souciait peu du décor. En dépit des meubles et des tapis coûteux, le salon principal évoquait même l'étudiant prolongé et pas très propre. Le bois des tables basses était marqué de brûlures de cigarettes et le grand fauteuil disposé près de la fenêtre, dans le recoin rond formé par une poivrière d'angle, luisait de fatigue. Léon s'assit, posa à ses pieds le manuscrit de l'additif et sentit dans son dos et sous ses fesses les creux laissés par le corps du patron. Il ne savait pas ce qui allait suivre, mais mieux valait attendre là. Au moins, il verrait venir.

Il avait en face de lui une large allée bordée de rosiers, qui partait du manoir et, après avoir enjambé un bassin ovale sur un pont de bois, se séparait au bout de cinq cents mètres en deux branches, dont l'une rejoignait le bâtiment principal, une ancienne ferme à colombages, et l'autre, le pavillon de l'entrée.

Léon savait que la façade arrière du manoir donnait sur l'Yerres, lilliputienne rivière, et qu'il y avait même un garage à bateau.

A présent, il ne restait plus qu'à attendre. Ou bien, d'ici peu, il verrait Juliette venir au bout de l'allée, ou bien...

« Lorsque nous eûmes passé le pont, les fantômes vinrent à notre rencontre... »

C'est dans *Nosferatu*, non ?

Léon attendit.

Au bout d'une demi-heure, n'y tenant plus, il se leva et, ouvrant un meuble au hasard, découvrit la cave à liqueurs, où ne figurait aucun alcool sec. Coutry n'aimait que les boissons sucrées. Le traducteur fit la grimace et referma la commode.

Pourquoi le PDG ne le rappelait-il pas ? Devait-il le relancer ? Ça le placerait en position de faiblesse. Si Coutry avait opté pour la manière forte, il le saurait bien assez tôt. Il fallait patienter. Léon s'approcha de la chaîne stéréo. Pavarotti, Keith Jarett, Jean-Michel Jarre, Prince, compilation du bicentenaire de Mozart : la musique de l'homme moderne, qui sait que le supermarché est un lieu culturel. En fouinant, Léon finit par trouver quelques compacts qui avaient son agrément. Puis il haussa les épaules et retourna s'asseoir, et attendre.

Le temps passa. Léon luttait vainement contre la certitude que c'était foutu. Rien ne s'était déroulé comme prévu.

Il fallait qu'il s'accroche, il restait une demi-heure, Coutry jouait avec ses nerfs.

A seize heures, Léon se leva, décidé à retourner dans la salle de Concrétisation pour préparer les fax. Au lieu de quoi, il s'arrêta devant la chaîne et mit « Les amants d'un jour » :

Moi j'essuie les verres au fond du café,
J'ai bien trop à faire pour pouvoir rêver
Et dans ce décor banal à pleurer,
C'est corps contre corps qu'on les a trouvés...

Quand le violon succéda au piano et que Piaf chanta : *On les a trouvés, se tenant par la main...*, Léon ouvrit le placard et en sortit la bouteille de liqueur à l'œuf.

C'était foutu, il ne verrait plus Juliette. Et s'il restait ici, il n'allait pas tarder à voir débarquer Ferrat ou les yakusas. Allait il se précipiter sur les fax pour dénoncer le scandale d'un marchand d'armes qui commerce avec les deux camps en guerre ? Ce serait ridicule. Tout le monde était au courant. Tout le monde s'en foutait. Les journaux étaient pleins d'articles rappelant que c'était l'Occident qui avait armé Saddam Hussein. Ah oui, certes, là, il s'agissait d'armes chimiques, et la production avait continué jusqu'à la veille de la guerre... Mais n'était-ce pas un peu ridicule, cette question de date ? Et mourir asphyxié, était-ce vraiment tellement plus horrible que crever écrabouillé sous les bombes ? A la vérité, il avait beau essayer très fort, il n'arrivait pas à se sentir concerné. Il n'avait jamais eu de vocation pour le rôle de Don Quichotte. Le monde lui avait toujours paru invivable, et seule la folie d'aimer méritait qu'on le supportât encore. Quand bien même il l'aurait purifiée de tous ses Coutry, la planète sans Juliette ne méritait pas de tourner (Léon avait toujours eu le chagrin grandiloquent. Au cas où ce serait une excuse, signalons qu'il était grandiloquent avec sincérité.)

Quand le compact de Piaf fut terminé, il fit passer cinq ou six fois la chanson nécrophage de Gainsbourg *Ex-fan des sixties*. Tandis que Jane B. énumérait la liste des défunts : *Disparus, Brian Jones, Jim Morrison, Eddie Cochran, Buddy Holly, Idem, Jimi Hendrix, Otis Redding, Janis Joplin, T. Rex Elvis...* il sirotait une liqueur de cacao couleur de deuil brunâtre. Pour les *Feuilles mortes* par Mouloudji, le vin de noix et ses arômes d'automne lui sembla s'imposer. Ensuite, il y eut les Beatles. La liqueur de whisky à la crème accompagnait bien les roucoulements de Paul dans *Michele*, tandis que le mousseux à la pêche baignait heureusement de sa couleur baba *Let it be* ou *Imagine*. Lorsqu'il en fut à *Yesterday*, qu'il se repassa huit fois, il macérait dans la mélancolie d'un verre de Cointreau, où tant d'oranges radieuses étaient venues mourir.

Puis Léon revint à Birkin, pour l'écouter chanter *a cappella*, au bord exquis de la brisure, *Avec le temps*.

Il tétait le Marsala au goulot quand il entendit les bolleadoras s'entrechoquer.

(Pas un instant, il n'avait envisagé de fuir. Juliette, il l'avait dans la peau : pas question de sauver la seconde sans la première. Ni très courageux, ni très intelligent, Léon n'avait, en dehors de sa capacité à transposer les mots des autres, aucun talent. C'était un homme sans qualité, hormis d'être amoureux : reconnaissons-lui la force de s'y tenir.)

— Encore vous, marmonna-t-il, avant même d'avoir vu Krachevski se pencher sur lui.

Le privé lui montra les deux boules reliées par une cordelette et, sans paraître prendre garde au spectacle qu'offrait Léon vautré sur le tapis parmi les bouteilles, il dit :

— Regardez ce que j'ai trouvé dans le véhicule des gros bras de Gaetano. Ils viennent d'essuyer une deuxième et cuisante défaite contre les squatters de la rue de la Cloche. Il faut dire que les casques bleus du commissariat sont intervenus pour défendre les occupants illégitimes. C'est à se demander si les autorités ne font pas exprès de laisser pourrir le coin pour décourager les autres locataires.

Emile K. se laissa tomber sur un divan. Léon essaya de s'asseoir, et se recoucha bien vite.

— Comment vous m'avez trouvé ? articula-t-il tant bien que mal.

— Depuis votre départ du château de Transversales, vous avez été suivi par Anne, ma collaboratrice à moto.

Le traducteur se posa une main sur l'estomac, centre d'un anticyclone.

— Elle est douée, votre assistante. Où vous l'avez dénichée ?

— C'est une ancienne clocharde. Je l'ai rencontrée pas très loin de chez vous, au crématorium. Avec moi, elle était la seule qui assistait à l'incinération des corps d'un jeune homme et d une jeune fille que j'avais connus dans une précédente affaire. Deux amants entrés dans le coma ensemble depuis un an (1). A la clinique où on les gardait, ils ont été débranchés par accident — un accident bizarre — et ils sont morts tout à fait... Je ne sais pas ce qui m'arrive, depuis quelques temps, je deviens bavard...

Krachevski s'interrompit. Léon dormait. Le privé se leva et entreprit de parcourir la maison. Au passage, il fouillait les

(1) Voir *Y*, premier tome de la trilogie d'Emile K.

tiroirs, et les remplissait d'objets qu'il laissait tomber dans un cabas trouvé à la cuisine. Cela lui prit une dizaine de minutes. Puis, dans la salle de bains la plus proche du salon, il alluma un radiateur électrique, disposa une peignoir de bain au-dessus et retourna auprès de Léon. Le traducteur se réveilla nu sous une douche froide.

Il cria. D'une main, Krachevski lui tordait un bras pour le maintenir sous le jet, de l'autre il ouvrait et fermait les robinets, alternant le brûlant et le glacé. Après cinq minutes de ce traitement, il se recula pour éviter le jet malodorant qui jaillissait de l'estomac de Léon et dit en montrant le peignoir :

— Séchez-vous et rejoignez-moi au salon.

Quand le traducteur, épuisé mais l'esprit à peu près clair, entra dans la pièce, Krachevski avait fini d'aligner sur la moquette les objets récoltés. Un paquet de coton, un flacon d'éther, un autre de mercurochrome, un carton plein de tubes de médicaments effervescents, du sparadrap, un pot de crème à la glycérine, du déboucheur d'évier, une bombe d'insecticide, des vieux journaux, une batterie, du fil électrique, un bidon d'essence, des pinces, des clous, de la ficelle, une feuille de carton, une scie à métaux, de l'engrais à gazon, une bombe de fixateur de vernis à ongles, trois bouteilles de Coca-Cola en verre...

— Anne vous a refilé le virus ? ricana Léon.

— Asseyez-vous, dit K. Et écoutez-moi.

Le traducteur se laissa tomber dans un fauteuil. Il n'était pas très sûr de pouvoir se relever, mais qu'importait ?

— La propriété est cernée par une douzaine d'hommes des services, annonça Krachevski. Je n'ai été autorisé à entrer que pour négocier votre reddition.

— Ah ! ah ! c'est la meilleure ! Pourquoi est-ce qu'ils ne viennent pas simplement me chercher ?

— Il paraît que vous avez déjà prouvé que vous étiez dangereux...

Le privé jeta un coup d'œil à sa montre.

— Dans vingt minutes, prévint-il, huit vigiles d'origine japonaise vont venir patrouiller dans la propriété...

— Alors, qu'est-ce que vous voulez ? demanda Léon d'un

ton las. Que j'aille me jeter dans les bras de Ferrat ? Eh ben, d'accord, allons-y...

Il s'était relevé un peu trop brusquement, et sa tête tournait.

— Rasseyez-vous et écoutez-moi, dit sèchement K. Nous avons peu de temps. C'est sur l'intervention de Coutry qu'on m'a laissé entrer. Dans son idée, je peux obtenir un règlement discret bien préférable à l'intervention bruyante des liquidateurs japonais. Mais en fait, si vous vous rendez, vous êtes foutu. Les types du service ne vous rateront pas. Moi non plus d'ailleurs. En me voyant arriver, ils étaient ravis à l'idée qu'ils allaient faire coup double. Voilà longtemps qu'ils ont envie de se débarrasser de moi. Ils ont vérifié que je n'étais pas armé, ils savent que les yakusas sont très motivés, et ils sont persuadés que vous ne vous rendrez pas... Ils adorent laisser faire le sale boulot aux autres...

— Mais... attendez... pourquoi, vous...

— Parce que je veux le manuscrit ! Si vous m'aviez fait confiance dès le début, nous n'en serions pas là. Vous l'avez ce manuscrit, oui ou non ?

Léon haussa les épaules :

— Oui, enfin, j'ai la partie la plus importante, je crois. Mais depuis peu... De toute façon, ils ont Juliette et cette conversation m'emmerde.

Il tendit la main vers la bouteille de Marsala.

— Laissez ça, dit Krachevski en lui tapant sur les doigts et, décrochant le walkman de sa ceinture, il lui tendit les écouteurs. Ecoutez plutôt.

Résigné, Léon se plaça les pastilles noires dans les oreilles et Emile K. appuya sur un bouton. Le traducteur entendit la voix du privé : « Répète ce que tu viens de me dire ». Puis ce fut une autre voix, qu'il mit un peu de temps à identifier comme celle de Steph : « Juliette est venue hier après-midi... ».

Quand ce fut fini, Krachevski lança :

— Voilà, vous avez compris ? Ferrat vous a bien manœuvré. S'il vous a relâché, c'est parce qu'il pensait qu'avec un émetteur dans l'oreille, vous le conduiriez à Juliette. Quand je vous ai grillé l'émetteur, ce sont les deux détenteurs du manuscrit à la fois qui lui échappaient. Avec un peu de baratin à un patron de bistrot, il a réussi à vous ramener où il voulait : à sa merci. Maintenant, nous avons assez perdu de temps…

Il jeta un coup d'œil à sa montre puis s'agenouilla devant le bric-à-brac posé devant lui :

— Il nous reste très peu de temps pour préparer une réception digne de nos amis Japonais. Vous allez m'aider. Commencez par vider à moitié chacune de ces bouteilles de Coca.

Léon obtempéra, la tête vide. Une fois de plus, il avait sous-estimé Juliette, et il s'était conduit comme un con. Mieux valait se faire prendre en charge. Quand il revint dans le salon, Emile K. avait ouvert une douzaine de tubes de comprimés effervescents et perçait au couteau les pastilles anti-humidités collées au bouchon.

— Nous avons de la chance, dit-il, que notre PDG ne soit pas hypocondriaque comme la plupart de ses confrères. Il y a de vieux tubes d'aspirine qui ont au moins quatre ans. Le produit qui m'intéresse ne se trouve plus dans les produits neufs, ajouta-t-il en versant le contenu des pastilles anti-humidité dans les bouteilles de Coca… Passez-moi les cartes à jouer. Vous ne vous êtes jamais demandé pourquoi elles s'usaient surtout au dos ? C'est parce qu'elles sont enduites d'un gel orienté. L'humidité des doigts sort des cartes par le dos.

Dans les bouteilles de Coca, le liquide bouillonnait. Il posa sur le goulot de chacune une carte avec la face vers le haut, attendit quelques instants, et mit une bouteille sur le flanc. La carte ne bougea pas, comme collée au goulot.

— Mettez-les au congélateur, ordonna-t-il.

Puis il entreprit de scier le fond de trois tubes d'aspirine et de planter de longs clous dans des bouchons.

— Vous avez encore le revolver à balles molles ? demanda-t-il quand Léon réapparut.

Celui-ci hocha la tête.

— Bien, gardez-le. Découpez des lanières de journal et aspergez-les de ce produit, là, le fixateur pour vernis à ongles.

Tout en parlant, il avait commencé à démonter la plaque d'amplification vidéo du téléviseur. Découvrant l'arrière du tube cathodique, il fixa un fil électrique sur la broche 4, et un autre sur la broche 11.

Puis, après quelques rapides explications, il laissa Léon monter l'ensemble du dispositif et descendit au garage.

Ils étaient encore en train de confectionner des explosifs avec le désherbant et le fixateur, quand Krachevski chuchota :

— Les voilà. Laissez tout tomber. En place.

Kenji s'arrêta au milieu du pont et ses hommes derrière lui firent halte. Il aimait les sentir dans son dos, bloc docile et sûr, vibrant d'énergie. Immédiatement derrière lui se tenaient les deux jeunes du quartier de Ginza, Kurii et Tachai, dit Petit Bœuf, qui s'étaient précipités sur les deux pistolets mitrailleurs que leur avaient proposés les Français. Kenji connaissait ces mini P.M. finlandais, si légers, si précis, et dont la conception ingénieuse empêchait le canon de se relever pendant le tir en rafale. Mais ce n'étaient que des jouets. Comme tous les Coréens, pensait Kenji avec condescendance, Kuri et Tachai confondaient la puissance avec les joujoux. Combien il préférait la calme indifférence avec laquelle Takagi, le gros forain, Masatoshi et Masako, deux frères au corps maigre et dur, Kazuo, le colporteur, et Yoshio, le joueur édenté, avaient pris leur arme, un pistolet SIG-Sauer P. 226 ou un revolver MR Special Police.

Pour pouvoir toucher cet arsenal, ils avaient dû enfiler de ridicules uniformes bleus et présenter leurs papiers. Kenji se serait volontiers passé de tout ce cérémonial. Au pays, ils utilisaient rarement les armes à feux. Et puis, ils étaient huit combattants contre deux hommes désarmés, dont un seul était un guerrier ! Mais c'était les ordres, et dès les premiers jours, quand il avait commencé en balayant la demeure de son oyabun et en servant le thé aux réunions des maîtres de l'Association amicale des entreprises d'Asie orientale, il avait compris que, bien avant de pénétrer les secrets de la manipulation des assemblées générales d'actionnaires ou de la distribution des concessions de machines à sous, il devrait apprendre à obéir. Cela lui avait d'ailleurs permis de conserver toutes ses phalanges.

Il reprit sa marche. C'était un des chefs de groupe les plus proches du patron de la fédération qui l'avait reçu, et il lui avait bien fait sentir l'importance de sa mission. Une première équipe avait perdu la face, il devait absolument réussir. Kenji venait de donner toute satisfaction dans une mission difficile, sur une bien plus grande échelle. A Nakhodka, en Extrême-Orient soviétique, et dans l'île Sakhaline, le trafic de voitures d'occasion japonaises par les marins-pêcheurs soviétiques, en pleine expansion, était menacé de péricliter, en raison du racket de la pègre locale et de la milice. Kenji avait su ramener les prétentions de ces amateurs à de plus justes proportions, et même obtenir un nouveau pourcentage pour le syndicat, qui tirait maintenant des bénéfices à la fois de la vente des voitures et de la surveillance de leur débarquement. Kenji espérait bien que cette intervention musclée serait la dernière épreuve avant qu'on le laisse enfin réaliser son rêve : faire des affaires.

Ils étaient arrivés à dix mètres du perron du castel médiéval. Kenji se tourna vers les deux Coréens et il allait leur faire signe de passer devant lui en avant-garde, quand son regard croisa celui de Kurii. Stupéfait, il chercha aussitôt celui de Tachai. Ils avaient la même lueur fiévreuse dans l'œil, et la pupille rétrécie. Incroyable ! Ces imbéciles avaient pris de la meth ! Ils avaient enfreint l'un des premiers commandements : vendre la drogue, ne jamais la consommer. Pour la phase délicate de l'entrée dans les lieux, il ne pouvait plus leur faire confiance. Ils le paieraient très cher. Mais plus tard.

— Changement, dit-il, j'entre, vous, ordonna-t-il aux Coréens, vous me couvrez. Les autres, en place.

Les hommes sortirent leurs armes de leurs étuis. Kazuo et Yoshio coururent le long de la façade pour gagner l'arrière de la maison. Masatoshi et Masoko, les deux frères, se placèrent de part et d'autre d'une fenêtre en ogive, qui se trouvait à gauche de l'entrée, à un mètre cinquante du sol. Le gros Takagi tira de sa ceinture un pied de biche et une tige métallique en L, avant de courir jusqu'à la porte. Kenji arriva sur ses talons, Kuri et Tachai à quelques pas derrière lui, le pistolet-mitrailleur Jatimatic brandi à hauteur de la tête. Dans le ciel, de gros nuages gris fuyaient. Pour tout bruit, le tapotis léger des pieds courant sur le sable.

Takagi s'accroupit devant le vantail orné de ferronneries et, à tâtons, trouva la serrure. Y glissa le bout de la tige qui portait une lentille et collant son œil contre l'extrémité de l'autre bras du L, il manœuvra l'engin.

Au bas du perron, Sig-Sauer à la main, Kenji suivait chacun de ses gestes.

— Personne en vue, souffla Takagi.

Kenji hocha la tête, et le gros forrain retira l'engin puis, posant la main sur la poignée, très doucement, tourna.

— C'est ouvert, chuchota-t-il.

Kenji bondit sur le perron, donna un coup de pied dans la porte et se rua à l'intérieur.

En voyant ce qu'on jetait sur lui, il rit.

Puis la bouteille de Coca-Cola explosa à ses pieds, lui arrachant la moitié des cuisses et le bas-ventre.

10

Tandis que le sang jaillissait des artères fémorales de Kenji, déjà mort par collapsus interne, Kuri et Tachai bondissaient par-dessus son corps en arrosant le hall. Les salves balayèrent le haut de l'escalier et le rebord de la rambarde de la mezzanine puis descendirent, décapitant la statue de Lancelot, explosant le bouclier du roi Arthur, déchiquetant la rampe, sciant les boiseries, trouant la porte qui conduisait au sous-sol. Hurlant, le visage convulsé, l'œil halluciné, le corps secoué de sursauts épileptiques, les deux Coréens passèrent le hall au hachoir frénétique de leurs Jatimatic. Cela ne dura qu'une dizaine de secondes, mais quand leurs quarante cartouches furent épuisées, le silence qui survint parut hors du temps. Puis, tandis qu'ils mettaient un nouveau chargeur, Petit Bœuf fixant la porte du sous-sol et Kuri surveillant la mezzanine, le premier jura et le second toussa.

A l'extérieur, plaqué contre le mur, le gros Takagi écoutait. Un seul échange de regard avec les deux frères avait suffi pour leur signifier qu'il prenait le commandement. Puisqu'ils y tenaient tant, on allait laisser ces deux fous à l'intérieur reconnaître le terrain. Il cria un ordre bref et les Coréens commencèrent à monter le grand escalier. Ensuite, faisant signe aux deux frères de le suivre, il franchit le seuil, pataugeant dans le sang de Kenji.

Sur la mezzanine, Kuri scrutait les trois portes alignées. Par signe, il invita Tachai à le couvrir et colla son oreille à la porte du milieu. Au moment où Takagi, après avoir posté Masatoshi près de la porte, s'élançait avec l'autre frère vers l'escalier, Tachai ouvrait le battant, et Kuri jetait un coup d'œil dans la pièce centrale. Couvert par Tachai, il bondit à l'intérieur de la bibliothèque. Il n'y avait personne en vue mais dans le salon voisin, la télé fonctionnait. Peut-être un moyen pour la proie de couvrir ses mouvements. Kuri passa d'un bond devant la porte sans vantail qui reliait les deux pièces. Du coin où il était posté, il n'apercevait qu'une partie du salon.

Tachai réfléchit. Sous l'effet des amphétamines et de l'explosion qui avait déchiqueté son chef, son corps frémissait de rage, un tic faisait trembler sa paupière droite, mais il avait usé une bonne quantité d'adrénaline lors du mitraillage de l'entrée, et maintenant son esprit était clair. D'un mouvement du PM, il montra la pièce au téléviseur à Tachai qui, aussitôt, ressortit, et se plaqua à côté de la porte du salon donnant sur la mezzanine. Sur un cri bref de Kuri, il ouvrit le battant à la volée. Risquant un œil, il ne vit rien que le téléviseur qui marchait et, comme Kuri apparaissait sur le seuil de la porte de la bibliothèque, il lui fit signe qu'il y allait. Il se campa en position fléchie, le pistolet tenu à bout de bras, posant ainsi le bout du pied sur une large feuille de carton dissimulée sous le tapis. Sous la pression, la feuille fit entrer en contact deux plaques métalliques qui, par l'intermédiaire des fils adéquats, envoyèrent 220 volts dans le tube à vide du téléviseur.

Le gros Takagi arrivait sur la mezzanine quand l'appareil implosa, le bruit le figeant un instant sur place. Aussitôt après, il y eut un hurlement hideux. Dans la fumée noire qui emplissait le salon et envahissait la bibliothèque, le forain n'aperçut d'abord qu'une silhouette agenouillée. Puis elle se tourna vers lui et, malgré les cils brûlés et la peau noircie, il reconnut le visage de Kuri souillé de projections rougeâtres, lambeaux du corps de son ami. Celui-ci l'avait protégé du plus fort de l'implosion. Takagi hurla des ordres et Kuri, se relevant d'un coup comme une lame détendue, se dirigea en vacillant vers la troisième pièce.

Après avoir jeté un coup d'œil sur l'enfilade de pièces vides, Takagi et Masako se précipitèrent à l'étage supérieur. La troisième pièce était le bureau, où le PM du Coréen déchiqueta les diplômes *honoris causa* et les graphiques au mur. Devant les débris de la télé et de Tachai mêlés, le divan brûlait toujours en dégageant une fumée toxique. Quand Kuri eut vidé son chargeur, Krachevski, au bord de l'asphyxie, sortit du placard du salon où il était resté dissimulé, entouré d'oreillers. Le Coréen engagea un nouveau chargeur dans le magasin et entendit tousser. Les yeux hors de la tête, il se rua vers le salon :

— Tachai ! sanglota-t-il, Petit Bœuf ! Tu n'es pas mort !

Comme il entrait dans la pièce, Emile K. lui ouvrit la gorge avec un couteau de cuisine.

A l'étage, Takagi et Masoko parcouraient le grand salon, la chambre et la salle de bains. Personne. Les Français devaient être réfugiés sous les combles. Ils y grimpèrent, toujours courant. Dans la première chambre, Masoko ouvrit un placard et un clou de huit centimètres se ficha dans sa pommette. Takagi ne s'attarda pas à examiner l'ingénieux système composé d'une bouteille remplie de comprimés effervescents mêlés d'un peu d'eau, et d'un tube enfoncé dans le goulot, dont le bouchon clouté était relié à la porte du placard par une vulgaire ficelle. Takagi tenta d'arracher le clou de l'os de son ami qui poussa un glapissement animal et se recula. Le forain le regarda s'effondrer puis il lui tourna le dos et sortit dans le couloir.

Là, une rafale de PM le cueillit en pleine poitrine.

Au bout du corridor, Krachevski, un genou à terre, braquant toujours le Japimatic, attendit. Des coups sourds résonnèrent dans la chambre d'où était sorti le gros Japonais. Puis ce fut le silence. Au bout d'une minute, le privé se décida et progressant dos au mur, finit par arriver sur le côté de la porte entrouverte et put jeter un regard à l'intérieur. Pénétrant en diagonale, le clou avait touché le nerf optique. Rendu fou par la douleur, le yakusa s'était cogné si fort la tête contre le mur qu'il s'était assommé.

Pendant ce temps, Léon, n'en pouvant plus de s'interroger sur ce qui se passait, montait sur la pointe des pieds l'escalier du sous-sol et entrouvrait la porte donnant sur le hall. Posté en sentinelle, Masatoshi l'aperçut aussitôt et fit feu. La balle siffla devant le visage de Léon, qui sentit une humidité contre sa cuisse. Il dévala les marches et se replia dans la cuisine, où il prit une bouteille de Coca-Cola dans le freezer. Quand il se retourna, Masatoshi atterrissait au pied de l'escalier, après un bond en souplesse. Léon se colla au mur près de la porte. L'autre l'avait vu, et le traducteur entendait son souffle contenu se rapprocher à travers la buanderie.

En dépit du gant que Krachevski lui avait fait enfiler pour éviter que la bouteille ne colle, Léon sentait le froid du flacon pénétrer sa paume moite et monter dans son avant-bras. Il transpirait à grosses gouttes, la trouille lui donnait des vertiges et il aurait vraiment voulu ne pas être là. Pour se débarrasser de tous ces malaises à la fois, il lança la bouteille n'importe comment par l'embrasure de la porte, sans montrer sa tête.

Au bout d'une très longue seconde, il perçut le choc du verre sur le sol, un plop, un bruit de fontaine, et le rire du yakusa.

Alors Léon, poursuivant sur sa lancée, fit de nouveau n'importe quoi. Il s'avança tout bonnement sur le seuil, en tenant son revolver à balles Shock-Defense comme le shérif des vieux westerns quand il entre dans les saloons, ou comme l'usager du métro approchant son ticket de la fente du portillon automatique. Le Japonais fut si étonné qu'il hésita un très bref instant, pendant lequel Léon pressa la détente. Le disque mou s'écrasa à dix bons centimètres de Masatoshi qui tira à son tour.

« Alors, c'est comme ça qu'on meurt », pensa Léon, tandis qu'un bélier lui défonçait la poitrine.

En fait d'avion, cela ressemblait plutôt à ceux qu'on fabrique avec du papier dans les classes gentiment chahuteuses, où la mode n'est pas encore d'incendier la voiture du prof. Cet esprit gamin était décelable dans le nom mélodramatique qu'il portait : « Nighthawk », faucon de nuit, et dans l'écusson que son pilote portait à l'épaule : une Mort aux yeux rouges sur fond de ciel étoilé, avec l'inscription : « Grim Reapers », les Sinistres Faucheuses. Pour le reste, le F-117 A Nighthawk pouvait contenir dans sa soute jusqu'à 1,8 tonne de bombes, et il était promis à une grande notoriété sous le nom d'« avion furtif ».

Comme dans toutes les sorties de ce genre, les faucons nocturnes étaient deux. Mais pour cette mission-là, outre les deux senseurs infrarouges couplés avec le désignateur laser qui lui assuraient de ne jamais rater sa cible, chaque pilote disposait d'un appareil spécial, qui lui permettait de repérer une cible très particulière. Celle-ci était en effet mouvante, mais signalée par un émetteur que suivait à la trace un satellite en orbite géostationnaire au-dessus de l'océan Indien.

Vingt mille mètres environ au-dessous des deux F-117, le technicien se détendait en reprenant du *leblebi*, la soupe de pois chiches irakienne dont Sadun avait acheté deux portions avant de l'entraîner dans l'abri. Il avait fini par apprendre les noms de chacun des anges gardiens qui, depuis l'expérimentation sur un village kurde d'un produit amélioré par lui, se relayaient à son côté. Sadun était l'un des plus liants. Le fait qu'en entendant les sirènes, il l'ait spontanément entraîné dans cet énorme abri souterrain contenant des centaines de civils rassurait le technicien. Cela prouvait bien qu'ils le tenaient pour un des leurs.

Tandis que son regard errait sur les hommes qui discutaient en cercle, sur les familles silencieuses et les formes déjà endormies, la pointe de sa langue titillait le faux plombage contenant le micro-émetteur qu'il considérait comme son assurance tous risques. L'armée française n'aurait sûrement pas besoin d'effectuer un raid pour le délivrer, en se guidant sur l'émetteur.

Sadun lui sourit :

— Ici, nous sommes tranquilles. C'est un abri anti-atomique. Les murs ont trois mètres d'épaisseur.

Léon repoussa la tête d'Emile K.

— Qu'est-ce que vous fabriquez ? maugréa-t-il.

— Je vous faisais du bouche à bouche, expliqua le privé en se relevant. Vous étiez dans les pommes. Votre blouson de kevlar vous a sauvé, mais pour encaisser le traumatisme d'un coup de feu en pleine poitrine, il faut un certain entraînement. Ça va ?

Léon se relevait.

— Peut aller. Les tueurs ?

— Finis, dit le privé en montrant le cadavre de Masatoshi effondré sur la machine à laver. Je suis arrivé au moment où il allait vous achever. Les deux derniers, qui montaient la garde derrière, ont dû en avoir assez d'attendre, ou bien, en entendant le moteur du bateau qui ronflait, ils ont cru que nous allions nous enfuir. Ils ont ouvert les portes du garage, ce qui a déclenché une étincelle grâce à un petit dispositif très simple, et ils sont morts dans une boule de feu. Je venais d'abattre votre tueur quand j'ai entendu l'explosion.

— Comment vous avez fait ça ?

— Essence répandue à terre, plus moteur qui tourne un moment, plus étincelle : retenez la recette, pour le jour où vous voudrez vraiment en finir. Heureusement que je suis arrivé tout de suite après avec l'extincteur, sinon, toute la maison grillait et vous avec. Où est le manuscrit ?

— C'est plutôt pour ça que vous étiez inquiet ! Dans le freezer, avec les bouteilles de Coca.

— Prenez-le, on s'en va.

— Et les barbouzes de Ferrat ? C'est avec quoi que vous comptez les attaquer ? Du Canada Dry ?

— Nous n'en aurons pas besoin. Venez.

En sortant sur le perron, Léon perçut une rumeur du côté de la rue.

— On va courir courbés, à couvert des haies, annonça Krachevski. La seule chose que nous ayons à craindre, c'est un tireur embusqué. Je vais vous expliquer en courant.

Léon suivit, serrant le manuscrit contre sa poitrine et, tandis qu'il s'essoufflait, il écoutait les propos du privé, et n'en croyait pas ses oreilles. Quand ils arrivèrent derrière le portail, la rumeur s'était transformée en slogans : « Coutry, salaud, le peuple aura ta peau » « Marchands de canons, allez crever au front ». Emile K. tira deux cagoules de la poche de son blouson, en tendit une à Léon. Quand ils les eurent enfilées, le privé saisit la poignée du portail, et demanda :

— Vous avez compris ? On y va ?

Léon hocha.

K. ouvrit le portail.

A quelques mètres de l'entrée, sur la droite, un mince cordon d'agents de police faisait face à deux cents manifestants, pour la plupart masqués et casqués, qui barraient la route. Au-dessus de leurs têtes flottait une banderole : « Coordination des ennemis de l'intérieur ». Au moment où Léon et le privé apparurent, une ovation s'éleva dans les rangs protestataires, tandis que des porteurs de caméras et de micros se précipitaient. Le traducteur s'avança, fit face aux objectifs et causa dans le poste.

— Je remercie la presse d'être venue à notre demande. Nous avons réussi à mettre la main sur des documents de première importance qui révèlent l'étendue de la complicité des marchands de canons français avec celui qu'on nous présente aujourd'hui comme le diable.

Léon brandit le manuscrit.

— Nous allons étudier ces pièces et nous vous les communiquerons le plus vite possible...

— Ces détonations qu'on a entendues, demanda quelqu'un, c'était quoi ?

— Et cette fumée ?

— Nous avons essuyé des coups de feu en voulant approcher de la villa réservée à l'usage privé de M. Coutry. Pendant que certains de ses employés étaient occupés à nous tirer dessus, d'autres brûlaient des papiers. Ils ont dû croire que nous étions vingt mille...

— Pourquoi êtes-vous masqués ?

— A votre avis ? Les autorités risquent d'avoir une conception étriquée de la légalité, alors que la légitimité de notre intervention ne devrait pas faire de doute, aux yeux de tous les démocrates.

Une camionnette était en train de forcer le barrage policier. Léon se tourna vers les manifestants :

— Coutry, salaud ! cria-t-il avec sincérité.

— Le peuple aura ta peau ! répondit le chœur.

Krachevski le tira par la manche.

— N'en faites pas trop.

Mais Léon s'excitait :

— Coutry, assassin hypocrite, on va le dénoncer, ton boulot de mort !

Le privé le poussa de force vers la camionnette que Charles conduisait. Ils grimpèrent à bord et le véhicule repartit en marche arrière, suivi par les caméras, les micros et leurs appendices humains. Au milieu de la foule enthousiaste qui s'ouvrait devant le fourgon, Léon crut saisir le regard de Marie derrière un foulard. Puis, il y eut un remous, et Léon la perdit de vue. Quelqu'un criait :

— Des civils ! On se les fait !

Des manifestants couraient vers une voiture garée un peu plus haut sur la route. Des pierres volèrent et, avant que la glace arrière ne s'étoile, Léon distingua l'expression furieuse de Ferrat. Puis la voiture démarra brutalement avant que le premier protestataire ne la rejoigne. La camionnette, à son tour, prit de la vitesse.

— Vous êtes gonflé, dit Léon comme ils croisaient des cars de gardes mobiles venant en sens inverse, vous avez envoyé ces petits gauchos contre des barbouzes, c'était risqué, non ?

— Pas du tout ! Ce que redoutent le plus les services, c'est de ne pas rester secrets. Avec des centaines de gens, et la presse dans les parages, ils étaient paralysés.

Fut-ce parce que Krachevski avait conservé des complicités à la caserne des Minimes toute proche ? Toujours est-il que, pour mener les négociations, il prit trois chambres au Pavillon de la reine, hôtel sis à côté de la place des Vosges. Léon le laissa passer des coups de fil, s'absenter, revenir, discuter par téléphone cellulaire avec « le général », dîner avec un certain Caumont, et même, sans doute, rencontrer Coutry dans un salon d'une brasserie de la place de la Bastille. Le traducteur restait étendu dans sa chambre, une main posée sur le manuscrit, une autre serrant le Special Police de Masatoshi. Par moments, il tremblait de manière incoercible comme quand, fiévreux, on s'est aventuré nu dans une chambre froide et qu'on retourne claquer des dents au chaud du lit. Parfois aussi, il riait.

Il se fit monter un casse-croûte de luxe et alluma la télé. Deux bombes, sans doute larguées par des avions furtifs, avaient détruit un abri souterrain, faisant des centaines de victimes civiles. Le commandement américain affirmait que c'était là une nouvelle preuve de la perfidie de Saddam Hussein : il avait rempli de civils un centre de commandement et de contrôle militaire. Pour protester contre la guerre du Golfe, des anarchistes avaient mené un coup de main contre une propriété de la Thomtra-Spatiale. Une villa avait été incendiée, sans doute par des cocktails Molotov. On ne donnait aucun extrait de l'interview des deux hommes masqués sortis de la propriété. Sans doute les rédactions, soucieuses de déontologie, tenaient-elles à en savoir davantage avant de laisser s'exprimer à l'antenne de si graves accusations. La télé eut son effet habituel et Léon s'endormit.

Quand il se réveilla, il était onze heures du matin. Pistolet et manuscrit avaient disparu. A la place, il y avait un billet : « Vous pouvez rentrer chez vous. Retour à la normale. Je vous contacte dans l'après-midi. Krachevski »

Il était midi cinq quand Léon mit la clé dans sa serrure, le cœur battant. Il avait beau se railler, ses réserves d'espoir étaient intarissables.

Une jupe, un collant et des bottines étaient posés sur une chaise. Le souffle coupé, il contourna son bureau pour approcher du lit.

En y voyant Marie, étendue sur le ventre, en admirant le bas de son corps, Léon comprit qu'il n'avait pas mis les lettres dans les bonnes enveloppes.

Comme chez les enfants qui jouent à cache-cache, les paupières de Marie se plissaient, tant elle fermait fort les yeux. A côté d'elle étaient posées les boules de geisha qu'elle avait dénichées dans le tiroir de Léon.

— Je te préviens, murmura-t-elle, j'ai pas l'habitude de ces trucs.

Léon s'agenouilla au pied du lit et, le regard sur les lèvres fragiles et nues, là-bas, au bout des cuisses, il lui caressa les chevilles.

On frappa à la porte trois heures plus tard. Tandis que Marie se précipitait sous la douche, Léon enfila un pantalon et alla ouvrir.

— Tiens, vous frappez avant d'entrer, maintenant ? dit-il à Krachevski. Vous voulez un café ?

— Volontiers.

Krachevski s'assit à la table du coin-cuisine et jeta un coup d'œil interrogateur vers la douche.

— C'est Marie, répondit Léon en plaçant le filtre en papier sur son support. Merde, où est le café ? Avec tous ces gens qui sont passés chez moi, je ne retrouve plus rien. Vous la connaissez, vous avez organisé la manif avec elle.

— Bien. Je suis venu vous dire que tout est réglé. Le manuscrit est en lieu sûr. Il a pris sa place dans ma collection de secrets. J'ai rencontré quelques hauts fonctionnaires, j'ai discuté avec Coutry, et nous sommes parvenus à un accord. Vous oubliez tout, et on vous laisse tranquilles, vous et Juliette.

— Aussi simple que ça, hein ?

— En effet.

— Et pour vous, vous n'avez rien obtenu ?

— Ça, ça me regarde.

— Comme si rien ne s'était passé ?

— Exactement. Sauf que vous devrez chercher un autre employeur que les Presses de France. Vous garderez l'avance des *Conseils de beauté de Lady Di* à titre de dédommagement.

— Alors, tous ces gens qui se sont battus, et ceux qui ont été flingués au passage, et qui n'en pouvaient mais... ils sont morts pour rien ?

En entendant sa question, Léon se sentit ridicule et Krachevski ne prit pas la peine de répondre. Marie sortit de la douche enveloppée d'une serviette. Elle sourit au privé.

— Vous êtes assis sur ma jupe.

— Pardon.

Il se leva, se planta devant la fenêtre, dos au jour. L'eau de la machine à café chuintait. Léon fixait sa tasse vide. Pas gênée, Marie ôta sa serviette et commença de s'habiller.

— Qu'est-ce que c'est que ces gueules d'enterrement ? lança la jeune fille.

Krachevski se tourna vers elle et la regarda faire, contemplant avec un naturel parfait ce corps jeune et charmant qui se couvrait. Puis il ramena son regard vers Léon :

— Toute cette histoire a commencé parce qu'on a cru que vous aviez tué Lucchini. Ce meurtre prouvait que vous aviez conscience du parti que vous pouviez tirer du manuscrit, et que vous étiez prêt à aller très loin pour vous défendre.

— Mais qui a tué Lucchini ? Et comment ? demanda Léon en remplissant les tasses.

— Hier, quand je suis revenu ici pour essayer d'organiser une manifestation de diversion aux abords du Remue-méninges, je suis tombé en pleine bataille rangée entre la demoiselle ici présente et ses amis, d'une part, et les vigiles de Gaetano de l'autre. Pendant que ce joli monde s'agitait, j'ai jeté un coup d'œil sur le véhicule des vigiles et j'ai trouvé des bolleadoras.

— Qu'est-ce que je disais ? s'exclama Marie. C'est Gaetano qui a flingué Lucchi.

— Comment ? demanda Léon. Comment a-t-il fait pour l'étrangler sous la planche, alors qu'Ali n'a vu personne d'autre que Lucchini s'y glisser ? Ali n'a aucun intérêt à raconter des histoires.

— Laissez-moi finir, dit Krachevski. J'ai eu une conversation un peu serrée, ce matin, avec Gaetano. Vous m'avez parlé de cette chambre, dans l'appartement de Lucchini, où il gardait une collection de bolleadoras et des photos. Si vous aviez regardé les clichés d'un peu plus près, vous auriez peut-être reconnu, parmi un groupe de gauchos, Lucchini et Gaetano se tenant par l'épaule... C'était deux amis inséparables, dans les années soixante et soixante-dix, en Argentine. Deux intellectuels qui militaient dans des mouvements de guérilla d'extrême-gauche et qui passaient ensemble de longues périodes dans la pampa, à se plonger dans la mythologie gaucho : vaches, maté, feu de camp et bolleadoras. Et puis, il y a eu la dictature militaire, la répression à grande échelle. Ils se sont retrouvés dans le même centre de tortures. Gaetano a été particulièrement travaillé au corps, et il en porte les séquelles. Il a craqué, il est devenu indicateur. Il est si bien passé de l'autre côté qu'il a fini par diriger des interrogatoires, dont celui de Lucchini. Gaetano a même introduit une variante dans les méthodes de tortures : il utilisait les bolleadoras. Il les introduisait de force dans les entrailles de ses victimes...

— Ah, fit Marie, révulsée en dissimulant sous un oreiller les boules de geisha, c'est vraiment gerbant !

— Et ensuite ? demanda Léon. Lucchini s'en est sorti, et des années plus tard, il a retrouvé Gaetano à Paris, reconverti dans sa société SOS-promoteurs ?

— Exactement, acquiesça le privé. Les deux hommes sont tombés nez à nez dans une réunion publique que les gros bras de

Gaetano étaient venus perturber. Apparemment, Lucchini n'a rien dit à personne, mais il a entrepris une espèce de persécution silencieuse contre son ex-ami. Il croisait sans cesse sa route et se contentait de le regarder fixement. Puis, il est passé au stade supérieur. Un jour que Gaetano, assis dans sa fourgonnette, surveillait une expulsion, Lucchini est apparu, et lui a posé des bolleadoras sur les genoux. Un autre jour, c'était dans un café, pendant que Gaetano discutait avec un de ses patrons. Le matin du jour où tout a commencé pour vous, Gaetano était en planque dans sa camionnette, au bas de la rue de la Cloche. On l'avait prévenu que des squatters avaient des vues sur cet immeuble. Quand il a vu Lucchini descendre la rue dans sa direction, il a cru que son ancien camarade venait encore le harceler, et il a craqué. Il est sorti de la voiture, il a crié : « Huija canejo ! » et il lui a montré qu'en dépit de son infirmité, il savait encore lancer les bolleadoras. Celles-ci se sont enroulées autour de la gorge de Lucchini qui s'est enfui, à demi-étranglé, les boules autour du cou... Gaetano l'a poursuivi, fou de rage, mais dans son état, il ne va pas vite. Quand il est arrivé en haut de la rue de la Cloche, Lucchini avait disparu.

— Et alors ?

— Alors, Gaetano a filé...

— Mais Lucchini ?

Krachevski haussa les épaules, posa sa tasse vide et se tourna vers la fenêtre.

— Je ne sais pas si vous avez une idée de la manière dont les bolleadoras fonctionnent, mais une fois qu'elles ont frappé les pattes d'une bête, ou, dans ce cas le cou d'un humain, elles s'enroulent très serrées et il n'est pas facile de s'en dégager. Lucchini a dû se réfugier sous la planche pour se cacher pendant qu'il s'enlevait ça du cou.

Cela cadrait avec ce qu'Ali avait raconté à Léon. Mais ce dernier demanda :

— Oui, bon, si ce n'est pas Gaetano, qui? Qui a tué Lucchini ? Qui a posé sur mon paillasson la bombe qui a fini par exploser chez Janine ? Qui a mis chez moi les bolleadoras que vous avez trouvées ?

— Les bolleadoras, c'est Gaetano. Le soir du jour où le corps de Lucchini a été découvert, il est venu chez vous, il voulait avoir une explication avec vous. Il pensait que Lucchini s'était réfugié chez vous après leur rencontre. Il craignait d'être impliqué et comme il vous soupçonnait, il voulait vous « faire cracher le morceau » suivant ses termes, à coup de bolleadoras si besoin. Quand il est venu frapper à votre porte, vous étiez déjà dans un coma médicamenteux. Comme il est toujours équipé pour s'introduire chez les locataires récalcitrants, il est entré, et vous trouvant dans cet état, il s'est dit qu'il valait mieux laisser une pièce à conviction pour parfaire l'aveu que constituait votre suicide.

— Alors, la bombe, c'était lui aussi ?

Krachevski sourit.

— Il n'y a jamais eu de bombe. Dès que j'ai été embauché par Xavier d'Ivraie pour enquêter sur le meurtre de Lucchini, j'ai compris qu'il y avait un enjeu bien plus important, et que le problème était d'obtenir que vous collaboriez avec moi. Pendant que vous étiez encore au Quai des Orfèvres, je suis venu ici, j'ai rencontré votre voisine du dessus, Janine. Elle a de gros ennuis financiers, son groupe de rock lui a coûté très cher, elle a vendu presque tout son mobilier. Dès que j'ai commencé à l'interroger sur vous, elle a essayé de monnayer ses renseignements. Ses prétentions étaient extravagantes, mais je lui ai fait une contre-proposition : une mise en scène destinée à vous faire croire à une tentative d'attentat contre vous, pour que vous vous sentiez traqué, et que vous acceptiez mon aide... C'est sur le même principe qu'un peu plus tard, j'ai demandé à Charles de vous suivre de manière très visible.

— Vous êtes un beau salaud ! s'exclama Léon, sincèrement indigné. Et Janine a marché ?

— Je lui ai donné une jolie somme, et comme elle a une bonne assurance, elle va pouvoir se remeubler de neuf.

— Vous lui avez demandé de me laisser ce message sur le répondeur et vous lui avez expliqué le coup des fils électriques sur le tube à vide du téléviseur ?

— Exactement.

— Vous êtes un sacré manipulateur, dans votre genre !

— Je cherche la vérité des faits, et comme le démontre toute l'histoire de la science, la vérité ne se trouve jamais sans faire violence aux faits et tricher un peu sur les résultats.

Léon dévisagea le privé.

— Quand vous faites ce genre de généralité, vous avez vraiment l'air d'un exalté... Passons sur vos magouilles. Ça ne nous dit pas qui a tué Lucchini.

Emile K. ne répondit pas tout de suite. Il semblait plongé dans la contemplation d'un spectacle au dehors.

— Ce matin, dit-il au bout de quelques secondes, après avoir discuté avec Gaetano, je suis venu chercher la boule dont vous m'avez parlé dans votre lettre. Elle était à l'endroit indiqué, dans un massif, à moitié recouverte de débris. Visiblement, on ne l'avait pas touchée depuis...

— Ah oui, cette boule ! J'ai complètement oublié de vous en dire un mot, au Remue-méninges.

— Nous avions d'autres urgences. Je l'ai fait examiner dans un laboratoire privé dirigé par un ami à moi. Il y avait les empreintes d'une petite main, celle de votre ami Jojo, je pense. Mais surtout, il y avait beaucoup plus intéressant : des traces de crocs.

Léon et Marie jetèrent un regard ébahi à Krachevski mais celui-ci était toujours tourné vers la fenêtre.

— Des crocs de chien, poursuivit-il. Des crocs qui ont été enfoncés profondément, et même furieusement... La pierre est striée, mordue en tous sens, comme si le chien s'était acharné à tirer... Votre ami Ali n'a pas menti. D'où il était, il aurait vu arriver n'importe quel être humain. Mais de sa voiture, son champ de vision s'arrêtait à cinquante centimètres au-dessus du sol du terrain vague. Lucchini était couché sur le ventre, en train d'essayer de se défaire de la corde qui lui serrait le cou, quand un chien lui est tombé sur le dos, et s'est mis à tirer sur la boule. Sans doute, au début, par jeu. Et puis, en voyant que l'homme se débattait, il a tiré plus fort, il a vu qu'il le tuait, et peut-être qu'il y a pris goût...

— Mais enfin ! dit Léon. C'est énorme ! Un chien ? Quel chien ?

— N'importe lequel de ces braves toutous que leurs maîtres lâchent dans la rue de la Cloche pour leur donner un court sentiment de liberté... Est-ce qu'on sait ce qu'ils ont dans la tête, les chiens ? conclut-il sans pouvoir détacher ses yeux du Saint Bernard qui, en bas, aboyait contre un chat réfugié derrière la grille du square.

Ce n'était pas Lauren Bacall, il n'était pas Humphrey Bogart. Il n'y eut donc pas de musique quand elle entra dans le café. C'était Juliette, Juliette tout craché :

— C'est ta nouvelle coupe ? demanda-t-elle en lui passant la main dans les cheveux. Vraiment ridicule.

Elle posa son casque sur la table, à côté de *Libération*. Le quotidien était retourné, la une contre la table. La dernière page était tout entière occupée par une publicité de Thomtra-Spatiale : une photo de Gazelles équipées de missiles hot, avec cette appréciation du général Schwarzkopf : « French troops have done an absolutely superb job ».

— Tu lis les journaux, maintenant ?

— Depuis la guerre du Golfe, mentit-il.

Il marqua une pause, puis :

— Ça semble déjà très loin, hein ?

— Oui, fit-elle, deux ou trois cent mille morts et on passe à autre chose.

— Ce n'est pas de ça que je voulais parler.

— J'avais compris. De quoi veux-tu parler ? Des rendez-vous manqués ?

— Ecoute, cette lettre que je t'ai envoyée...

— Quoi ?

Que dire ? C'était une erreur ? Une erreur qui ressemblait tant à la réalité qu'elle allait sûrement répliquer « Ce n'est pas par hasard », formule magique qui pare des prestiges sulfureux de l'inconscient les ratages misérables et les plates absurdités de la vie. Il fallait tout de même parler :

— Lucchini ? Tu le connaissais ?

— Bien sûr ! Si tu m'avais laissé placer un mot, la dernière fois qu'on s'est vus, je t'aurais raconté...

Le garçon s'approcha et elle commanda une Avèze, il répondit qu'il n'y en avait pas et proposa une Suze, elle dit que ce n'était pas pareil et Léon retrouva le vieil énervement. Quand le serveur, pour finir, lui eut apporté son café, elle reprit :

— J'ai vu tout de suite qu'il y avait des trucs saignants, politiquement, dans cette traduc. C'était sous forme de roman, mais il y avait des allusions très documentées. J'ai voulu vérifier que je ne me plantais pas, je suis allé voir Lucchini, que j'avais croisé chez une copine. Elle m'avait parlé de lui, un obsédé des archives. Lucchini a bondi au plafond. Le bouquin était écrit par un vieux connaisseur des circuits financiers et du trafic d'armes, il y avait des tas de révélations juteuses. Quand tu m'as jetée parce que j'avais pas encore commencé la traduction, et que tu as balancé le manuscrit par la fenêtre, je l'ai ramassé et je suis allé voir Lucchi. On a discuté, il voulait voir avec toi si on ne pouvait pas utiliser les informations que contenait le bouquin pour une enquête plus poussée. Je n'avais retrouvé ni la chemise ni la page des remerciements. Elles avaient dû s'envoler sur le terrain vague. Lucchini disait qu'on devait les récupérer, qu'il ne fallait pas que n'importe qui ait vent de l'existence de ce bouquin... Il a dit qu'il les chercherait en venant te voir, le lendemain. Après, quand j'ai appris sa mort aux infos, j'ai tout de suite compris qu'il avait été assassiné.

— Il n'a pas été assassiné.

Léon raconta.

— Tu voudrais que j'y croie, à cette histoire de chien ? se récria Juliette quand il eut terminé. La vérité, c'est que tu as passé un accord pour qu'on te laisse tranquille, et que tu es prêt à passer l'éponge sur un crime d'Etat...

— Pour qu'on nous laisse tranquilles, toi et moi, j'étais prêt à bien plus, dit Léon avec lassitude. J'espère que tu as brûlé le manuscrit ?

Elle ne répondit pas et Léon haussa les épaules. Il lui tendit la bague qu'il avait trouvée dans l'appartement de Lucchini.

— Tu es sûre que c'est pour des raisons politiques, que tu es si touchée par la mort de ce type ?

— Qu'est-ce que ça peut te foutre ?

Léon avait perçu un tremblement dans sa voix, mais à peine. Depuis le Remue-méninges, son acuité auditive avait de nouveau diminué. Le choc du coup de feu, la tension... Qu'importait ? Il redevenait un peu sourd, point trop mécontent de sentir de nouveau une couche d'ouate entre lui et le monde. Marie entra dans le café, tout sourire dehors.

— C'est elle ? s'enquit Juliette.

— Oui.

Marie embrassa Léon sur la bouche et serra la main de Juliette. Ils bavardèrent à vide puis Marie alla donner un coup de fil. Depuis que le squatt s'était dispersé de lui-même, elle ne voyait presque plus ses copains, mais continuait de leur téléphoner à tout bout de champ.

— C'est n'importe qui, cette fille ! décréta Juliette.

— Justement, rétorqua Léon. Tu as oublié que c'est mon rêve, d'être n'importe qui ? C'est toi qui cherches l'intensité, pas moi. Tu ne te souviens pas, de ce que je te disais quand on est allés en wagon-lit à Venise ? Ce qui me fascinait, c'était les milliers d'immeubles ingrats, le long du parcours, avec les fenêtres allumées à certains étages. Je pensais que je pourrais habiter dans n'importe lequel de ces appartements, celui-là avec une bicyclette sur le balcon, ou cet autre où la télé brillait à une heure du matin... N'importe quelle vie... Etre n'importe qui... Tu ne comprends pas... conclut-il, tout bas.

— Non. Je vais te laisser, avant qu'elle revienne. Vous allez vivre à deux rue de la Cloche ?

— Non, l'immeuble est racheté par la Ville de Paris qui va le foutre par terre pour construire des ateliers d'artistes friqués. J'en ai marre de Paris. Trop brutal, trop pauvre, ou trop riche pour moi. J'ai envie d'un coin moyen. On va aller en grande banlieue. Marie a déniché un appart dans une cité pas mal du tout, avec des arbres et du gazon. Et un nom champêtre : le Val-Fourré, à Mantes-la-Jolie.

Juliette se pencha, effleura de ses lèvres les joues de Léon et prit son casque de moto. Il la regarda partir, cloué sur son siège, cloué dans son rôle comme un insecte dans sa boîte.

Sur le périphérique, Juliette mit plein gaz. Elle ne voulait pas être en retard au rendez-vous avec le journaliste. Au téléphone, il avait eu l'air méfiant, mais quand elle lui montrerait les preuves qu'elle avait commencé à réunir, il serait bien obligé de s'intéresser au contenu de *Death Job*. Il devrait convenir que parfois, la fiction pouvait dire son fait à la réalité.

Puis Juliette se remit à penser à Léon, ce qui fit qu'elle ne remarqua pas qu'à son passage, une voiture garée sur l'accotement, près d'un téléphone d'urgence, démarra.

A côté du chauffeur, un homme dont le col s'ornait d'un nœud papillon décrocha un micro.

Léon avait froid. Pourtant, dans le taxi qui les emmenait au dîner hebdomadaire chez les parents de Marie, le siège arrière était profond, et la voix de FIP moelleuse : « A la suite d'un accident mortel de moto, le périphérique intérieur est bloqué entre la porte de Bagnolet et celle de Vincennes, et il faut ab-so-lu-ment prendre les boulevards extérieurs... ».

— Merde, dit le chauffeur en amorçant une manœuvre pour faire demi-tour.

— A quoi tu penses ? demanda Marie, nichée contre l'épaule de Léon.

— A un truc que j'ai lu dans le journal, mentit-il. Place Gambetta, il y aura une fontaine, finalement. Ils ont renoncé à leur projet de pyramide enterrée.

— C'est vrai, ça, les grand projets, y'en a marre, dit Marie en se serrant plus étroitement contre lui. Vive les petits projets ! J'en veux au moins trois !

A la radio, Laurie Anderson chantait :

Cause when love is gone, there's always justice.
And when justice is gone, there's always force.
An when force is gone, there's always Mom. Hi Mom !
So hold me, Mom, in your long arms. So hold me,
Mom, in your long arms,
In your automatic arms. Your electronic arms,
In your arms.
So hold me, Mom, in your long arms.

— Qu'est-ce que ça veut dire ? demanda Marie.

— Oh, fit Léon. Il y a un jeu de mot sur les bras qui étreignent et les armes qui tuent. C'est intraduisible.

REMERCIEMENTS
(traduction J. Palissy)

Je remercie les vrais habitants de la rue de la Cloche d'exister, et leur demande pardon d'avoir parlé des faux. La chanson du vacher sioux a été traduite à partir du texte anglais cité dans Taca Ushte et Richard Erdoes, *De mémoire indienne.* La chanson kurde *Ma chère mère* est donnée dans une traduction de Gérard Chaliand, citée dans *Un regard sur les Kurdes et le Kurdistan,* Adnan éditeur. Laurie Anderson est traduite d'après les textes du disque *Big Science.* Totò est traduit grâce à la bibliothèque de Leonida.

Du même auteur

Des permanents des partis politiques
Anne-Marie Métailié, 1979

Le Chouan de Saint-Domingue
en collaboration avec Bernard Gille
Presses de la Renaissance, 1979

La Malandrine
en collaboration avec Bernard Gille
Presses de la Renaissance, 1980

Les Infortunes de la vérité
Mensonges, erreurs et reniements politiques
chez les intellectuels français de 1934 à nos jours
Orban, 1981

Catalogue du prêt-à-penser français depuis 1968
Balland, 1984

Un coupable idéal, Roger Knobelspiess
M. Nadeau, 1985

L'Antiterrorisme en France ou la Terreur intégrée
La Découverte, 1989

Y
Anne-Marie Métailié, 1991

La Forcenée
Anne-Marie Métailié, 1994

Tir à vue
Gallimard, 1994

IMPRIMERIE B.C.A. À SAINT-AMAND (CHER)
DÉPÔT LÉGAL JUIN 1994. N° 20118 (94/389)

Collection Points

SÉRIE ROMAN

DERNIERS TITRES PARUS

R600. Le Troisième Mensonge, *par Agota Kristof*
R601. American Psycho, *par Bret Easton Ellis*
R602. Le Déménagement, *par Jean Cayrol*
R603. Arrêt de jeu, *par Dan Kavanagh*
R604. Brazzaville Plage, *par William Boyd*
R605. La Belle Affaire, *par T. C. Boyle*
R606. La Rivière du sixième jour, *par Norman Maclean*
R607. Le Tarbouche, *par Robert Solé*
R608. Leurs mains sont bleues, *par Paul Bowles*
R609. Une femme en soi, *par Michel del Castillo*
R610. Le Parapluie jaune, *par Elsa Lewin*
R611. L'Amateur, *par André Balland*
R612. Le Suspect, *par L. R. Wright*
R613. Le Tueur des abattoirs, *par Manuel Vázquez Montalbán*
R614. Mémoires du Capitán Alonso de Contreras
par Alonso de Contreras
R615. Colère, *par Patrick Grainville*
R616. Le Livre de John, *par Michel Braudeau*
R617. Faux Pas, *par Michel Rio*
R618. Quelqu'unbis est mort, *par Jean-Luc Benoziglio*
R619. La Vie quelque part, *par Anita Brookner*
R620. Iblis ou la Défroque du serpent, *par Armande Gobry-Valle*
R621. Fin de mission, *par Heinrich Böll*
R622. Les Mains vides, *par Maurice Genevoix*
R623. Un amour de chat, *par Frédéric Vitoux*
R624. Johnny s'en va-t-en guerre, *par Dalton Trumbo*
R625. La Remontée des cendres, *par Tahar Ben Jelloun*
R626. L'Enfant chargé de songes, *par Anne Hébert*
R627. L'Homme sans postérité, *par Adalbert Stifter*
R628. La Terre et le Sang, *par Mouloud Feraoun*
R629. Le Cimetière des fous, *par Dan Franck*
R630. Cytomégalovirus, *par Hervé Guibert*
R631. La Maison Pouchkine, *par Andreï Bitov*
R632. La Mémoire brûlée, *par Jean-Noël Pancrazi*
R633. Le taxi mène l'enquête, *par Sam Reaves*
R634. Les Sept Fous, *par Roberto Arlt*
R635. La Colline rouge, *par France Huser*
R636. Les Athlètes dans leur tête, *par Paul Fournel*
R637. San Camilo 1936, *par Camilo José Cela*
R638. Galíndez, *par Manuel Vázquez Montalbán*
R639. China Lake, *par Anthony Hyde*

R640. Tlacuilo, *par Michel Rio*
R641. L'Élève, *par Henry James*
R642. Aden, *par Anne-Marie Garat*
R643. L'Ange aveugle, *par Tahar Ben Jelloun*
R644. Dis-moi qui tuer, *par V. S. Naipaul*
R645. L'Arbre d'amour et de sagesse, *par Henri Gougaud*
R646. L'Étrange Histoire de Sir Hugo et de son valet Fledge *par Patrick McGrath*
R647. L'Herbe des ruines, *par Emmanuel Roblès*
R648. La Première Femme, *par Nedim Gürsel*
R649. Les Exclus, *par Elfriede Jelinek*
R650. Providence, *par Anita Brookner*
R651. Les Nouvelles Mille et Une Nuits, vol. 1 *par Robert Louis Stevenson*
R652. Les Nouvelles Mille et Une Nuits, vol. 2 *par Robert Louis Stevenson*
R653. Les Nouvelles Mille et Une Nuits, vol. 3 *par Robert Louis Stevenson*
R654. 1492. Mémoires du Nouveau Monde *par Homero Aridjis*
R655. Lettres à Doubenka, *par Bohumil Hrabal*
R656. Le Vieux qui lisait des romans d'amour *par Luis Sepúlveda*
R657. Cassandra, *par John Hawkes*
R658. La Fin des temps, *par Haruki Murakami*
R659. Mémoires d'un nomade, *par Paul Bowles*
R660. La Femme du boucher, *par Li Ang*
R661. Anaconda, *par Horacio Quiroga*
R662. Le Polygone étoilé, *par Kateb Yacine*
R663. Je ferai comme si je n'étais pas là *par Christopher Frank*
R664. Le Divin Enfant, *par Pascal Bruckner*
R665. Un homme remarquable, *par Robertson Davies*
R666. Une sécheresse à Paris, *par Alain Chany*
R667. Charles et Camille, *par Frédéric Vitoux*
R668. Les Quatre Fils du Dr March, *par Brigitte Aubert*
R669. 33 Jours, *par Léon Werth*
R670. La Mort à Veracruz, *par Héctor Aguilar Camín*
R671. Le Bâtard de Palerme, *par Luigi Natoli*
R672. L'Ile du lézard vert, *par Eduardo Manet*
R673. Juges et Assassins, *par Michael Malone*
R674. L'Enfant de Port-Royal, *par Rose Vincent*
R675. Amour et Ordures, *par Ivan Klíma*
R676. Rue de la Cloche, *par Serge Quadruppani*
R677. Les Dunes de Tottori, *par Kyotaro Nishimura*
R678. Lucioles, *par Shiva Naipaul*
R679. Tout fout le camp !, *par Dan Kavanagh*
R680. Les Sept Solitudes de Lorsa Lopez, *par Sony Labou Tansi*